KB184983

카산드라의
여자들

그웬 E. 커비
송섬별 옮김

위즈덤하우스

내 자매 클레어

그 누구보다 너를

그 무엇보다 너를 위해

"너는 마치 여성 영웅처럼 말하는군."

몬토니는 업신여기는 투로 말했다.

"고통받는 모습도 마찬가지인지 지켜보도록 하지."

— 앤 래드클리프, 《우돌포의 비밀The Mysteries of Udolpo》

8 카산드라가 보았지만 어차피 트로이인들 따위
알 바인가 싶어서 말해주지 않았던 헛소리

14 일상다반사

28 제리의 해산물 오두막(★☆☆☆☆)

46 서기 61년, 브리튼의 위세 넘치는 여왕이자,
콘택트 타자 겸 유틸리티 외야수 부디카

50 마비스타 경기장을 찾은 마운트애덤스 여학교 소프트볼 팀

60 금요일 밤

66 이곳에서 마지막 설교를 펼치다

94 1594년 웨일스 최초로 마녀로 몰려 교수형을 당한 여성

106 캐스퍼

138 준에게 보내는 사과 비슷한 것

144 1720년 거친 바다를 누빈 크로스드레서 해적 메리 리드

148 멕시코 디즈니랜드

174 좋은 시간을 원한다면, 전화해요

186 1868년 일본, 치명적인 총상을 입은 나카노 다케코

190 이니시모어

220 마시는 자기 자신과 헤어진다

248 1886년 파타고니아 쿰허브리드 최고이자 유일한 창녀

258 단편소설에 등장하는 데 질려버린 중서부 여자

272 1892년 새벽 공원에서 벌어진 장면

278 여섯 단계로 쉽게 욕실 타일 교체하기!

292 우리가 처리한다

307 감사의 말

카산드라가
보았지만 어차피
트로이인들 따위
알 바인가 싶어서
말해주지 않았던 헛소리

>

그리스·로마 신화에 등장하는 카산드라Cassandra는 트로이의 공주로, 태양신 아폴론의 구애를 거절한 대가로 미래를 정확히 예견하는 능력과 누구도 이 예언을 믿어주지 않는 저주를 받는다. 전쟁이 끝나고 그리스군이 목마를 남기고 철수했을 때 미래를 본 카산드라는 목마를 성으로 들이지 말라 간청하나 트로이인들은 그 말을 무시하고, 결국 목마 속에 숨어 있던 그리스군이 트로이를 몰락시킨다. 카산드라는 끌려가지 않으려 아테나 상에 매달리지만 아이아스가 여신상째로 그를 납치해 가서 강간한다.

전구.

펭귄.

버드라이트 맥주.

벨크로.

클레이 애니메이션. 치즈로 만든 달.

탭댄스.

요가.

트위즐러. 마운틴듀. 젤로. 눈으로 먹을 수 있는 색깔들.

메스암페타민.

티셔츠. 얇고 부들부들하며, 사람에게서 사람으로, 남자에게
서 여자로 전해지고, 티셔츠의 주인들은 피 한 방울 흘리지 않고,
동맹이라든지 부족 따위에 개의치 않고 양키스라거나 워리어스
같은 다양한 팀에 들어갔다가 또 빠져나온다. 그리고 말들! 티셔
츠에는 의미 없는 말들이 홍수처럼 넘쳐난다. '날씨는 여기 있으
니, 네가 화창하면 좋겠다', '화학자들은 주기적으로 테이블 위에
서 한다', '개구리 말고 수업을 째라', 모든 사람을 위한 말들, 아
무 뜻 없이 그저 농담일 뿐인, 재미로 하는 말들이 온 사방에 넘
쳐나고, 세계는 자신들이 하는 말에 그토록 무신경하다. 어디 티
셔츠뿐이겠는가. 포스터. 물병. 신문. 스팸 메일. 범퍼 스티커. 목
록. 코기 모델이 선보이는, 당신의 개를 위한 최고의 핼러윈 의상
열 가지. 북미자유무역협정에 관한 당신의 생각을 대변하는 원
숭이 표정 열 가지. 당신의 남자 친구가 침대에서 **원하지만** 차마

입 밖에 내지 못하는 일 열 가지. 카산드라는 남자들이 여자들한 테 이래라저래라 해대지 않는 걸 본 적이 없다. 아마 그것이 미래의 기쁨이 될 것이다, 발설하지 **않은** 남성의 욕망. 그저 욕망일 뿐 명령이 되지 않는 욕망.

그러다가 사소한 말들, 사적인 말들이 등장한다. 로맨스 소설과 추리소설, 스릴러소설, 과학소설, 판타지 소설 속에 숨겨진 말들이다. 가쁘게 들썩거리는 가슴, 우주비행사, 유인원. 짧지만 강렬한 삶을 사는 문고판 소설들. 다음 말들이 날래게 휘몰아치는 나머지, 선반에 새로운 말들의 자리를 남기기 위해 팔리지 않으면 폐기되어야 하는 책들이다.

그리고 물론, 삶도 있다. 카산드라는 차라리 오로지 소설만을, 사물만을, 색칠한 플라스틱으로 된 미래의 기이한 물건들만을 보고 싶지만, 삶도 보아야 한다. 여기 두 어린 소녀가 있다. 둘은 흙바닥에 앉아 바위 하나를 파내고 있다. 바위가 마침내 흙에서 뽑혀 나오는 순간에 생기는 온갖 가능성들! 지하 세계, 파묻힌 보물, 요정들이 사는 마을, 흙만 아니라면 뭐든지 좋다. 중요한 건 그들이 영영 성공하지 못한다는 것, 바위를 파내지 못한다는 것이고, 당연히 아이들은 성공하지 못한다. 플라스틱 삽이 흙더미를 옮긴다. 먼지처럼 고운 새 흙이 눈 속으로 날아든다. 두 소녀 중 하나는 엔지니어가 된다. 나머지 하나는 대학교에서 만난 남자 친구에게 강간당한다. 그 아이는 하이킹하기 좋은 어느 섬에다 빵집을 차릴 것이다. 자식을 셋 낳는데 전부 아들일 것이며,

그는 나이깨나 들었을 때, 미련깨나 남았을 때 죽을 것이다. 그 아들들에게도 삶이 있을 것이다. 누구한테나 있다. 빨리 감기 된, 음소거한 삶들은 제일 좋은 삶조차도, 카산드라 자신의 삶이라 할지라도 순식간에 지루해진다.

카산드라는 고작 작디작은 성냥불 하나를 들고 목마를 향해 덤비는 일이 지겹다.

사람들의 귀에 대고 말하는 게 지겹다. 그가 미쳤다고 여기는 남자들의 귀가 그를 미치게 만든다. 머나먼 섬으로 떠나 새를 한 마리 기르고 싶다. 그는 그럴 수 없으리라, 그런 일은 일어나지 않는단 걸 알고 있으므로. 아폴론이 카산드라에게 예지력을 주었다고 전해지는데, 그건 사실이다. 전해지는 대로라면, 카산드라에게 거절당한 아폴론이 그의 입에 침을 뱉어 아무도 그의 예언을 믿지 않게 만들었다. 처녀건 유혹당한 여자건 유린당한 여자건 기꺼이 응하는 여자건 모든 여자는 입을 열면 입안에서 뱀이 스르륵 기어 나와 사라지는 모습을 보게 된다.

카산드라는 **다 때려치우기로 했다**. 영혼까지 너덜너덜해질 정도로 세상 모든 일에 넌더리가 난다.

그럼에도 트로이가 함락당해 아테나 신전 성상의 차디찬 대리석 다리에 매달려 있는 지금, 그는 자신이 아는 사실을 받아들일 수가 없다. 곧 아이아스가 나타나 자신을 강간하리라는 사실. 아이아스는 카산드라가 숭배하는 여신상을 부수어 제 삶에 저주를 걸 것이다. 더 끔찍한 일은, 아테나 여신마저도 카산드라를 돕지 않고 박살이 난 얼굴을 돌려 외면하리라는 것이다. 카산드라는 바다 건너로 납치되어, 또 다른 남자의 정부가 되고, 쌍둥이 아이를 배고, 클리타임네스트라에게 살해당할 것이다. 그러나 그런 일들이 찾아왔다 지나가기 전에, 카산드라가 트로이의 여자들과 간절히 나누고 싶은 예지가 있다.

트로이의 여자들은 들을지도 모른다. 그들은 카산드라의 저주는 자신들의 저주이기도 하다는 걸 안다. 아폴론이 그의 입안에 침을 뱉었지만, 그것은 그냥 침일 뿐이었다.

카산드라가 그들에게 보여주고 싶었던 건 이런 것들이다.

탐폰.

청바지.

세탁기.

히타치 사에서 나온 진동 마사지기.

고무 머리끈.

호신용 스프레이.

무통 주사.

그리고 그중에서도 가장 좋은 건, 남자들이 신전으로 들이닥치는 와중에도 카산드라를 미소 짓게 하는 건, 오래전부터 알고 있었던 바로 그 사실이다. 훗날 트로잔(Trojan, 트로이인을 가리키는 이 말은 유명 콘돔의 상표명이기도 하다—옮긴이)은 용기나 실패, 배신이나 끈기의 동의어도, 누구보다 아름다운 여자나 누구보다 어리석은 남자를 가리키는 말도 아니게 될 것이라는 사실. 트로잔은 희망을 품은 지갑마다 하나씩 꽂아두었다가 겸연쩍은 자신감으로 끄집어내 수직 기둥 위를 미끄러져 내려와 뿌리까지 덮는 물건이 될 것이다. 트로이의 남자들이 이 사실을 안다면 웃거나, 수치스러워하거나, 역사의 무심함이나 기억에 남기를 바라는 남자들의 어리석음을 잠시 곱씹어볼지도 모른다. 하지만 여자들은 그 파란 포장지가 찢겨나가는 걸 보자마자 기뻐하고, 그것이 새로운 깃발인 양, 앞으로 다가올 더 나은 일에 대한 약속인 양 머리 위로 흔들어댈 것이다.

일상다반사

한 여자가 길을 걷는데 어떤 남자가 웃으라고 한다. 여자가 웃자 입안 가득 송곳니가 드러난다. 여자는 남자의 손을 물어뜯고 뼈를 우두둑 씹은 다음 퉤 뱉어내는데, 실수로 남자의 결혼반지를 삼키는 바람에 소화불량에 걸리고 만다.

한 여자가 버스를 기다리는데 어떤 남자가 너무 가까이 붙어 선다. 남자가 여자의 엉덩이에 손을 대지만 그는 여자가 일급비밀 과학 실험에서 최초로 성공한 실험체라는 사실을 까맣게 모른다. 여자가 돌아서더니 눈에서 레이저를 쏘아 남자를 버스 요금으로 변신시켜버린다. 2달러 75센트, 전부 차디찬 동전으로.

한 여자가 식품점에 있는데 냉동식품 판매대에 있던 어떤 남자가 "다리 참 근사한데"라고 말한다. 남자는 진열된 브로콜리와 완두콩을 지나 여자를 따라온다. "예쁜 아가씨가 여기서 혼자 뭐 하실까?" 냉장 휘핑크림 튜브가 있는 곳을 지난다. "남자 친구 있어?" 아이스크림 케이크가 있는 곳을 지난다. "왜 대답이 없어?" 여자는 선반 끝에 걸음을 멈춘다. 칩과 살사 소스가 할인 판매 중이다. 어제였다면 여자는 남자를 모른 척했을 것이다. 치즈에 엄청나게 관심이 있는 척, 파스타 소스 앞에서 한참을 버티면서 남자가 질려 떠날 때까지 기다렸을 것이다. 그다음에는 아무것도 사지 않은 채 저마다 위협을 감춘 차들이 끝도 없이 늘어선 깜깜한 주차장을 떠났을 것이다.

다행히도 여자는 어제 방사능 바퀴벌레한테 물렸다. 덕분에 여자는 딱딱한 껍데기로 뒤덮인 몸을 옷 속에 감추고 있다. 남자가 묻는다. "내숭 떠는 거야, 아니면 쌍년인 거야?" 여자의 감각이 예리해진다. 여자는 높은 데시벨로 쉭쉭 소리를 내 살사 소스가 담긴 병을 산산조각 낸 다음 날카로운 유리 조각을 남자의 가슴에 박아 넣는다. 사방에 살사 소스가 흩뿌려지며 토마토 덩어리가 여자의 치마 밑단에 안착하는데, 드라이클리닝을 갓 끝낸 치마라서 속상하다. 어둠 속, 식료품을 품에 가득 안고 나온 여자의 눈에 주차장은 여태 한 번도 본 적 없는 아름다운 곳이다. 흐린 조명 속에서 가는 비가 내린다. 아스팔트가 은은하게 빛나고 차들은 **아무것도** 숨기고 있지 않다.

한 여자가 자기 집에 혼자 앉아 있는데 술에 취한 이웃이 복도로 들어오느라 소란하다. 여자는 현관문이 잠겼는지 확인하지도, 체인이 꽉 물려 있는지 당겨보지도 않는다. 그저 마녀가 준 리모컨을 집어 들 뿐이다. 누가 집에 침입하면 현관문을 겨냥하고 버튼을 눌러 꺼버리면 된다.

한 여자가 추운 날 조깅을 하는데 여자의 뒤에서 달리던 남자가 쉰 발짝, 서른 발짝, 스무 발짝 떨어진 곳까지 거리를 좁힌다. 강줄기를 따라가는 좁은 길에는 오로지 둘뿐이다. 여자가 제일 좋아하는 달리기 장소다. 여자가 속도를 높이자, 남자도 똑같이 한다. 여자의 심장이 두근거리고, 여자는 자신에게 욕을 한다. **바보 같은 년, 혼자 달리기를 하면 안 된다고 사람들이 말했었잖아. 알 만큼 알면서, 바보 같은 년.** 하지만 그 순간 여자는 기억해낸다. **신이시여, 감사합니다!** 불과 얼마 전, 늑대 인간이 여자를 할퀴었던 것이다. 여자는 살짝 변신한 뒤 남자를 마주 보고 장갑을 벗는다. 여자의 손에는 털이 부숭부숭하고, 볼록 튀어나온 발바닥 살은 새까맣고 질기다. 여자가 발톱을 세우자 남자는 꽥 소리를 지른 뒤 도망친다. 여자는 부드러운 털로 차가운 두 뺨을 비빈다. 크게 심호흡을 한 다음 다시 안정적인 속도로 달리기 시작한다.

한 여자가 지하철에 탔는데 빈자리가 많은데도 어떤 남자가 굳이 옆자리를 찾아 앉는다. 여자는 작은 두 손을 무릎 위에 겹친다. 남자가 자기 고추를 끄집어내 자위하기 시작한다. 여자는 일어나 다음 역에서 내린다. 여자의 심장은 쿵쿵 뛰지 **않는다.** 토할 것 같지도 않고, 만약 남자가 뒤를 따라왔더라면 자신이 그에게 무슨 짓을 했을지를 의심하지도 않는다.

아니, 여자는 그저 승강장으로 한 발짝 내딛고, 지하철 문이 등 뒤에서 닫히고, 그 뒤로 그 남자 생각은 완전히 잊어버린다. 외계인 엄마가 여자가 아기일 때 전해준 초능력이다. 여자는 아무렇지도 않고, 초저녁에 일도 조금 하다가 피곤해져서 중국 음식을 시켜 먹는다. 그다음에는 쿨쿨 잔다.

한 여자가 어떤 남자와 데이트하는데, 식당까지 걸어가는 길에 다른 여자가 웬 남자의 손을 물어뜯는 모습을 본다. 데이트 중이던 남자는 바닥에 쓰러져 피를 콸콸 흘리는 남자 쪽으로 달려간다. 데이트 중이던 여자는 손을 물어뜯은 여자에게 송곳니는 어디서 얻었느냐고 묻는다. "정말 잘 어울리네요."

"그래요?" 상대 여자가 되묻는다. "자신감을 끌어올리는 데는 이게 딱이더라고요."

두 손이 멀쩡한 남자는 데이트가 끝날 때까지 온 힘을 다해 예의를 지킨다.

바퀴벌레에게 물린 여자는 은행에 가면서 새로 얻은 초능력을 쓸 핑계가 생기도록 누가 은행을 털러 왔으면 좋겠다고 생각한다. 은행 강도는 없었지만, 대기 줄에 서 있던 어떤 남자가 다른 여자와 이야기하다가 상대방의 말을 끊는다. "그런데 말이야, 그렇게 **일반화하는 건** 너무 쉽잖아, 알아들었어?" 바퀴벌레에게 물린 여자는 남자의 팔을 찢어발길지 생각하지만, 역시 그건 과한 것 같다. 수표를 예치한 뒤 울적한 기분으로 일터로 돌아가는 여자의 머리 위 새로 자라난 더듬이가 바람에 살랑거린다.

예전의 그 남자가 지하철에서 고추를 꺼낸다. 남자 옆자리에는 입안이 송곳니로 가득한 여자가 앉아 있다. 여자는 눈앞의 광경이 믿기지 않아 잠시 얼어붙지만, 그건 진짜였고, 정말 진짜여서, 여자는 몸을 숙여 남자의 고추를 물어뜯은 다음 퉤 뱉어낸다. 으스러뜨릴 뼈는 없다. 여자는 이제 그 누구도 해칠 수 없게 된 고추를 바닥에 그대로 버려둔 채 다음 역에서 내린다. 여자는 차분한 걸음으로 걷는다. 비명이라든지 피는 이제 익숙하니까. 하지만 집으로 가는 내내 입안에 불쾌한 맛이 남는다.

마법의 리모컨을 가진 여자는 리모컨을 호신용 스프레이와 반쯤 먹고 잘 여며둔 엠앤엠즈 초콜릿 봉지와 함께 늘 핸드백 속에 챙겨 다닌다. 사람 많은 곳에서는 쓰지 않을 것이다. 목표물을 정확히 겨냥하지 못할 수도 있으니까. 반복되는 악몽 속에서 어떤 남자가 여자더러 주문을 잘못 받았다고, 투 숏 디카페인 **무지방** 라테라고 했잖아 이 멍청한 개년아 하고 고함을 질러대자, 여자는 화가 나서 커피숍 전체를, 한 블록 전체를, 온 세상을 꺼버린 뒤 되감기, **되감기**를 아무리 눌러도 되돌릴 수 없다.

거리를 걸으며 여자는 핸드백 속에 손을 넣고 정지 버튼을 누르는 상상을 한다. 멎어버린 도시에서 여자는 하고 싶은 것이라면 뭐든 할 수 있을 것이다. 여자는 골목길을 지나, 나무가 무성한 공원을 가로질러, 노숙인 남자가 상스러운 욕설을 외쳐대는 길모퉁이를 지나 몇 킬로미터나 걷지만, 봐라, 이제 그 남자도 조용하다. 여자가 둘 모두에게 평화를 가져다준 것이다.

늑대 인간이 된 여자는 예전에는 자기 몸이 한 번도 사랑스럽다고 생각한 적 없지만 지금은 집에 있을 때마다 온몸을 흔들어 털을 나부낀다. 여자는 벌거벗었을 때 가장 강하다. 때로 여자는 늦은 밤 뒷마당에 서서 울부짖는다. 슬퍼서가 아니라, 허파가 튼튼해서, 공기를 소리로 바꾸는 게 즐거워서다. 여자의 남편은 행복해하는 여자를 보고 자신을 할퀴어서 똑같이 만들어달라고 한다. 여자는 자기가 그러고 싶기를 **바란다**. 이건 **자기만** 할 수 있는 일이라고, 이 일은 자기 자신한테 필요한 일이라고 남편에게 설명하려 애쓴다. 여자가 차마 할 수 없는 말은 늑대 인간이 된 건 남편을 위한 존재로 살고 싶지 **않기에** 필요하다는 말이다. 남편은 이해한다고 하지만, 여자는 남편이 자신을 영영 용서하지 않으리란 걸 안다.

송곳니 난 여자는 송곳니 때문에 불편한 걸 참고 공원 벤치에 앉아 도넛을 먹는다. 여자는 기분이 나쁘다. 혀가 쓰리고, 볼 안쪽이 이에 쓸려 벗겨진 데다가, 입고 있는 블레이저 재킷에 설탕 가루가 잔뜩 떨어져서다. 물어뜯어버릴 수 있도록 아무 남자나 기분 나쁜 말을 해줬으면 좋겠는데, 아무도 말을 하지 않는다. 아무튼 송곳니는 눈에 잘 띄니 말이다.

여자는 친구인 잘 잊어버리는 여자에게 전화를 건다.

"웬만해서는 잘 지내지." 시옷 발음을 할 때마다 치찰음이 살짝 난다. "그냥 오늘 같은 날마다 기운이 없는 거지."

"정말 힘들겠다." 친구는 그렇게 말하지만, 속으로는 늘 남자

이야기만 나누는 게 싫다고 생각한다. 잘 잊어버리는 여자는 뭉 툭한 잇새에 낀 씨앗을 빼낸다. 송곳니가 난 여자는 손가락에 묻 은 도넛 부스러기를 털어내며 이만 끊어야겠다고 한다.

한 여자가 수업이 다 끝난 시각 커다란 대학교 건물 복도를 걷 는다. 열여덟 살 신입생인 여자는 입학한 이래로 학교로부터 인 근에서 일어난 성폭행 사건에 관한 단체 이메일을 적어도 일주 일에 한 번씩은 받았다. 말미에는 매번 위험으로부터 스스로를 지키는 방법들이 항목별로 나열되어 있었다. 이메일에 혼자 밤 에 돌아다니지 말라고 적혀 있었는데도, 여자는 교수가 우편함 에 놓아둔 보고서를 찾으러 왔다. 우편실에 도착하니 문이 잠겨 있다. 헛수고했을뿐더러 또다시 층계참을 지나야 한다. 여자가 열네 살 때 층계참에서 마주친 어떤 남자가 물어볼 게 있다더니 여자를 벽에 밀어붙이고 가슴을 움켜쥔 적이 있었다. 여자는 계 단을 달려 내려간다. 오늘 계단엔 아무도 없고 여자가 상상해낸 남자들만 그득하다. 남자들이 〈백설공주〉 속 캄캄한 숲의 나뭇 가지처럼 여자를 향해 다가온다. 여자는 겁쟁이인 자기가 싫고, 스스로를 겁쟁이라 여기는 자신에게 화가 난다.

만약 이런 상상으로 머리가 꽉 차 있지 않았더라면 여자는 계 단 맨 밑 칸에 놓인 20달러짜리 지폐를 발견했을 것이다. 그 지 폐를 주워 소설책을 사거나 영화를 보고, 친구에게 빌린 점심 값 을 갚았을 것이다. 그날 밤늦게, 차분한 걸음으로 계단을 내려가던 2학년 남학생이 지폐를 발견한다. 친구들과 어울리며 진탕 취한 뒤, 남자는 늦은 밤 공원에서 예전에 찍고 싶었던 영화를 떠올린다. 그는 그 영화를 대학 영화제에 출품해 2등 상을 탈 것이다. 몇 년 뒤 그는 인디 영화 감독이 될 것이다.

다행히 여자는 안전하게 집에 도착하고, 다음 날 방사능 바퀴벌레한테 물린다. 방사능 바퀴벌레가 온 도시를 휩쓸고 있다. 여자는 새로 얻은 능력이 좋지만, 이 신체 변화를 사귀는 남자에게 뭐라고 설명해야 할지 알 수 없다. 두 사람은 헤어진다.

송곳니 난 여자가 남자의 손을 물어뜯는 장면을 목격했던 여자도 송곳니를 얻는다. 여자는 거울을 들여다보며 송곳니를 딱딱 부딪쳐본다. 상상했던 대로 송곳니가 피로 물든다. 자기 피이기는 하지만 말이다. 여자의 잇몸은 아직도 생채기가 남아 쓰리다.

시장의 아내가 잠을 자다 방사능 바퀴벌레한테 물리자 정부도 사태를 파악한다. 시장은 아내와 한 침대를 쓰는데 물리지도 변신하지도 않았다. 정말 이상한 일이었다! 무슨 일이 일어나는 거지? 아무도 모른다! 감염은 급속도로 번졌다. 시장의 아내는 검사받기 위해 입원한다. 언론에서는 그가 병에 걸렸으며 대중의 눈을 피해 휴식을 취할 것이라 발표한다. 레딧(Reddit, 미국 대형 온라인 커뮤니티—옮긴이)에서는 음모론이 자라나 덩굴처럼 엉킨다.

한 여자가 거리를 걷는데 그 누구도 그를 귀찮게 하지 않는다. 여자는 다른 여자들을 마주칠 때마다 미소를 보낸다. 상대도 마주 웃어준다. 무언가가 달라졌다.

한 여자가 머리에 가짜 더듬이를 달고 자기가 사는 건물 뒷골목에 쓰레기를 내다놓으러 나간다. 여태까지는 겁이 나서 밤에는 가지 못했던 곳이다. 통통하게 살이 찌고 성이 난 큼직한 쥐 한 마리 말고는 아무도 여자를 괴롭히지 않는다.

송곳니 난 여자는 이제 바퀴벌레인 척하면 되니 송곳니를 뽑아버릴지 생각해보지만, 이미 안전한 기분에 익숙해져버렸다. 방사능 바퀴벌레가 **답이** 아니라고 밝혀지면 어쩌지? 누가 바퀴벌레용 특수 테이저건이라도 발명하면 어쩌지? 과학자들이 열심히 연구한 끝에 치료제라도 만들면 어쩌지? 여자는 송곳니를 뽑지 않고 입안이 약간 쓰라린 걸 받아들이기로 한다.

가짜 더듬이의 판매량이 치솟는다. 도시의 남성들은 안전한 기분을 느끼지 못한다. 도시의 여성들은 논다. 욕조에 물을 받아놓고 물속에서 30분씩 숨을 참으며 새로운 허파의 폐활량을 시험한다. 바퀴벌레가 된 몸이 좋아하는 맥주에 흠뻑 취한 채, 별이 총총한 밤에 집까지 걸어가다가 남자를 마주치면 쉿 소리를 내위협하고, 남자는 도망치고 그들은 웃고 또 웃는다. "농담도 못

해?" 그들은 찢어지는 소리로 웃다가, 문득 자책감 비슷한 걸 느끼는데, 나쁜 짓을 나쁜 짓으로 받아친다고 해서 옳은 일이 되지는 않기 때문이다. 그러나 나쁜 짓에 나쁜 짓에 나쁜 짓에 나쁜 짓이 더해진 것을 나쁜 짓으로 받아칠 때 바퀴벌레 여자들이 더 신나고, 무모하고, 자유로운 기분이 드는 건 **사실이다.**

남자들은 밤에 외출할 때 주머니에 살충제 스프레이를 챙겨 다닌다. 그걸로 충분할 리가 없는데도 남자들은 살충제를 부적처럼 꼭 쥔다. 이제는 여자들이 다들 더듬이를 달고 다녀서 누가 위험한 여자인지 알 도리가 없다.

잘 잊어버리는 여자와 송곳니 난 여자가 만나 커피를 마시고, 잘 잊어버리는 여자는 송곳니 난 여자에게 요즘 유행하는 패션이 이해가 안 간다고 말한다.

"나도 한 쌍 써보긴 했는데 머리카락이 납작하게 눌리고 두통이 오더라."

송곳니 난 여자는 항생제를 복용하는 중이다. 이 하나에 농양이 생겨서다.

"두통은 진짜 괴롭지." 그는 그렇게 말하고는 울기 시작한다.

어떤 남자가 바퀴벌레 여자 친구가 잠든 사이 목을 잘라버린다. 여자 친구는 비틀비틀 몸을 일으켜 남자를 공격해 죽여버리고, 여자는 이대로 아직 일주일을 더 살 수 있다. 여자는 앞을 볼 수 있도록 잘린 머리를 옆구리에 낀 채 도시의 거리를 걷는다. 남아 있는 시간을 받아들이는 법에 관한 글을 써서 버즈피드(BuzzFeed, 뉴스 및 엔터테인먼트 웹사이트—옮긴이)에 기고하기도 하지만, 사실은, 두려움 때문에 잘린 목이 꽉 메어온다. 사흘 전에 죽었더라면 좋았으련만, 애초에 바퀴벌레 같은 것이 되지 않았더라면 좋았으련만. 사랑하던 남자가 자기 머리를 절단했다는 사실을 아는 것보다 괴로운 일은 없다. 그 남자를 죽인다고 해서 다시금 완전해질 수 없다는 사실을 제외한다면 말이다.

두 여성 발명가가 방사능 바퀴벌레가 득실거리는 비밀 실험실에 있다. 긴 하얀 가운과 두꺼운 고글 차림이다. 팔꿈치까지 올라오는 빨간 고무장갑도 꼈다.

"우리가 한 게 올바른 선택이었으면 좋겠어." 둘 중 한 여자가 이렇게 말하며 바퀴벌레에게 새로운 혈청을 조심스레 주입한 뒤 #B872라고 번호가 매겨진 유리병에 집어넣는다.

"마리아나 선물로 기저귀 교환대를 고른 건 탁월한 선택이었어." 다른 한 여자는 비커 위로 고개를 푹 수그리고 오렌지색 액체가 식기를 기다리고 있다.

두 여자는 매일 장시간 일하고, 퇴근 시간이 되면 안도의 한숨을 내쉰다. 그들은 고글과 장갑과 가운을 벗으며 저녁 계획에 대한 이야기를 나눈다. 옷을 벗은 그들은 실패한 실험들로 이루어진 모자이크다. 뺨을 가로지르는 상처들, 굳어져 짐승의 것처럼 된 발톱들, 돌과 털가죽과 비늘로 변한 피부 병변들. 한 여자의 몸은 등뼈를 따라 서로 맞물리는 아르마딜로의 껍데기로 뒤덮여 있다. 다른 여자의 몸에는 접히지 않는 외날개 하나가 달려 있다. 샤워할 때면 깃털이 배수구를 막는다.

두 여자는 실험실을 나가 가짜 더듬이를 머리에 쓴 뒤 손을 잡고 집으로 향한다. 이쪽에 다가오던 남자 하나가 정중하게 묵례하고는 멀찍이 떨어져 걷는다. 그들은 서로를 향해 미소를 짓는데, 사악한 미소는 아니지만, 그렇다고 친절한 미소도 아니다. 두 여자는 기분 좋고 안전하게 느끼지만 그렇다고 해서 상상했던 것만큼 기분 좋고 안전하지는 않다. 몸의 따갑고 당기고 욱신거리는 부위들, 그칠 줄 모르는 근질거림 때문에 별들에도 서늘한 밤공기에도 도저히 집중할 수가 없다. 그들은 자신들이 해낸 일이 자랑스럽다. 그러나, 때로는, 자신들이 매끈하고 온전했더라면, 지금보다 조금 더 부드러운 버전이었더라면 좋았으리라는 소망을 품는다.

제리의
해산물 오두막
(★☆☆☆☆)

게리 F.

메릴랜드주 볼티모어

옐프 가입일: 2015년 7월 14일

리뷰: 제리의 해산물 오두막

리뷰 게시일: 2015년 7월 15일 오전 2시 8분

★☆☆☆☆

이 식당 웹사이트를 살펴보고 옐프에 올라온 긍정적인 후기를 읽어본 뒤 어젯밤에 아내와 함께 제리의 해산물 오두막을 찾았습니다. 우리는 좋은 경험을 하지 못했습니다. 다른 후기대로 "홈런"이 아니었어요. 다른 손님들은 대체 평소에 어떤 곳에서 저녁 식사를 하는 건지가 궁금한데, 방금 쓰다 지운 생각들은 올리지 않을 겁니다. 왜냐하면 혹평인 데다가 감히 말하자면 너무 정확해서 상처가 되는 말들인데 전 상처를 줄 의도가 없거든요. 전 그저 정확히 기록하려는 것뿐입니다.

저는 체계적이며 공정한 방식으로 제리의 해산물 오두막 후기를 남길 겁니다. 이 사이트를 이용하는 아내와 저 같은 사람들, 볼티모어에 처음 와서, 사전 정보를 참조해 저녁 식사 계획을 짜려고 이 사이트에 **의지하는** 사람들이 이곳이 어떤 곳인지 제대로 알고 결정을 내릴 수 있게 말입니다. 사랑하는 제 아내가 말한 것처럼, 시간을 들여서 무엇을 할 때 제대로 할 게 아니면 아예 손대지 말고 다른 모든 일과 마찬가지로 아내가 하게 놔두세요. (하하)

위치

제리의 해산물 오두막은 펠스포인트 인근에 있습니다(식당 웹사이트에 나오는 것처럼 유서 깊은 펠스포인트 내에 있는 건 아닙니다). 솔직히 말하면 이 "오두막"은 실제 오두막은 아니고 미용실이랑 매트리스 가게 사이에 끼어 있는 평범한 외관을 가진 가게고, 동쪽으로 몇 블록이나 떨어진, 불쾌하다는 말로도 모자란 동네에 자리 잡고 있어요. 혹시 당신, 미래의 옐프 이용자인 당신이 이 후기를 읽고 나서도 제리의 해산물 오두막에 갈 생각이라면 식당 근처에 주차하지 마세요. 펠스포인트에 주차하고 나서 걸어오세요. 강도를 당한다 한들 범죄자들이 지갑만 가져가지, 우리처럼 오른쪽 앞좌석 창문(박살 남), 가민 내비게이션, 그리고 당신이 출퇴근길에 들으려고 기대하고 있던 두 장짜리 〈희열의 리듬: 아이티 부두교의 성스러운 음악〉 세트까지 포함해 시디 다섯 장을 도난당하지는 않을 테니 말입니다.

인테리어

딱 들어갔을 때 느낀 첫인상은 나쁘지 않습니다. 후기를 공정하게 쓰겠다는 제 말은 진심이었습니다. 어떤 사람들은 어떤 대상을 향한 개인적 감정과 그 대상 자체를 구별할 줄 모르지만 저는 그렇게 할 줄 알거든요. 그렇기 때문에 비록 **제가** 〈아바타〉 3D 체험이 즐겁지 않았고, **제가** 조깅의 매력이 뭔지 모른다 해도, 그 두 가지가 각각 제 안에서 독립적인 가치를 지닐 수 있는 겁니다. 삶은 계란을 냉장고에 넣으면 모든 음식에서 삶은 계란 냄새가 나고 제가 그 냄새 때문에 반사적으로 구역질이 난다 해도, 어떤 사람은 저와 다른 감정을 느끼므로 매일 아침 삶은 계란을 먹을 수도 있단 사실을 이해하는 것처럼요. 십인십색이라는 말도 있듯이, 뭐 그런 거죠.

이곳의 인테리어는 충실한 해양 테마입니다. 바 위쪽에 매력적인 그물이 드리워져 있고, 그물 속에 플라스틱으로 만든 불가사리 몇 마리며 두꺼운 종이로 만든 인어가 걸려 있어요. 벽에는 돛단배 사진이 붙어 있는데 액자에 넣지 않고 석고에 그대로 붙여둬서 가장자리가 노랗게 변하고 말린 것이 진짜 바닷가 어딘가에 붙어 있는 듯한 분위기를 더하고 있죠. 바 끝 쪽에는 고무로 만든 게 모형이 버드라이트 맥주 한 병을 얼싸안고 있어요. 그 옆에는 이런 팻말이 있죠. "버드라이트와 함께라면 엿 같은crabby 기분을 느낄 일이 없죠!" (당연히 버드라이트와 함께여도 엿 같은 기분을 느낄 수 있죠. 세상에 있는 더 맛있는 맥주들을 생각해보면, 버드라이트와 함께라면 반드시 엿 같은 기분이 들 거라고 주장하는 바입니다. 또, 제리의 해산물 오두막 직원이 볼티모어

"토박이"라는 자신의 입지를 무척 고수하는 듯 보이므로 메릴랜드주 기업들을 지지하는 의미에서 오로지 이 지역에서 생산한 맥주만 판매하는 정책도 고려해볼 수 있겠습니다.)

테이블은 총 여덟 개고, 코팅된 빨간색과 흰색 체크무늬 식탁보로 덮여 있습니다. 우리가 앉은 자리의 식탁보에는 구멍이 뻥뻥 뚫려 있어서 그 구멍 틈으로 하얀색 폴리에스테르 보풀의 부드러운 감촉을 느낄 수 있었죠. 우린 좀 더 "레스토랑다운 레스토랑"(제 아내의 표현입니다)을 기대했지, "테이블이 몇 개 있는 바"(역시 제 아내의 표현이고요)를 기대한 게 아니었습니다. 웹사이트에 실린 사진들은 이곳의 인테리어를 정확하게 반영하지 **않고** 있으니, 따라서 제 잘못은 아닌 겁니다. 저는 좀 더 해변 분위기가 나는 식당을 기대했는데, 나중에 제 아내는 "전혀 그렇지 않았다"고 주장하더군요. 요지는, 제가 아내에게 특별한 저녁 식사를 약속했다는 겁니다. 저는 아내에게 이곳이 "볼티모어의 정수"를 담고 있을 거라고 말했습니다. 오늘에야말로 그간의 긴장을 풀고, 반밖에 풀지 않은 이삿짐과 거의 텅 비다시피 한 방들을 떠나, 집 밖에서 저녁을 보낼 수 있기를 바랐던 겁니다.

청결도

제일가는 청결함을 자랑한다고 할 수는 없음.

착석을 기다리는 동안(알아서 자리를 찾아 앉아야 하는 시스템이라는 것을 우리가 깨닫기 전에), 제 아내가 발뒤꿈치를 들었다가 놓고, 다시 들었다가 놓기를 반복하며 바닥이 파리 끈끈이만큼 끈끈하다는 걸 확인하는 모습을 보았습니다. 아내의 얼굴이 제가 아는 단호한 표정으로 바뀌더군요. **여긴 진짜라니까**, 저는 아내가 느낄지도 모르는 부정적인 인상을 막고 싶어서 이렇게 말했죠. (저는 앞서 말한 그물 장식은 물론 화장실 문에 각각 쓰인 '해적' 그리고 '숙녀 해적'이라는 표시를 이미 보았고 무척이나 평등주의적이라는 생각에 좋은 인상을 받았습니다.) 재닛, 그러니까 제 아내는 머릿속에서 뭔가 마음에 안 든다고 결정하고 나면 다시는 그 결정을 바꾸는 법이 없거든요. 자기 생일 파티에서도 불행해할 수 있는 여자입니다(실제로 그런 적이 있었지요, 여러 번이요). 그러니까 이곳은 그렇게까지 청결하지는 않았습니다! 아마 식당 이름에 오두막이라는 표현이 들어가 있으니, 여러분도 예상할 만한 일이었을 겁니다.

바닥은 자루걸레로 닦을 수 있었을 겁니다. 그러면 "자루걸레로 갑판을 민다(선원이나 해적이 목재의 곰팡이를 방지하기 위해 소금물이 묻은 자루걸레로 갑판을 닦는 행동—옮긴이)"는 표현과도 잘 들어맞았겠죠. 그래도 우리가 앉은 테이블은 닦여 있었고, 바퀴벌레는 한 마리도 보이지 않았습니다. 제 아내라면 청결도를 평가하는 기준 치고 낮다고 말했을 테니, 이 식당에 위생 검사를 통과했음을 알리는 팻말이 있었고, 그 팻말이 법에서 요구하는 바대로 창가에 눈에 띄게 걸려 있었다는 점도 덧붙이고자 합니다.

서비스

서비스는 괜찮았습니다, 처음에는요. 해적 아가씨 의상을 걸치기에는 나이가 너무 많은 여자가 우리를 맞이하고 주문을 받았습니다. 소프트 셀 크랩 샌드위치 두 개(옐프 리뷰에 따르면 "인기" 메뉴였어요) 그리고 사이드 메뉴로 코울슬로를 주문했죠. 종업원이 입은 해적 아가씨 의상의 상체 부분은(숙녀 해적의 의상이라는 표현을 써야 하는 건지도 모르겠군요) 검은 인조가 죽으로 되어 있었고 가슴이 바깥으로 흘러넘쳤는데 젊은 아가씨의 가슴처럼 탱탱하게 올라붙어 넘치는 것이 아니라 파티가 끝난 지 사흘 되어 헬륨 가스가 빠지기 시작하는 풍선 같은 모양새였습니다.

(여기서 잠시 제가 평소에는 식당 서비스를 불평하는 성미가 아니라는 말을 해야겠습니다. 종업원이 느려터졌거나 불친절하다는 둥, 추잡하게 흘리고 다닌다는 둥 큰소리로 지긋지긋할 만치 불평을 해대던 아버지의 자식이자, 권위적인 인물의 조급증과 둔감함 때문에 부끄러운 상황에 부닥친 일이 한두 번이 아니었던 자식으로서, 저는 어지간한 정도로 나쁜 서비스는 묵묵히 받아들이곤 합니다. 종업원도 사람이고, 제가 먹는 모든 끼니가 태어나서 먹어본 최고의 식사여야 하는 것은 아니니까요. 억지로 간신히 삼키고도 한마디 불평조차 하지 않았던 식사도 살면서 몇 번이나 있었습니다. 제 아내는 이해심이 저보다는 부족하고, 음식이 차게 식어 나온다거나, 제가 꼭 기억하겠다고 해놓고

우유사 오는 것을 잊어버렸을 때 불평하는 경향이 좀 있지만, 그래도 사실 제 아내는 정당한 불만만 제기합니다. 사람들이 "자기한테 기어오르는" 걸 허용하지 않고, 저 또한 "그래서는 안 된다"고 생각하는 여자거든요. 오늘 밤 일어난 일은 종업원 탓이 아니었습니다. 제 아버지가 뭘 기대하는지 모르겠군요. 종업원이 마법사도 아닌데. 제가 종업원한테 바라는 것은 한 지점에서 다른 지점으로 음식을 옮겨주는 것뿐이고, 종업원이 웃는 표정일 필요도 없습니다. 제리의 해산물 오두막에서 종업원 일을 하고 있고, 사장이 자기를 두 치수는 작은 코르셋 안에 욱여넣었으며, 집에는 애가 셋이고, 발에는 티눈이 잡힌 와중에, 워싱턴D.C.풍 검은 정장을 입은 손님 둘이서 자기 담당 구역에 앉아 이 게가 현지에서 잡힌 것이냐고 물어오는 이 상황에 도대체 웃음이 나올 일이 있겠습니까? 참고로 당연히 게는 현지산이고, 아마도 그래서 그 여자가 우리가 얼간이며 이 동네 사람이 아닌 게 분명하다는 눈길로 이쪽을 쳐다보았을 겁니다. 우린 이제 이 동네 주택 소유자인데 말이죠.)

음식이 나오기까지는 45분이 걸렸습니다. 아니, 이렇게 말하는 게 낫겠네요. 45분이 지나자, 우리 테이블에 팽팽한 긴장감이 감돌았죠. 우리 둘 다 피곤했고 굉장히 배가 고팠죠. 이사는 아주 힘들거든요. 온라인으로 주문한 새 식탁은 세인트루이스의 창고에 처박혀 있고, 아내가 회사에 전화를 걸어 최대한 험상궂은 목소리로 따졌는데도 그쪽에서 기다리라고, 처리 중이라고 말하는 바람에 여태 맨바닥에 앉아 식은 피자나 먹으며 보낸 날이 하루이틀이 아니었습니다. 우리 둘 다 이 저녁 식사를 기대하고 있었다고요.

게를 잡아다 만들기라도 하나? 재닛이 말하자 저는 아내가 당장 일어서서 음식은 어디 있느냐고 물을 걸 알았습니다. 그래서 한바탕 소란이라도 일어날세라 제가 먼저 일어섰죠. 식당에서 드라마가 펼쳐지는 게 싫습니다. 정말 싫다고요. 바로 다가가기 전에 제가 재닛에게 한 소리 했었는지도 모르지만, 그건 어떻게 보면 아내 잘못인데, 손님들이 종업원을 못살게 구는 걸 제가 얼마나 싫어하는지 아내도 충분히 알고 있으니까요.

(물론 재닛에게도 장점이 참 많습니다. 지금 그 말을 꼭 하고 싶네요. 이 글은 제 아내 후기가 아니니까요.)

만약 이 글이 제 아내 후기라면 저는 다음과 같은 기준으로 제 아내를 평가할 겁니다.

1) 협조적인 태도

2) 공감 능력

3) 안정성

4) 유머 감각

5) 외모

6) 저에 대한 인내심

재닛은 협조적입니다. 대학원에 입학해 음악학 석사를 따겠다고 하자 아내는 꼭 그러라고 했고 심지어 결혼 전인데도 학비를 대주었습니다. (재닛은 변호사입니다.) 전 재닛이 그 당시에는 오래된 남자 친구였던 저의 음악학 석사 학위에 협조했던 것이 아내의 공감 능력을 보여주기도 한다고 생각하는데, 보통 제가 음악학자라고 말하면 사람들은 미친 사람을 보듯이, 아니면 지어낸 직업이라고 생각하면서 저를 바라보기 때문입니다. 재닛은 그러지 않았습니다. 아내는 제가 음악을 사랑한다는 사실을, 그리고 제가 꿈꾸던 직장인 스미소니언 포크웨이스에서 일한다는 사실을 좋아합니다. 그러니 이 꿈의 직장까지 통근 시간이 편도 한 시간 반이 걸린다는 것, 그리고 아내가 워싱턴D.C.에서는 우리 능력으로 도저히 살 수 없는 주택을 소유하고 싶어 하고, 또 아이를 갖고 싶어 하기 때문에, 퇴근 후에 동료들과 어울릴 수가 없다는 게 다 무슨 상관이겠습니까?

분명 저 역시 그런 것들을 원합니다.

재닛은 굉장히 안정적인 사람입니다. 바위라고 불러도 좋을 정도입니다. 밑부분이 평평한 바위죠. 그렇다고 아내의 엉덩이가 납작하다는 건 아니지만요. (아내의 외모에 점수를 매겨야 한다면 전 10++점을 주겠습니다.) 제 말뜻은, 아내는 비탈에서 밀면 굴러가는 그런 바위가 아니라는 겁니다. 아내는 한다면 하는 사람입니다. 아내가 근사한 레스토랑에 갈 거라고 했다면, 제리의 해산물 오두막에는 응당 흰 리넨 식탁보와 현지에서 기른 재료를 농축해 만든 칵테일이 준비되어 있을 거라는 겁니다. 가끔 제 아내는 오로지 정신력만으로 자신의 의지를 실현하는 게 아닐지 하는 생각이 듭니다.

또, 유머 감각이 굉장히 뛰어납니다. 제리의 해산물 오두막에 들어와 고무 게 모형을 봤을 때 미소도 지었다고요.

제가 부정적인 평가를 할 수밖에 없는 유일한 항목이 '6) 저에 대한 인내심'일 텐데, 그것도 최근에 저한테 보여주는 인내심만을 말하는 겁니다. 아내는 볼티모어로 이사하는 데 "올인"했습니다. 제가 "의심을 품었다면", 응당 "우리가 그 빌어먹을 집을 **사서** 망할 놈의 세간살이를 전부 옮기기 전에" 말했어야 했던 거죠. 저도 반박할 생각은 없습니다. 그저, 아내가 내리는 결정은 언제나 옳다는 걸 저도 알고 있다는 의미에서는 저 역시 올인했으며, 그 뒤에 무슨 일이 일어날지, 제가 그 결정을 마음에 들어하는지 저로선 잘 모르겠다는 의미에서는 올인한 게 아니라는 걸 아내는 모를 뿐이죠.

서비스(바)

자, 이제 문제의 핵심을 이야기할 순서군요. 제리가 바 직원을 어디서 찾아 고용한 것인진 모르겠지만 그 사람들은 지구상에서 제일 예의 없고 불쾌한 인간들입니다.

저는 바를 향해 다가가 바텐더에게 음식이 언제 준비되느냐고 예의 바르게 물었습니다. 그리고 이 바텐더, 지역 교도소에 수감

된 채 낮 시간에 노동 석방을 받아 일하는 중인 게 아니라면 오토바이 갱단에서조차 도를 지나치게 막돼먹었다는 이유로 얼마 전에 쫓겨난 것이 분명한 그 바텐더는 **준비가 되면 준비될 겁니다**라고 대답하더군요. 그러더니 바텐더는 마지못한 표정으로 주방으로 연결된 창을 한번 보더니 **아마도 곧**이라고 했습니다. 생각해보니 나쁜 말이 아니군요. 이제 와 돌아보니 타당한 말이었던 것도 같습니다. 하지만 다시 자리로 돌아와 재닛에게 음식이 "아마도 곧" 나온다고 전할 수는 없었습니다. 확실한 일정이 필요했던 겁니다. 아니면 음식이 이렇게 늦게 나오는 이유라도 알아야 했어요. 주방에 불이 났든지, 주방장 가족이 급사했다든지, 갑자기 게 부족 사태가 체사피크를 휩쓸고 있다든지 말입니다. 전 이미 저녁 식사를 망쳐버렸습니다. 그러니 단호한 입장을 취해야 했습니다. 아내에게 해줄 수 있는 일은 그것 하나였으니까요. 그래서 저는 말했습니다. **주방에 들어가서 확인해보시거나 담당 종업원을 불러주시겠습니까?** 그러자 그자가 말하더군요. **이보쇼, 전 바 담당입니다. 술을 안 시킬 거면 다른 손님들 주문받게 비켜요.** 바에 앉아 있던 다른 남자들이 절 쳐다보기 시작했습니다. 그 사람이 제가 입은 정장이며 제가 서 있는 자세, 제가 알기로는 조금 어색했던 그 자세를 보며 저를 판단하는 게 느껴졌어요. 저는 팔이 유달리 길거든요. 전 다시 말했습니다. **용납할 수 없습니다.** 실제로 용납할 수 없다는 기분이 들어서라기보다는 재닛을 흐뭇하게 해주고 싶어서였습니다. 그다음에는 제리와 이야기하겠다고 했던 것 같습니다. 제 목소리가 높아졌는지도 모르겠습니다. 바텐더가 저에게 **그 호모 새끼 같은 워싱턴D.C. 정장 처입은 채로 남들처럼 자리에 앉아서 기다리라고** 한 건 그 순간이었습니다. 바에 앉아 있던 남자들이 무슨 웃긴 일이라도 벌어졌다는 듯이 남자들 특유의 걸걸한 웃음을 터뜨렸고, 바텐더가 저더러 "얼굴을 붉힌다"고 비난하자 또 웃었습니다. 저는 아무 대답도 하지 않았는데 그런 행동에 대해서 제가 할 수 있는 행동이 대체 뭐가 있었겠습니까? 그 순간 아무 대답도 하지 않고 그저 다시 자리로 돌아온 일을 저는 추호도 후회하지 않습니다.

이 동네 사람들이 도대체 어째서 워싱턴D.C.에 그토록 반감을 품는지 모를 일입니다. 워싱턴D.C. 출신이라고 해서 전부 개자식도 아닌데요. 게다가 전 워싱턴D.C. 출신이 아닙니다. 오하이오주 출신이라고요.

가슴에 품고 있던 말들을 털어놓으니 기분이 좋군요. 미래의 옐프 이용자 여러분, 여러분에게 거짓을 고하고 싶지 않습니다. 이렇게 무거운 짐을 내려놓으니 꼭 여러분과 마음으로 하나가 되는 기분입니다. 몇 가지 이야기를 더 해드리지요. 저는 지금 맥주를 마시는 중입니다, 석 잔째죠, 그런데 이제야 겨우 취기가 도는군요. 아내는 벌써 몇 시간 전에 자러 갔습니다. 저는 나중에 거실이 될 곳의 나무 바닥에 램프 하나를 켜놓고 컴퓨터와 빈 맥주병들을 끼고 앉아 있는데, 아직은 책상이 없는 데다 2층에 올라가고 싶지 않아서입니다. 전 여기 있고 싶지 않았습니다. 저는

"특별하게 특별한" 밤을 보내고 싶었습니다. 그리고 **특별하게** 특별하다는 건 섹스를 할 수 있을 거라 기대했다는 뜻입니다. 자, 말해버렸군요. 한 남자가 자기 아내와 벌이는 자연스러운 행위를 말하는 게 뭐가 어떻단 말이죠? 저는 그 바텐더처럼 부적절한 동성애혐오적 욕설에 안주해야 할 만큼 자신의 성 정체성에 대해 불안감을 품은 사람이 아닙니다. 아내 앞에서 "호모 같다"는 말을 들었을 때 기분이 좋지 않았습니다. 기분이 더러웠죠. 바텐더가 한 말이 머릿속을 떠나지 않아 불쾌합니다.

사실은 때때로 섹스 이야기를 하는 게 어렵습니다. 제가 '등짝이 두 개 달린 괴물(성관계 중인 두 사람을 뜻하는 은어—옮긴이)' 같은 표현으로 보수적인 옐프 이용자들에게 충격을 안기고 싶지 않아 섹스를 에둘러 표현했다고 말할 수도 있었을 테지만, 솔직히 말하면, 때로는 (지금처럼) 하나의 몸에 깃든 인간으로 존재한다는 게 불가능한 일처럼 느껴집니다. 모든 신체 부위가 합창하듯이 반복적이며 불수의적인 리듬을 타고 거의 기적에 가까운 협력을 해내는 것 말입니다. 몸이란 정말로 흐벅지면서도 구멍이 뻥뻥 뚫리기도 좋은 묘한 것입니다. 영영 끝나지 않을 것만 같은 통근길이면 저는 사고가 났을 때 제 차의 어떤 부품이 저를 관통할 가능성이 가장 높은가를 상상해봅니다. 운전대 축. 사이드브레이크. 상대편 차의 파편. 제 피부막이 실제로는 얼마나 얇은지 생각하는 일이 유쾌하지 않습니다만, 그 생각은 한번 떠오르면 사라져주지 않습니다. 시디를 도둑맞은 일이 그토록 언짢은 것도 그래서지요.

아이티의 부두교 음악을 들어본 적이 한 번이라도 있으십니까? 여러분이 예상한 것과는 완전히 다를 겁니다. 나지막하게 똑똑 빗방울이 떨어지는 것 같은 드럼 소리. 노래는 한 여자가 이끌고 나머지 마을 사람들이 따라 외치는 구호 같습니다. 메기고 받는 형식이지요. 그들은 영혼을 불러 자신들에게 올라타라 청합니다. 그러나 노래가 끝날 무렵 우리에게 올라타는 것은 영혼이 아닌 음악이죠.

어쩌다가 여기까지 왔는지 모르겠네요.

재닛의 배꼽은 툭 불거진 모양입니다. 조그만 돼지 꼬리가 배에 붙어 있는 것처럼 귀엽죠. 재닛은 자기 배꼽을 무척 싫어합니다. 또 제가 배꼽을 만지는 것도 싫어합니다. 마치 아내의 몸속 이름할 수 없는 장소, 위와 자궁 사이 자리 잡은 비밀에 충격을 전하는 민감한 줄을 건드리는 것처럼 "묘한 기분"이 든다고 하더군요. 섹스를 하면서 바깥으로 튀어나온 상대의 배꼽에 대고 몸을 비비지 않기란 어렵습니다. 또 만지면 안 된다고 생각하니 때로는 그 배꼽이 머릿속을 꽉 채워버리기도 하지요.

재닛은 옐프 같은 사이트를 이용하지 않습니다. 저랑 여러분 같은 사람이 아니거든요. 아내는 모르는 사람들의 의견은 믿지 않습니다. 아내는 음식 비평가들의 글을 읽고 "최고의" 목록을 숙독합니다. 이곳으로 이사한 뒤엔 《볼티모어 선》을 읽기 시작했습니다. 아내는 혼자만의 연구를 하고, 기준이 높지요. 저는 아내의 이런 면이 좋습니다.

재닛이 제게 후기를 남긴다면 어떤 기준으로 평가할지가 궁금하군요. 아마 제가 아내를 웃게 한다고 말할 것 같습니다. 제가 잘생겼다고 생각한다고 말할 것 같습니다, **제가 잘생겼다**고 말하는 대신에요. 또, '불만스럽다'는 표현과 함께 사소한 일들을 끄집어낼 것 같습니다. 쓰레기 버리기, 냉장고 안에서 유통기한이 지난 음식 꺼내기, 데이트 계획 세우기 같은 일들 말입니다. 아내가 제가 충성스럽다고, 다른 무엇보다도 그 자질을 중요하게 생각해주기만을 바랄 뿐입니다. 제가 느끼기엔 제가 가진 최고의 장점이 충성심이거든요. 만약 아내가 그 점을 이해한다면 제가 왜 이곳으로 이사하는 것에 곧이곧대로 따랐는지, 아마도 제 입장을 내세워 마땅할 때도 아내 의견대로 하는지를 알아줄 거라고 생각합니다. 혹시라도 아내가 충성심이라는 가치를 가장 낮게 평가할까 봐 걱정입니다.

음식

바에서의 그 사건 이후 우리는 식당을 떠났습니다. 제가 다시 자리로 돌아가 앉았을 때, 우리 둘 다 아무 말도 하지 않았습니다. 그렇게 5분을 기다렸죠. 여태까지 식당에서는 단 한 번도 그런 걸 바란 적 없었는데도, 전 아내가 난리를 부려주길 바랐습니다만, 아내는 아무 말 없이 냅킨만 비비 꼬고 있었습니다. 저는 오늘의 외출은 이쯤에서 마무리하는 게 좋을 것 같다고 말했고,

함께 집에 가는 길에 웬디스에 들러 음식을 포장해 와 차 안에서 먹었습니다. 그래서 제리의 해산물 오두막의 음식 질에 대해서는 말할 수가 없습니다. 이 도시에서 최고로 맛있는 소프트 셸 크랩이 나오는 곳이라면, 우린 영영 이 도시에서 최고로 맛있는 소프트 셸 크랩을 먹어볼 일이 없을 겁니다. 우린 언제까지나 두 번째로 맛있는 게 요리를 먹을 것이고, 아마도 둘의 차이조차 영영 모를 겁니다.

서기 61년,
브리튼의 위세 넘치는
여왕이자,
콘택트 타자 겸
유틸리티 외야수 부디카

>

부디카(Boudicca, ?~61)는 브리튼섬의 여왕으로 영국사 두 번째 여성 군주다. 로마가 침공하자 이케니족의 왕 프라스타구스는 로마에 복종하고 아내 부디카와 두 딸의 안위를 네로 황제에게 부탁한 후 죽는다. 그러나 로마인들의 폭정을 견디지 못한 부디카는 겁탈당한 두 딸과 함께 이케니족을 이끌고 부디카의 난을 일으킨다.

내가 상상한 시나리오대로 내가 오늘날 태어났더라면, 남자로 태어났더라면, 나는 프로야구 선수가 되었을 것이다. 내가 밀워키 브루어스 팀을 위해 타석으로 올라가면 팬들은 **부우우우우우** 외칠 텐데, 알다시피 그건 농담, **부우우우우우디카, 사랑하는 부우우우우우디카**라는 농담이고, 남자들이 내 이름을 연호하고, 전장에 나서는 때와는 달리, 그 누구도 죽지 않고, 나는 2루타를 치고 득점권에 선다. 내가 홈런이라 말할 줄 알았다고? 아니다. 로마 침략군과 맞서 싸우고 있는 억압받는 군대는 무리수를 두면 안 되고, 삼진아웃을 당할 높은 가능성을 안고 홈런을 노려서는 안 되는데, 삼진아웃이란 당신이 죽고, 죽고, 또 죽는다는 뜻이며, 이미 죽음은 너무나 많기 때문이다.

　정말 남자가 되고 싶다는 것이 아니라, 그저 프로야구를 한다면 내 긴 머리가 눈을 가리고 내 가슴이 스윙을 방해할 것이기 때문이다. 농담이다! 내가 로마군을 찌를 때 가슴은 전혀 방해가 되지 않는다. 보름달 아래서 섹스하고 요리하고 옆으로 재주넘기를 할 때도 방해가 되지 않는다. 아니, 나는 그저 환상에 과도하게 젖어 있고 싶지 않아서 그저 고추가 조이기라도 할세라 늘 약간 뒤뚱뒤뚱 걷는 남자처럼 걷는 남자가 된다고 상상하기로 한다. 내가 시애틀 매리너스 팀을 위해 타석에 오르면 팬들은 **부우우우우우** 외치고. 나는 팬들을 실망시켜서는 안 된다고 마음먹고, 나는 1루타를 치지만 3루에 있던 남자는 무난하게, 슬라이

딩조차 하지 않고 홈인하고, 그것은 상대가 무기를 들 겨를도 주지 않고 상대를 치는 최고의 전투다.

정말 남자가 되고 싶다는 것은 아니지만, 명백한 이점도 여럿 있기는 하다. 예컨대 내 남편 프라스타구스 왕은 세상을 떠나며 왕국을 나와 딸들에게 남겼는데, 로마군은 내 다리 사이에서 코끼리 코를 찾았으나 그 대신 그 자리에 훨씬 더 복잡한 기계장치가 있다는 것을 알고 자신들의 불안감을 살육으로 표현하고자 마음먹었다

그렇다, 살육이다, 그러나 그 모든 사태를 막기 위해서라도 나는 남자가 되기를 소망할 수 없고, 소망하지 않을 것인데, 아무리 많은 목숨을 구할 수 있더라도, 내가 다른 이들의 욕망에 맞추고자 변해야 하는 건 부당하기 때문이다. 그래서 나는 여성으로서 샌디에이고 파드리스 팀 타석에 오르고, 군중은 **부우우우우우** 또 **부우우우우우디카** 연호하고, 나는 홈런을 쳐서 모두를 충격에 빠뜨리는데, 나는 실리적인 타자이자, 콘택트 타자고, 팀의 영광을 위해서 경기하며, 베이스로 가기 위해 기꺼이 투구에 맞을 수 있으나, 오늘 나는 그 모든 위험을 감수하고, 크게, 또 세게 배트를 휘두른 뒤, 목구멍이 쓰라릴 때까지 전쟁의 함성을 부르짖으며 베이스를 돈다.

마비스타 경기장을 찾은
마운트애덤스 여학교
소프트볼 팀

마운트애덤스 여학교 소프트볼 팀은 구장 오른쪽에서 준비운동을 하고 햇빛 속에서 호를 그리며 노란 공을 주고받는다. 조용히 하려고 애를 쓰지만 긴장이 풀리니 잡담을 참을 수가 없다. 질 좋은 구장이다. 잔디는 바짝 깎여 있고 베이스도 밝은색이며 벽돌로 된 더그아웃은 홈팀을 상징하는 빨간색과 남색으로 칠해져 있다. 잡초가 무성하고 바닥은 반쯤 먹다 버린 해바라기 씨투성이인 마운트애덤스 구장의 더그아웃보다 좋다. 아이들은 수시로 해바라기 씨를 껍질째로 멀리 뱉기 대결을 하는데 먼저 껍질에 묻은 소금부터 빨아 먹고 그다음에는 철조망의 다이아몬드 모양 구멍을 통과하게 겨냥한다.

모든 게 잘못되었다는 것만 빼면 시합하기 좋은 날이다. 어른들은 일주일 내내 소녀들을 가만히 두지 않았다. **마비스타와의 시합을 앞두고 어떤 기분이니? 하고 싶은 말이 있니? 불과 얼마 전 있었던 일이잖아.** 이 뒤에 이어지는 침묵 속에 그들이 하지 않은 온갖 말이 들어 있다. **총기 난사, 죽음.** 마운트애덤스에서 AP 화학을 가르치는 매디슨 선생님은 눈물이 그렁그렁한 눈으로 학생들을 너무나 빤히 바라보는데, 마치 그 눈길로 소녀들을 호박 속에 영영 가두어 보존하겠다고 마음먹은 것 같다. 11학년 영어를 가르치는 그레이터 선생님은 소녀들에게 너희들이 나이를 먹으면 이 사태를 더 잘, 지금과는 다르게 이해할 것이라고 말하는데, 아마도 사실일 테지만, 그렇게 치면 다른 모든 것들도 다르지 않다. 지금 소녀들이 이해하는 것은 이런 대화들이 다른 무엇보다도 경고라는 사실이다. 어른들의 나직한 음절 하나하나에는 소녀들이 비극에 민감한 감정을 **느껴야만 한다**는 뜻이 담겨 있다. 또, 그 어느 때보다도 행동을 조심해야 한다. 상대 팀의 용기를 존경하고, 인정하고, 이를 감사하게 받아들여야 한다. 확실한 점은, 그 아이들이 시합을 한다는 것 자체가 승리라는 것이다. **오늘 이 구장에서는 모두가 승자다**. 더그아웃에서 장비를 풀고, 배트를 휘두르고, 헬멧을 탕탕 두들겨 흙을 털어내는 소녀들에게 제프 코치가 말한다. 이 말은 시합 전까지는 사실이지만, 시합이 끝날 때쯤엔 사실이 될 수 없다.

마비스타의 소녀들은 구장 왼쪽에서 준비운동을 한다.

마운트애덤스 여학교 소프트볼 팀 소녀들이 실제로 느끼는 감정은 뭘까? 몰리는 안타깝다고 생각하지만 그보다 강한 감정을 느끼지는 않는다. 총기 난사가 일어난 곳이 필라델피아보다는, 오하이오보다는 몰리의 학교에서 가깝지만, 그래도 **우리** 학교는 아니니까. 아무리 슬픈 기분을 느껴보려 해도 딱히 아무 느낌도 들지 않아 결국은 할머니가 돌아가셨을 때를 떠올려야 했다. 그 일은 몰리에게 비극과 가장 가까운 일이어서, 몰리는 수치심과 다행함을 동시에 느낀다. 리사는 부모님이 요즘 들어 자주 싸우는 게 걱정된다. 시몬은 죽은 학생, 신입생인 자기 남동생과 꼭 닮은 신입생의 사진을 보면 너무 많은 감정이 든다. 시몬은 그 사진을 자주 본다. 시몬은 잘 울고, 쉽게 우는데, 그건 사진을 보지 않을 때 기분이 괜찮다는 뜻이다. 애나는 비록 사실이 아닌 걸 알면서도 요즘 타구 솜씨가 떨어졌다고 느낀다. 지금 기분이 언짢은 건 총기 난사 사건보다는 라인업에서 2번이었다가 6번으로 바뀌어서다. 앞으로도 실력이 나아지지 않는다면 제프 코치는 베키를 3루에 세울 것이다. 애나는 베키를 싫어하는데 그건 베키가 긴 금발을 포니테일로 묶었고 연습할 때도 마스카라를 칠하고 오기 때문이다. 최악인 건 베키 역시 자신을 싫어한다는 확신이 든다는 점이다.

그리고, 마운트애덤스 팀의 소녀들 모두가 이 소프트볼 시합에서 이기고 싶다고 생각한다. 승리를 향한 욕망이 가시지 않는게 불편하다. 소녀들을 버스가 아닌 자기 차로 마비스타까지 태워다준 세 명의 선배들은 자기들만 남자, 그 욕망을 솔직하게 표현한다. **그건 우리 잘못이 아니잖아**, 그들은 서로에게 말한다. **그런 일이 일어난 건 우리 잘못이 아니야.**

시합을 할 거라면 최선을 다해 임해야지. 다들 우리더러 어떡하라는 건지 모르겠어.

당연히 일부러 져서는 안 된다, 그건 이기는 것만큼이나 무례한 일이니까. **그쪽이 더 무례하지.** 선배들은 말한다. **걔들 소프트볼 실력은 형편없잖아.** 선배들은 마비스타 여학교 소프트볼 팀 아이들이 비록 소프트볼 실력은 떨어지지만 다들 멋진 아이들이라고 입을 모은다.

제프 코치가 휘플 볼(구멍을 뚫어 멀리 날지 못하게 만든 연습용 공—옮긴이)을 리사에게 던지고, 리사는 다부지고 강한 스윙을 선보인

53

다. 리사는 연습이라고 해서 몸을 사리지 않는다. 리사의 타구에 쪼개진 휘플 볼이 바닥에 떨어져 새처럼 쩍 벌어진다. **또 망가뜨렸군**, 코치의 말에 리사는 자랑스러운 기분이 든다. 세상 모든 휘플 볼을 다 부수고 싶다. 리사는 타석에 나서는 것이, 경기 전체의 중심이 되는 것이, 뒤로 내민 다리와 느슨한 두 손에 온몸의 힘이 모이고, 배트의 몸통이 묵직하면서도 날래게 느껴지는 그 순간이 좋다. 리사는 마지막 점수를 내는 사람, 2루에 주자가 있을 때 빈틈으로 공을 날리는 사람이 되고 싶다. 애나가 타자로서 역부족인 게 바로 이 부분이다. 애나가 허락을 구하기라도 하듯 타석으로 다가간다는 걸, 잘못 던진 공을 향해 배트를 휘두르면 죽기라도 할 것처럼 군다는 걸 누구나, 리사도, 안다. 이런 표현은 쓰지 않는 게 좋겠다. 리사는 시합 말고는 아무것도 생각하고 싶지 않다. 배트를 휘두르고 공이 엄청난 속도로 무척 높이 올라가 하늘을 게으르고 유연하게 날아다니는 모습을 보고 싶다. 리사는 경기장이 전부 자기 것인 양 도루할 것이다.

제프 코치가 베키를 향해 예리한 땅볼을 치자, 평소에는 공을 두려워하지 않는 베키가 오늘은 글러브가 땅에서 아주 살짝 떨어질 정도로 몸을 움찔하는 바람에 공은 그 아래로 빠져나가버린다. 제프 코치는 상황이 상황인 만큼 베키의 컨디션이 좋지 않을 수도 있다고 다시 한번 생각하지만, 그러면서도 3루에 구멍이 생겨버렸다는 걱정이 든다. 애나의 실력이 갈수록 떨어지는데, 제프 코치는 이런 선수들을 더러 봐왔다. 시합이 진행될수록 더 소심해져서 실수가 쌓이고 쌓인 나머지 공포감에 끌려다니는 선수 말이다. 하지만 평소 베키는 겁이 없다. 오늘은 이상한 날, 슬픈 날이다. 그는 힘을 풀고 땅볼이 바닥에 몇 번 튕기도록 공을 치고, 베키는 평소와 같은 표정, 내향적이면서 약간 성이 난, 욕망의 표정으로 깔끔하게 공을 받는다.

베키는 공을 두려워하지 않는다. 소녀들은 공에 맞았을 때 드는 멍이 어떻게 생겼는지 안다. 타이어 튜브처럼 생긴, 보라색으로 부풀어 오른 멍이다. 베키의 오빠는 베키가 여덟 살 때 교통사고로 죽었다. 베키는 그 일을 입 밖에 내지 않는데, 그런 일은 사람들이 영영 잊지 않는 종류의 일이기 때문이다. 베키는 자신이 마비스타의 소녀들 때문에 이렇게 집중이 안 된다는 사실이 놀랍다. 그 애들도, 자신과 마찬가지로, 인생이 너무나 불공평하다는 사실을 알고 있는지 확인하려 자꾸만 그쪽을 바라보게 된다. 모를 리 없겠지? 그러나 그럴 수도 없는 건, 불공평하다는 건 어딘가에 공정이라는 잣대, 바랄 만한 것이 존재한다는 점을 시사하기 때문이다. 삶이란 그런 잣대와는 무관한 것이다. 삶이란 몸이 이루어내는 육체적 활동이다, 몸이 사라질 때까지는 말이다. 베키의 몸은 3루에서 1루까지의 송구를 이루어낸다. 코치는 베키의 팔이 크다고 한다. 크다는 건 당연히 강하다는 것과 같은 의미다. 애나 말이 맞다. 베키는 애나를 싫어한다. 애나는 자신이 과거에 첫 주자였으니 첫 주자가 될 자격이 있다고 여기는 것 같다. 그러나 모든 시합은 새로운 시합이다. 그러다 보면 어떤 날은 베키가 첫 주자가 될 것이고, 그날 베키는 온 힘을 다해 그 자리를 지킬 것이다. 타석에 오르는 순간, 공격당하기 전에 먼저 공격할 것이다.

소녀들이 둥글게 모인다. 제프 코치는 구장에 있는 모두가 승자라고 다시 한번 말한다. 그다음에는 이렇게 말한다. **몰리, 8번이 올라오면 왼쪽으로 상대를 교란해라. 그 애가 저 팀 최고의 타자거든. 8번은 정중앙에서 살짝 오른쪽으로 공을 친다.** 코치가 자리를 떠나자 팔을 서로 엮은 소녀들은 자신들이 앞으로 어떻게 해야 하는지 모른다는 사실을 깨닫는다. 평소에는 선배들한테 배운 대로 고함을 지르고 발을 구르며 응원을 한다. **두 경기만 더 이기면 1위 팀과 동점이야.** 주장이 말한다. 주장은 그 말 말고는 아무 말도 하지 않는다. 소녀들은 스파이크 달린 운동화로 흙바닥을 차고, 글러브 속에 공을 던져 넣는다. 아무튼 해야 할 일에 관해 주장의 허락을 얻어서 기분이 좋다.

시합 시작 전, 양 팀은 베이스라인에 늘어서서 모자를 벗는다. 잠깐의 침묵이 흐른다. 리사는 안타를 치는 상상을 하고, 안타를 칠 수 있기를 기도하지만, 곧 부끄러워져서, 그 대신 생각한다. **안타깝다, 괜찮았으면 좋겠어. 물론 괜찮지 않겠지, 미안.** 시몬은 울음을 터뜨릴 것 같은 기분이지만 울지 않는데 그건 관종 같은, 진저리 나는 행동이기 때문이다. 애나와 베키는 나란히 서서 서로와, 자기 자신과 반목하고 있다. 몰리는 눈물 한 방울 없는 눈으로 바라본다. 몰리는 자라서 위기의 순간에 잘 대처하는 사람이 되었지만 언제나, 특히 원치 않을 때는 약간의 거리를 두고 몸을 사리는 성격이다. 상대 팀의 한 소녀가 울기 시작한 것을 처음 알아차린 사람은 몰리다. 질펀하게 우는 것이 아니라 눈물을 또르르 흘리다가, 조금 더 쏟아내자, 상대 팀의 다른 소녀들이 그애를 둥글게 둘러싸고 보이지 않게 가려준다. 그 순간, 마운트애덤스의 소녀들은 무언가 생생하고 끔찍하고 진짜인 일이 일어났음을, 바꿀 수도 없고 나아가 이해할 수도 없는 일이 일어났음을 깨닫고, 우익수와 좌익수가 손을 맞잡고, 좌익수는 시몬의 손을 잡고, 시몬은 리사의 손을 잡고, 그렇게 나란히 서 있던 소녀들이 모두 손을 잡자, 그 예의 바르고 사려 깊은 행동에 어른들은 안심하지만, 소녀들이 그런 행동을 한 것은 자신들을 위해서다. 무언가의 일부라는 기분, 그러나 자신들이 가질 수 없는 이 비극의 일부가 아니라, 이 특별한 하루, 자기 자신보다 더 큰 무언가의 한 조각인 자기 팀의 일부라는 기분을 느끼기 위해서다. 그들은 흙바닥 너머, 자신들 역시 언젠가 보게 될지 몰라 두려운 그것을 본 소녀들을 바라보고, 울고 있는 소녀 앞에서, 승리는 잘못인 것처럼 느껴지고, 패배 역시 잘못인 것처럼 느껴지며, 이 시합을 둘러싼 세계가 이토록 진짜인 지금, 시합 자체도 잘못된 것처럼 느껴진다.

그러다 시합이 시작된다. 먼저 타석에 오른 마운트애덤스의 소녀들은 어색해한다. 평소처럼 더그아웃에서 들려오던 떠드는 소리와 응원 소리가 없으니, 타석에 혼자 있는 것만 같은 기분이다. 파울볼에 맞은 배트 소리가 요란하다. 얼굴이 눈물범벅인 소녀가 2루에 쪼그려 앉아 있고, 애나는 잘못 던진 공을 향해 배트를 휘두른다. 이토록 투명 인간이 되고 싶은 순간은 평생 처음이다. 애나가 유격수를 향해 약한 땅볼을 쳐서 삼진아웃을 당하자 모두 안도감과 수치심을 느낀다. 제프 코치는 아무 말도 하지 않는다. 소녀들은 글러브를 낀 채 **걷지 말고 뛰어라**라고 배운 대로 구장을 종종걸음으로 달려 예리한 초크 라인을 지나 부드러운 흙, 너무나 고르고 푸릇푸릇한 잔디 위로 흩어진다. 모두가 자리를 잡고 투수가 마운드에 오르자 소녀들은 모자를 고쳐 쓴다. 발뒤꿈치에 살짝 반동을 주며 쪼그리고 앉은 채로 기다린다.

투수가 공을 던지자 그들의 눈길이 손에서 배트로 따라가고, 공이 날아가는 순간 모두가 움직인다. 공이 빠르게 날아오는데도 그들은 낮은 자세를 지킨 채, 일어서기 전 글러브에 공이 느껴지기 전까지 기다리고, 일어난 뒤에 공을 글러브 속으로 빨아들인다. 애나와 리사와 몰리와 베키는 손안에서 공을 회전시키지 않고, 솔기 하나는 엄지에, 다른 솔기는 가운데 세 손가락에 닿게 하지 않고 공을 붙잡는 법을 모른다. 팔을 휙 움직이자 공이 날아간다. 시몬이 한 다리를 1루에 단단히 고정하고 온몸을 뻗어 공이 날카로운 팍 소리를 내며 글러브에 꽂히는 감각을 기다린다. 원아웃이다. 그다음에는, 언제나처럼, 아웃을 자축하며 내야에서 공을 돌리고, 모두가 각자의 기회를 얻고, 따뜻함을 유지하고, 텅 빈 공간 너머로 손을 잡는다.

다시 시몬에게 공이 돌아오며 원이 완성된다. 손바닥에 기분 좋은, 살아 있음을 의미하는 따끔한 감각을 느낀다. 글러브를 낀 손으로 다리를 탁 친 다음 **원아웃, 두 번 남았다** 외친 뒤 다시 투수를 향해 공을 던진다.

금요일 밤

남편과 나는 지금 아기를 만들고 있어야 마땅하지만, 그 대신 우리는 멕시코 음식을 먹으러 나갈지 피자를 주문할지를 놓고 언쟁하며 각자의 기준을 내세운다. 우리 동네 멕시코 식당을 좋아하는 남편은 그곳 음식이 **나쁘지 않다**고 혹평하고, 나는 그 멕시코 식당이 괜찮다는 걸 알지만 집에서 이도저도 아닌 피자를 시켜 먹을 수 있는 상황에서 **나쁘지 않은** 정도로는 부족하다고 생각하는데, 기다리던 동안, 아, 그러게, 나 배란일이야, 얼른 하자, 그러면서 나는 내가 진심이라는 걸 보여주려고 브라를 벗지만, 남편은 신발을 신는데, 요즈음 남편은 **분위기가** 잡혀야 섹스를 할 수 있고, 섹스엔 **사랑** 그리고 **우리**가 중요한 것이지 **나를 덮치는** 게 중요하지 않다고 생각하게 되어서며, 나는 거기다 대고 뭐야, 그럼 이젠 의미 없는 섹스가 흥분되지 않는단 거야? 그리고 나는 여자를 덮치는 건 페티시라는 걸 아는데, 요즘 레딧을 하느라 알게 된 것이고, 그러니 내가 농익고 부풀어 들판에 투석기로 던져진 채 썩어가는 멜론처럼 씨를 흩뿌리고, 잡초 위에 내장을 쏟아내는 모습을 상상해보라, 하지만 난 지금 고추를 단단히 세우는 방법을 이야기하려는 게 아닌 데다가, 남편이 소파에 앉아 한 발은 신발을 벗고, 다른 발은 신발을 신은 채로, 우리가 좀 더 자주 데이트할 필요가 있다고 말하고 있는 걸 보자 성욕이 달아나고, 나는 남편에게 코앞에 있는 멕시코 식당에 가는 건 "더 자주 데이트하는" 걸로 칠 수 없다고 받아치고, 그거 알아? 그러니까, 당신은 나랑 섹스하기 싫을 때만 외식하자고 하잖아,

그러자 남편은 그게 아니라고, 그런데 꼭 그런 식으로 말을 해야해? 내 참을성이 동나는 건 그 순간인데, 왜냐면 그 순간 섹스에 중요한 건 **사랑**도, **우리**도 아닌, 그저 남편의 오르가슴일 뿐이라는 기분이 들어서였으므로, 나는 그의 한쪽 신발을 그에게 휘두르며 자, 이제 당신이 다 큰 어른답게 참아낼 때라고 말하고, 그는 다 큰 어른답게 참아내는 마음가짐이라면 무슨 수로 발기가 되겠느냐고 말하고, 나는 나를 다른 사람이라 상상하면 되지 않겠느냐고, 섹스가 **대체** 뭔지 알기는 하느냐고 묻는데, 그건 내 난자가 남편의 하루를 망칠 중력을 품고 와일 E. 코요테(애니메이션 〈루니 툰〉에 등장하는 코요테 캐릭터—옮긴이) 같은 몸놀림으로 절벽 너머 허공까지 달려 나온 이 순간에도 도저히 받아들일 수 없는 말인 모양인지, 그가 방을 나가 문을 쾅 소리 나게 닫고 **제기랄** 중얼거리는 소리, 전화기를 집어 들어 베지 가든 딜라이트 피자를 주문하는 소리가 들리는데, 그는 피자 반쪽에는 페퍼로니를 추가해달라는 부탁을 하지 않고, 그건 내가 페퍼로니를 좋아하는데 그가 심술이 나서, 쩨쩨한 짓, 피자가 도착하는 순간 뻔히 보일 쩨쩨한 짓을 할 정도로 심술이 나서고, 그가 마침내 방으로 돌아오자 나는 그의 전화 통화 내용을 들었다고 말하지 않는다. 돌아와 내 곁에 앉은 그는 기가 다 꺾인 모습이고, 우리는 어깨를 서로 부딪고, 내 머릿속에는 대출 자격조차 되지 않는 우리에게, 약국에서 와인을 사는 우리에게, 싸워대는 우리에게, 필요하지도 않고 분수에도 맞지 않는 재치 있는 티셔츠를 온라인에서 사는 우리에게, 우울증 약을 먹는 나에게, 코 파는 고질적인 버릇이 있는 남편에게 어떻게 아기를 가질 자격이 있는지 생각하는데, 그래, 녹진한 지구의 표면을 감싼 딱지 위에 우리는 간신히 매달려 있을 뿐이라고 내가 생각하는 사이에도 남편은 나를 우리의 이케아 침대 위로 밀어 눕히고 한 다리를 책 위에 받친 뒤 내 얼굴에, 그다음에는 가슴에 입을 맞추는데, 에로틱하지는 않지만 다정하고, 내 몸 위의 그의 몸은 묵직하고, 정말 다행히도, 그는 낯선 사람들을 상상하며 고추를 세우는 데 성공한다. 라텍스 옷을 입고 풍선을 터뜨리는 여자들을 상상하면서 그는 내 안으로 밀고 들어오고, 한 시간 내로 피자가 도착할 것이고, 우리는 상자를 열 것이고, 그 안에는, 봐라, 페퍼로니가 없는 피자가 들어 있을 텐데, 맙소사, 우리가 무엇을 만들건, 우리가 무엇을 만들어내기는 한다면 말이지만, 상자를 열었을 때 그곳에 페퍼로니가, 채소가 있으리라는 보장은 없고, 어쩌면 우리 둘 다 싫어하는 바비큐 치킨 피자가, 또는 축축한 태국 볶음국수 뭉텅이가, 아니면 생기 없는 눈과 차가운 비늘을 지닌 생선 한 마리가 들어 있을 수도 있는데, 페퍼로니 없는 피자를 기다리는 동안에, 남편이 내가 아닌 다른 여자를 생각하며 눈을 꽉 감고 내 안으로 파고드는 동안에, 내가 남편에 이끌려 침대에 눕고 싶어 할 이유가 도대체 무엇인가 싶지만, 그럼에도 이것이 우리가 하는 일이고, 남편은 끙끙대며 사정한 뒤 나를 안고 내 머리카락에 얼굴을 파묻은 채 **사랑해** 하는데, 그 말속에서 나는 그가 페퍼로니 없는 피자를 생각하고 있음을, 페퍼로니 없이 주문한 걸 후회하고 있음을, 그것을 우리가 웃어넘길 수 있길 바라고 있음을, 마치 피자가 오븐 속에서 구워지고 있다는 것을, 우리 집으로 배달되고 있다는 것을 내가 모르기라도 하는 것처럼, 마치 그것이 도착한 뒤 내가 그것을 먹는 것 말고 다른 일이라도 할 것처럼, 왜냐하면 내겐 때로 용서가 필요하기에, 내가 그를 사랑하기에, 그렇기에 우리가 상자를 열면 나는 그를 향해 눈을 굴리고, 미소를 짓지만, 그 밖의 다른 말은 하지 않을 것이며, 페퍼로니의 없음을, 우리가 준비되었는가와는, 내가 준비되었는가, 또는, 아닌가와는 무관하게, 그 어떤 근거도 없이, 쉬지 않고, 채워지기를 요구하는 내 몸속 텅 빈 곳을 언급하며 우리의 저녁 식사를 망치지 않을 것이다.

이곳에서
마지막 설교를 펼치다

>

조지 휘트필드(George Whitefield, 1714~1770)는 18세기 영
국의 감리교운동을 주도한 신학자이자 설교자다.

처음으로 조지 휘트필드의 유령을 볼 때 나는 이웃인 칼과 섹스하고 있었다. 우리는 능숙함보다는 의욕으로, 익숙하지 않은 일을 할 때의 방식으로 그 일에 착수하고 있다. 칼의 목에 입을 맞추려고, 어쩌면 이로 물어뜯으려고 고개를 드는 순간 그가 보인다. 무릎 밑에서 조이는 헐렁한 반바지에 조끼, 긴 코트 차림에, 머리는 뒤로 길게 땋아 늘인 조지가 침대 끄트머리에 앉아 있다. **창녀 같으니**, 조지의 유령이 그렇게 속삭이는데, 젠장, 내가 어떻게 하면 흥분하는지 아는 모양이다. **창녀 창녀 창녀.** 나는 발에 쥐가 날 정도로 격렬한 오르가슴을 느끼고, 칼은 **존나 좋아** 말한다. 칼의 눈에는 조지가 보이지 않는다. 그에게는 상상력이 없다. 그것이 칼의 큰 장점 중 하나다.

유령을 본 건 처음이지만 바람을 피운 것도 마찬가지로 처음이다. 칼과 나는 알게 된 지 몇 년 된 사이로, 같은 학교에서 나는 영어 선생, 칼은 물리 선생이다. 칼은 당연히 잘생겼고, 오래전, 교직원 파티가 끝난 뒤, 딱 한 번 술에 취한 채로 우리가 가르치는 10대들처럼 멍청하고 어설프게 키스한 적이 있었다. 그 뒤로 둘 중 누구도 그 이야기를 다시 꺼내지 않았다. 마침내 우리가 섹스하게 되는 건 내가 그더러 우리 집으로 오라고 한 뒤다. 나는 책장 옆에 서고, 그는 침대 옆에 서고, 그러다 내가 그에게 다가가고, 다음 순간 우리는 뒤엉켜 있다. 지금, 칼은 내 가슴 위에 누워 거친 숨을 몰아쉬고, 조지 휘트필드는 뒤엉킨 우리로부터 살짝 위쪽으로 떨어진 곳에 시선을 주면서 비록 우리는 정숙함을 잃었으나 그는 아니라는 사실을 상기시켜주고 있다. 바깥에서 학생들은 차가운 바람을 피하려 몸을 웅크린 채 인도 위를 부지런히 걸어 기숙사로 향한다. 나는 손끝으로 칼의 배를 훑어 내린다. 애인과 유령과 비밀을 벗 삼아 따뜻한 방 안에 있는 지금, 아주 오랜만에 덜 외롭다. 비밀이란 바람 이야기가 아니다. 물론 이 또한 비밀은 맞지만 말이다. 아니, 내가 방금 알게 된 비밀은, 나는 상대방에게 조금도 신경 쓰지 않는 채로 섹스할 수 있다는 사실이다.

이 섹스는 중대한 일, 모험의 시작처럼 느껴지고, 처음에 나는 약간 모호한 기분이다. 흥분되고, 죄책감을 느끼고, 자랑스럽다. **창녀.** 조지는 매일 내가 집을 나설 때, 그리고 내가 집에 돌아올 때 그렇게 말한다. 그는 우리 집 바깥, 길과 인도 사이의 작은 풀밭에 놓인 표석 위에 걸터앉아 있었다. 표석에는 이렇게 쓰여 있다. **1770년 9월 29일 조지 휘트필드가 이곳에서 마지막 설교를 펼치다.** 글자에는 이끼가 끼어 있고 표석이 내린 눈에 거의 파묻혀 있다. 나는 조지에게 손 키스를 날리는 것을 좋아하는데, 그러면 조지는 얼굴을 찌푸린다. 나는 칼과 그 짓을 하는 동시에 내 지루한 삶을 살아가는 일을 들키지 않고 해낼 수 있을 것 같은 기분으로 근사한 몇 달을 보낸다. **꼭 그 짓이라고 표현해야 해?** 칼이 가끔 물으면 나는 **그래서 그 짓이 더 재밌는 거 아니야?** 대답한다. 그가 웃을 때도 있다. 그러나 대체로 칼은 웃는 대신 마치 내가 그의 기분을 상하게 하기라도 한 듯 눈을 굴리고 시선을 피해버려서, 나는 그의 기분이 나아지도록 구슬려야 하는데, 정말 싫다. **괜찮아? 뭐가 문제야?** 칼이 말하길, 꼭 문제라고 하긴 그렇지만, 꼭 그렇게까지 무신경해야 해?

내 생각에 칼은 우리가 그저 기분이 좋다는 이유로 나쁜 짓을 한다는 사실을 떠올리기 싫어하는 모양이다.

"미안해." 나는 미안하지 않은데도 그렇게 말하고, 그가 키스해서 내 정신을 분산시키기 전, 어째서 수많은 것들을 위험에 빠뜨리는 대가로 사과할 상대를 하나 더 늘리고 있나 생각한다.

수업을 하거나, 학교 축구 팀 코치를 하거나, 바람을 피우고 있지 않을 때는 내 딸 에미를 걱정하느라 바쁘다. 에미는 여섯 살인데 너무 밝아서 나는 그게 분명 나쁜 징조라는 생각이 든다. 에미는 분홍색과 공주를 좋아하는데, 거기까지는 나도 마음의 준비를 했지만, 이에 더해 친구도 쉽게 사귀고, 누굴 괴롭히는 법도, 괴롭힘을 당하는 법도 없는 모양이다. 에미에게는 나를 닮은 구석이 없는데, 그거야 좋지만, 지금은 밝고 적응력이 좋은 아이는 앞니 사이가 크게 벌어진 불안하고 화가 난 아이보다 세상으로부터 더 쉽게 상처받지 않을까 하는 생각이 든다. 내 딸은 망설임이라고는 모른다. 에미는 아침에 차에서 내리자마자 놀이터로 뛰어들어 친구들을 까마귀 떼처럼 흩어지게 만든다. 수영 수업에서도 공기와 물의 차이를 전혀 모른다는 듯이 물에 펄쩍 뛰어든다. 남편은 내가 없는 문제를 만든다고 한다. 나는 남편에게 당신은 남자라서 모른다고 말하고 곧 우리는 싸운다. 제일 친한 친구 수즈는 당연히 내 편을 든다. 조심성을 배우지 못한 여자들에게 세상은 녹록하지 않다는 걸 알아서다.

학교 축구 팀은 내 딸과는 정반대다. 그들은 망설이는 것 말고는 아무것도 하지 않는 것 같다. **허락을 구한다고 헤딩 찬스가 오지는 않아**, 나는 그들에게 말한다. 그러나 그들은 공을 향해 달리려 하지 않는다. 이기려고 안달이 난 것처럼 보이느니 지는 편을 택할 것이다. 내게도 익숙한 감정이지만, 10대 때 나는 그들과는 다른 방식으로 실패를 먼저 따냈다. 헐렁한 윗옷, 흠집투성이 운동화, 짙은 검은색 아이라이너, 배꼽 피어싱. 남자애들의 눈길을 끌고 싶은지 아닌지 알 수 없어서(남자 어른들의 눈길을 끌기 시작한 지는 이미 꽤 되었다) 만약 나를 바라본다면 그들에겐 털끝만큼도 관심 없는 소녀로 보이고 싶었다. 배꼽 피어싱은 한 달 뒤 심하게 감염되는 바람에 어머니에게 말할 수밖에 없었고, 어머니는 나한테 성을 내는 대신 그저 엄청나게 짜증을 냈다. 열흘간 항생제를 먹었고 흉터가 남았으며, 에미를 임신하자 그 흉터는 배꼽에서부터 잔뜩 성난 듯 일그러진 형태를 그리며 뻗어나갔다. 나는 손가락으로 흉터를 더듬으며 내 아기는 언젠가 어떤 상처를 가지게 될까 생각했다. 내 것보다는 더 나은 사연이 담긴 것이기를 바랐다.

나는 운동장의 소녀들에게 열심히 하지 않으면 연습이 끝날 무렵 달리기를 추가로 시키겠다고 고함을 지른다. 나는 고등학생 시절 축구를 좋아했고, 쓰러지기 직전까지 뛰었으며, 내 안이 텅 빌 때까지 축구에 몰두했다.

"공을 차라니까!" 골문이 활짝 열려 있는데도 불구하고 센터포워드가 공을 다른 팀원에게 패스하는 모습을 보고 나는 고함을 지른다.

센터포워드는 축구화 신은 발로 잔디를 차더니 손목시계를 본다. **끝날 시간 다 됐는데요**, 그런 뜻이다.

연습은 길어진다. 그 뒤에는 학생 세 명과 과제물 상담을 한다. 그 뒤에는 한 학부모가 연달아 보낸 여러 이메일에 답장을 한다. 에미와 나는 맥앤치즈와 잘게 자른 핫도그를 먹는다. 내일 반 전체가 학교에서 키우는 기니피그인 미스터 레터스를 만나러 가기로 해서 들뜬 에미는 좀처럼 잠들어주지 않는다. 나는 에미 옆에 누워 그 애가 제일 좋아하는 책을 읽어준다. 종이쪽지에 소원을 잔뜩 써서 정원에 심는 꼬마 쥐 소녀가 나오는 책이다. 다음 날 아침 꼬마 쥐 소녀가 눈을 뜨자 정원엔 신기한 식물들이 가득하다. 물방울무늬 꽃, 구름에 닿도록 솟아오른 나무, 너무 커서 꼬마 쥐 소녀를 한입에 삼킬 수 있을 것 같은 파리지옥. 와작! 그러면서 나는 손으로 에미의 팔을 물어뜯는 흉내를 낸다. 어느 날, 꼬마 쥐 소녀는 친한 친구가 생겼으면 좋겠다는 소원을 심고, 다음 날 정원에서 알 하나를 발견한다. 알을 깨뜨려보자 새빨간 새 한 마리가 깩 울더니 언덕 꼭대기로, 그다음에는 산을 향해 날아가버린다. 꼬마 쥐 소녀는 새를 따라가는 내내 소원을 심는다. 새를 찾고 나서 함께 집으로 돌아갈 수 있도록. 내가 이 책을 두 번이나 읽어준 뒤에야 에미는 졸리다고 한다. 아이는 잠들기 전 내일 자기도 소원을 심을 수 있느냐고 묻는다.

나를 도와줄 남편은 곁에 없다. 그는 업무 흐름이 제대로 흐르지 않는 회사들을 돕느라 멀리 가 있을 때가 많다. 지금은 일본에 있다. 적어도 내게는 부엌에 함께 앉아 있어주는 조지가 있다. 그는 꽤 괜찮은 동반자다. 약간 암울하기는 하지만 잘 웃는다.

"토요일에 우린 밸리시티 고등학교 애들한테 완패당하고 말 거예요." 나는 조지에게 말한다. 와인을 한 잔 따른 다음 채점해야 할 과제물 무더기를 끌어당기지만, 그 동작은 상징적인 것에 지나지 않는다. 나는 와인을 쭉 들이마신다.

그대는 지옥 불을 맞이할 불륜녀요. 조지가 대답한다. **그러나 두려워하지 마시오. 나는 천국에 살고 있는데, 아무리 아름답고, 또 성스러운 황홀경이라 할지라도, 인간이 약속한 모든 것과는 다르니.**

"진짜요?" 내가 묻는다. 조지는 신나게 웃음을 터뜨린다.

그럴 리가. 조지가 말한다. **말도 안 되는 소리. 또, 지옥 역시 그대들의 상상과는 다르오. 사탄이 하는 일은 보다 섬세하고 또 창의적이지.**

"정말이에요?" 내가 묻는다.

그럴 리가. 이번에는 조지가 웃지 않는다. **섬세할 필요는 없소.**

고통보다도 나쁜 무언가가 있을 거라 상상하는 건 그대처럼 어리석은 죄인뿐이오.

나는 와인을 한 잔 더 따른다.

"중요한 시합이에요." 내가 말한다. "플레이오프에 진출할 기회를 얻으려면 꼭 이겨야 해요."

조지는 대답하지 않는다. 열기를 잃고 다시 진부하기 짝이 없는 모습으로 돌아간 모양이다. **창녀 창녀 창녀** 그는 속삭이고, 나는 계속 술을 마신다, 수요일 밤, 아니, 그 어느 날 밤에 마셔도 되는 것보다도 더 많이 마신다. 그리고 마침내 그의 속삭임이 **먹보 먹보 먹보**로 바뀐다.

다음 날 오후, 나는 돌봄 교실에 에미를 데리러 갈 시간에 늦어 서두르는 중이다. 뉴햄프셔의 봄은 진흙투성이라서 나는 인도가 움푹 파인 곳마다 생겨난 물웅덩이를 피하며 캠퍼스를 가로지른다. 눈이 녹아 이 숨겨진 지형이 드러나는 것이, 평평하던 곳이 죄다 알고 보면 울퉁불퉁한 곳임이 드러나는 것이 매년 놀랍기만 하다. 도착하기 직전 칼에게서 문자메시지가 온다. 오늘 밤 교직원 회의 올 수 있어요? 칼의 아내는 일본에 가 있지 **않기에** 그는 우리가 나눈 메시지를 아내에게 들킬까 봐 걱정이 태산이다. 나는 에미 때문에 바빠요, 라고 답장을 쓰고, 평소에는 다른 말, 미안, 이라든지 회의 일정 다시 잡죠, 같은 말을 덧붙인 뒤 옥수수라든지 소방관 같은 대놓고 성적이지는 않은 친근한 이모티콘을 보내지

73

만, 그 짧은 순간 문자메시지 쓰는 데 정신이 팔리는 바람에 나는 작은 호수만 한 웅덩이를 잘못 밟아 발목까지 푹 빠져버린다. 물이 하도 차서, 신발도 양말도 다 젖었다는 사실을 알아차리기 전에 따끔거리는 한기부터 느낀다. 본능적으로 욕지거리를 내뱉고 싶지만, 그 대신 웃으며 핸드폰을 집어넣는다. 나는 눈앞을 제대로 봐야 한다는 생각조차 없는 여자다. 에미를 만난 뒤 나는 딸에게 내가 웅덩이에서 놀았다고, 너를 업은 채로 또 웅덩이에서 장난을 치겠다고, 내 신발은 이미 젖었으니 조금 더 젖어도 상관없겠지만 네 발은 젖어서는 안 된다고 말한다. 우리는 내 청바지도 젖어버릴 때까지 풍덩풍덩 물장구를 치다가 덜덜 떨며 집으로 돌아간다.

목요일 밤에는 에미가 다니는 초등학교에서 '스프링 플링!'이 열리는 날이고 나는 에미의 의상을 맡았다. 에미의 학년은 〈트위스트 앤드 샤우트〉를 공연하기로 했고 나는 내가 여섯 살이었다면 무슨 짓을 해서라도 손에 넣고 싶었을 분홍색 푸들 치마를 손바느질로 만들어주었다. 에미가 옷을 입어보려고 상자 위에 올라선다. 밑단이 우글거리고 푸들의 눈에는 눈병이라도 걸린 것처럼 강력접착제가 흘러내리다 마른 자국이 있다.

"정말 멋있는걸." 내가 말한다. 에미가 빙글 돈다. 에미가 옷의 흠을 찾아내기에는 너무 어린 걸까 하는 생각이 든다. 다른 엄마들은 다 눈치챌 것이다. 다른 꼬마들도 마찬가지고.

주머니에서 진동이 울린다. 칼에게서 또 문자메시지가 왔다.

이야기 좀 해요.

별일 없는 거죠?? 내가 묻는다.

교직원 회의에 대해 생각한 것들이 좀 있어.

나는 내일 칼의 수업이 끝난 뒤에 보자고 답장한다.

에미는 치마를 입은 채 온 힘을 다해 빙빙 돌고 펄쩍펄쩍 뛰다가 넘어져서 운다. 치마 밑단을 고정해놓은 핀에 다리를 찔린 것이다.

"여기 봐, 아가." 나는 그렇게 말한 다음 치맛자락을 들어 올려 아이의 살갗에 아주 작은 핏방울이 맺힌 것을 보여준다. "괜찮아." 푸들이 질리고 혐오스럽다는 눈길로 나를 빤히 쳐다본다.

주머니에서 또 진동이 울리고, 에미는 울음을 그친 뒤 이제는 피를 관찰하고 있고, 손끝으로 핏자국을 문질러서 치마에 묻히기 직전인데, 그 일만은 제발 막았으면 좋겠고, 이제 칼과는 **끝이라고**, 나는 굳게 마음먹고, 그렇게 칼을 향해 모든 걸 끝내자는 답장을 이미 쓰기 시작한 뒤에야 이번 메시지는 남편으로부터 온 것이라는 사실을 알아차린다. 이른 아침, 그가 잠에서 깨기에는 너무 이른 시간이지만, 그는 잠이 오지 않는다고 한다. 내가 보고 싶다고 한다. 곧 벚꽃이 필 테지만, 꽃이 피기 전에 집으로 돌아올 것이라고 한다. 그럴 수 있을 거야, 그는 그 말과 함께 웃는 얼굴 이모티콘을 보내는데, 마치, 오, 우리가 삶이라 부르는 이 막무가내인 춤, 당신이 뭘 어떻게 할 수 있겠어, 라고 말하는 것만 같고, 지금 이 순간, 나는 에미에게 구멍이 안 뚫린 흰색 타이츠가 있는지를 떠올리려 애쓰고, 에미는 치마 밑단을 잡아당기고, 딸이 또 핀에 찔렸다고 울부짖는 소리를 기다리는 바로 지금, 나는 그가 증오스럽다.

부엌에 들어가자 조지가 그곳에 있다. 내 눈은 빨갛고, 나는 치마에 꽂혀 있던 핀에 내 손가락을 셀 수 없을 정도로 많이, 여전히 추하고 가망 없는 물건인 것치고는 지나치게 여러 번 찔렸다. 조지가 고개를 설레설레 젓더니 **그것이 죄의 값이니라,** 말하고, 나는 그의 얼굴을 향해 와인을 집어 던지는데, 와인이 그를 그대로 통과해 나의 완벽하게 멋진 부엌 의자를 물들이는 바람에 우리 둘 다 놀란다.

"젠장." 나는 그렇게 내뱉고는 종이 타월 두루마리를 집어 한 움큼 잡아 뜯은 뒤 조지의 몸을 통과해 의자를 꾹꾹 닦아내고, 당연히 우리가 서로에게 닿을 수 없으며, 그는 내가 보이지 않는 척하는데도 (아, 조지, 지금 당신 표정이 보여요, 당신 눈앞에서 벌어지고 있는 일이 불편하다는 듯 적당한 거리를 응시하고 있는 표정) 나는 그가 몸을 꿈틀거리는 것을 느낄 수 있다. 나는 손놀림을 아주 조금 늦추어 의자를 부드럽게, 꼼꼼히 두드려 닦아낸다. 싸구려 고리버들에 와인 물이 들었다. 나는 조지 앞에 무릎을 꿇고 앉아 있고 방금의 난장판은 와인이 뚝뚝 흐르는 종이 타월 뭉치에 흡수되어 있다. 기왕 창녀가 된 김에 하는 말인데, 여태 조지 앞에 무릎을 꿇고 앉은 여자가 한 명이라도 있었는지가 궁금하다. 묻고 싶지만, 솔직히 말하면, 겁이 난다. 내가 그렇게 물었을 때 그가 없다고 말하며 자기 고추를 빨라고 할까 봐 겁이 난다. 나는 일어나서 종이 타월을 버린 다음 와인을 또 한 잔 따른다. 그 뒤에는 새침하게 앉아서 말한다. "용서할게요."

최고로 멋진 일이 일어나는 건 그때다. 조지가 미소를 짓는다, 처음 보는 미소다. 비록 아주 짧았고, 진심인 게 분명할 만큼 열을 올리며 나를 **창녀**라고 부른 뒤이기는 하지만, 나는 그도 나를 싫어하지 않을 수 있었으면 하고 생각한다는 걸 알 수 있다.

"사랑에 빠져본 적 있어요?" 묻고 싶었던 질문은 아니지만 나는 묻는데, 어쩌면 조지가 살던 시대에는 사랑과 오럴 섹스가 매한가지 일이었던 건지도 모를 일이다.

조지는 대답하지 않는다.

"전 있어요." 뻔한 소리지만 나는 말한다. 난 결혼했으니까 당연한 거 아닌가? 하지만 나는 결혼한 사람들이 사랑에 빠졌다는 점에 있어서는 크게 인정받지 못한다고 본다. 서로를 사랑한다는 것(모두가 당연한 것, 의무적인 것, 즉 사랑하기 가장 어려운 방식인 것으로 치부하는 것)은 물론, 다른 사람과 사랑에 빠지는 것이 어떤 기분인지 기억한다는 점에서, 모든 사랑은 제각기 다르기 때문에, 또 지금 하는 사랑에 매달리는 것이기 때문에. 당연히 나도 다른 남자를 사랑해본 적 있다. 〈천문학 입문〉에서 만난, 성단의 이름을 공부하던 중 내 기숙사 방에서 섹스한 뒤 장거리 여자 친구가 있다고 말했던 남학생. 가구 복원하는 일을 하고 내게 손이 많이 가는 요리를 해주었던 남자. 그만한 헌신의 증표가 있을까? 나는 그와 함께 뉴멕시코로 가서 석 달간 함께 살았는데 마지막 한 달 동안 그는 내게 손도 대지 않았고 그것이 종교적인 실천이라 했으나 결국은 다른 여자에게서 클라미디아를 옮아 왔다는 걸 털어놓았다. 그러다 마침내 만난 내 남편, 비록 사랑을 찾기 힘든 나날들이 있을지라도, 내가 사랑하는 남자.

나는 이 모든 말들을 조지에게 하지 않는다. 표석 위에 앉아 학생들이 지나가는 모습을, 스웨터 입은 작은 개들을, 바짝 몸을 기울여도 서로의 말을 잘 듣지 못하는 노부부들을 지켜보는 착한 우리 조지. 조지는 이 모든 이들을 상대로 예수의 사랑을 느끼면서도 내게는 어떠한 연민도 느끼지 않는다. 이쯤 되니 나는 조금 취해 자기 연민에 위험할 정도로 가까워진 상태다.

인간을 신에게 가장 가까이 다가가게 하는 것은 사랑이오, 조지가 말한다.

"고마워요, 조지." 나는 그렇게 말하는데, 그의 친절한 말에 놀란 나머지 눈물이 쏟아질 것만 같다.

사랑 그리고 진정한 회개만이.

"알았어요, 조지." 나는 말한다. "알아들었다고요."

교실로 들어가자, 칼은 화이트보드 앞에 서서 지난 시간의 흔적에 물을 뿌리고 문질러 지우고 있다. 그는 잘생겼고, 외모가 나보다 괜찮고, 나보다 어려 보인다. 그의 아내 역시 외모가 나보다 괜찮다. 칼 부부는 주말이면 함께 하이킹을 가거나 크로스컨트리 스키를 탄다. 그와 여러 번 섹스해본 지금도 그게 놀랄 만큼 말도 안 되는 일이라고 생각한다. 이 남자는 뭐 하러 나랑 섹스하는 거지? 나는 들어가서 교실 문을 닫고, 그가 헤어지자고 할 거라 예상하고, 그러기를 바라면서, 그 말을 들을 준비를 한다. 오늘 밤 공연에서 에미가 신을 댄스화를 딸의 가방에 넣어두었던가 하는 생각을 한다.

"아내한테 우리 이야기를 해야겠어요." 칼이 말한다. 그가 화이트보드 지우개를 내려놓고 손으로 머리카락을 빗어 넘긴다.

"무슨 일 있었어요?" 나는 묻지만, 이미 안다.

"내가 어떤 감성인지 말해야겠어요." 그가 말한다.

"아무것도 안 해도 돼요." 나는 말한다.

"아내도 알 자격이 있어요."

"우리가 그만 만나면 되죠."

"아내한테 부당한 일이에요."

"우린 그만 만나야 해요."

"당신도 나와 같은 감정이라는 걸 알아요." 칼이 내 손을 꼭 잡더니 손마디에 입을 맞추는데, 여태 한 번도 한 적 없는 일이다. 나는 손을 잡아 뺀다. **무슨 헛소리야**, 나는 말하고 싶다. **우린 감정 없는 사이잖아.** 나는 손을 가슴에 꼭 대면서 관객들 사이에 앉아 있던 내 어머니가 이 난장판을 보다가 고개를 설레설레 저으며 이런 말을 하는 상상을 한다. **애야, 넌 예전에도 늘 네 팔자를 꼬곤 했었지.**

조지 휘트필드가 어머니 옆자리에 앉는다. **현명한 여사님,** 그가 말한다. **제가 무대의 열정을 등지고 목회자가 된 이유가 바로 그것입니다. 따님은 이미 간음자이자 죄인입니다. 무대 위 허례허식은 따님의 불멸하는 영혼을 구원할 수 없을 것입니다.**

"아내가 우리 일을 아는군요." 내가 말한다.

"아니요." 그가 말한다. "의심만 합니다."

그는 성이 난 채, 약간 겁에 질린 채 나를 책상으로 밀어붙인다. 나는 겁을 먹지만 동시에 흥분되고 혼란스러운데, 우리가 지금부터 하려는 식의 섹스를 여태 한 번도 해본 적 없어서다. 그는 나를 책상 위로 들어 올려 앉힌 뒤 내 팬티를 내리고, 그다음에 우리는 섹스하고, 그는 나를 절정에 이르게 하려는 노력조차 하지 않는다. 나는 그의 어깨 너머로 주기율표를 쳐다본다. 칼은 좋은 선생이다. 야구를 잘 알고 축구를 좋아하지만, 그것이 도덕적으로 옳지 않다고 생각하기 때문에 더는 경기를 보지 않는다. 팔에는 작은 낭종을 제거한 흉터가 있고 때로 나는 그 흉터를 만져보고 싶은 충동이 든다. 마치 흉터가 거의 아무런 감각이 느껴지지 않는 두껍게 굳은 살갗이 아니라 우리 몸에서 가장 취약한 부분인 것처럼.

그는 사정한 뒤 나를 안고 내 귓가에 미안하다고, 사랑한다고 속삭인다. 그는 방금 우리가 한 일을 다른 누군가, 다른 무언가와

혼동하게 했다.

"난 당신을 사랑하지 않아요." 내가 말한다. 그가 움찔한다.
"주워 담을 수 없는 일은 하지 말아요."

"이미 했잖아요." 그가 말한다.

"당신은 나를 사랑하지 않아요." 나는 말하지만, 그는 사랑한
다고 우긴다. 앞서 말했듯 그는 상상력이 없어서, 우리가 벌인 일
을 설명할 유일한 핑계가 사랑뿐이라고 상상한다.

아, 칼. 나는 생각한다. 당신은 멍청이야.

내가 아내고 엄마고 애인인 걸 잊고 집에 가서 곯아떨어지고
싶은 심정이지만 오늘은 '스프링 플링!'이 있는 날이므로 나는
체취 제거제를 한 번 더 뿌린 다음 딸에게 의상을 입힌다. 아이가
신이 나서 꼼지락거리는 바람에 지퍼가 **또** 고장 나버리고 **씨발**
하느님 맙소사 핸드폰이 진동하고 분명 망할 놈의 칼에게서 온
연락일 텐데 나는 금방이라도 이성을 잃고 말 것 같은 기분이 된
다. 그러나 이성을 잃지 않는 건, 그럴 수 없기 때문이다. 나는 아
이의 치마를 안전핀으로 여며준 다음 말한다. "이게 버텨주길 바
라야지, 아가."

나는 아이의 가느다란 머리카락을 빗어 포니테일로 묶어준다.
다른 엄마들은 더 좋은 치마를 만들고 더 멋진 머리를 해주었을
것이다.

다른 엄마들은 과학 선생과 그 짓을 안 하겠지, 나는 생각하며

한숨을 쉰다. 조지 휘트필드는 내가 할 일을 하는 내내 아무 도움도 안 되게 벽에 기대서 있고, 딸이 밖으로 나가자 나는 조지에게 시비 걸 생각은 애초에 하지도 말라고 말한다. 바깥에서 경적이 울리는데 같은 학년인 아들이 있는 수즈다. 우리는 날라리들처럼 강당 뒤쪽에 있는 자리를 골라 앉은 뒤 아이들의 공연을 본다. 내 딸이 입은 푸들 치마는 잘 버티고 있고 딸은 맨 앞 한가운데에 서 있는데 그 자리가 만족스러운 모양이다. 수즈의 아들은 맨 뒷줄에 서 있고 머리는 젤을 발라서 헬멧처럼 딱 붙여놓았다. 그 애는 몸을 비비적거리는 일은 잘 못 하지만, 아이고, 애야, 고함 하나는 기막히게 잘 지른다.

수즈는 칼에 대해 알지만 조지 휘트필드의 유령에 대해서는 모른다.

공연이 끝난 뒤 선생들이 학생들과 대화하는 사이 나는 수즈에게 조금 전 칼이 보낸 문자메시지를 보여준다.

아까 일을 계속 생각하고 있어요.
나한테 상처 줄 생각은 아니었던 걸 알아요.
해야 할 일을 해야겠어요.

수즈는 내가 칼과 섹스하는 걸 탐탁지 않게 여겨왔지만 그래도 내가 뭐랬어, 라는 말은 하지 않는다.

"내가 너였다면 거짓말이었다고, 나도 칼을 사랑한다고 할 거야. 그러면 칼도 너무 부담스럽다고, 생각해보니 널 사랑하는 게 아니었다는 걸 깨닫게 되겠지."

수즈는 그 방법이 수없이 많은 옛 남자 친구들에게 통했다고 한다.

나는 도대체 어떻게 하면 다시는 날 사랑하지 않을 정도로 칼에게 큰 상처를 줄 수 있을까 생각한다. 내가 누구를, 어떻게 떼어냈는지 떠올려보려 애쓴다. 4학년 때 나는 어떤 여자아이와 친구였다가 다른 애들은 전부 그 애를 싫어한다는 사실을 알게 되었다. 그래서 나는 그 애에게 너한테 이상한 냄새가 난다고 말한 뒤 더는 그 애와 함께 점심을 먹지 않았다. 예전에 사귄 어느 남자 친구는 내가 그에게 솔직한 적이 한 번도 없었다고 했는데 그건 사실이 아니었다. 나는 그에게 나에 대해 알아야 할 건 전부 말해주었다. 그저 알아야 할 게 별로 없었을 것이다. 그래서 나는 그 뒤로 그에게 온갖 것들을 다 고백하기 시작했는데 그러자 그는 부담스럽다며 헤어지자고 했다. 어릴 때 키우던 고양이는 나를 싫어했다. 내 방에 오줌을 쌌다.

"그냥 기다리다 지쳐 나가떨어지게 할까 봐." 내가 말하자 수즈는 고개를 젓는다. "남자잖아." 수즈는 그걸로 충분한 설명이 된다는 듯 그렇게만 말한다.

나는 딸이 비비적거리고 고함지르는 일을 잘해낸 대가로 특별히 아이스크림을 사준다. 나는 민트 초코칩, 딸은 진짜 풍선껌 덩어리가 들어 있는 풍선껌 맛 아이스크림을 고른다. 날이 조금 추운데도 우리는 아이스크림이 녹아 뚝뚝 떨어지는 바람에 스웨터 소매를 걷어붙인 채로 바깥 자리에 앉는다. 거미 한 마리를 발견한 딸은 거미에게 아이스크림을 먹이려 든다. 녹은 아이스크림을 거미 앞에다가 찍어 바른다. 거미는 아이스크림을 빙 둘러 간다. 나는 딸에게 어떤 거미는 취향이 까다롭다고 한다. "그런 거미들한테 아이스크림은 피클 같은 거란다." 내 딸은 피클을 싫어한다. "피클 아이스크림이래!" 딸은 킥킥 웃으며 푸들 치마에 손을 문질러 닦는데 아이의 끈끈해진 손가락에 푸들의 눈이 떨어져 붙어 나온다. 딸은 눈을 쳐다보며 이리저리 흔들어 눈동자가 춤추듯 움직이는 모습을 구경한다.

"이걸 심을래." 딸은 말한다. "내 소원이야." 에미는 눈을 꼭 감고 열심히 생각한다. 나는 딸에게 무슨 소원을 비느냐고 묻고 싶지만, 묻지는 않는다. 소원은 신성한 것이고 비밀스러운 것임을 알아서다. 내가 딸에게 가르쳐준 것이다. 그런데 처음으로 그게 실수였다는 생각이 든다. 어째서, 우리가 생각하는 그 모든 것 중에서 입 밖에 내서는 안 되는 것이 소원일까?

"이제 엄마도 소원 빌어." 딸은 그렇게 말하면서 녹은 아이스크림에서 꺼낸 풍선껌 덩어리를 쥐여준다.

나도 소원을 심고 자라는 모습을 지켜보고 싶지만 지금 당장은 무슨 소원을 빌어야 할지 모르겠다. 아마도 애초부터 칼과 섹스를 하지 않았으면 좋았을 거라고 빌어야 할 것 같다. 그 소원을 빌고 싶지만, 그러지 않는다. 지금 이 순간조차도 남편을 속인 게 후회되지 않는다. 그 순간 다른 것들을 후회한다. 내 몸을 오로지 내 몸을 위해 사용하는 법을 배우기까지, 섹스할 때 느끼는 유일한 감정이 성욕이고 탐욕이기까지 너무나 오래 걸린 게 후회된다. 40대가 된 지금, 결혼한 지금 그걸 알아서 뭐 어쩌자는 건지 모르겠다. 나는 바람을 피우는 게 이렇게 열 받는 일일 거라고는 예상치 못했다. 나는 내 남편이 좋은 남자지만 멀리 있다는 점이 안타깝다.

때로 딸에게 이런 이야기를 전부 해줄 수 있다면 좋겠다는 생각이 든다. 당연히 지금 당장 말고, 아이가 더 컸을 때. 나는 말해주고 싶다. 아가, 결혼하기 전에 감정 없는 섹스를 꼭 해보렴, 그리고 기억하렴, 중요한 건 아무것도 없단다.

그 말은 좀 암울하게 들린다. 내가 하려는 말은 이게 아닌 것 같다.

그리고 기억할 것, 이기적으로 살아야 한다.

나는 풍선껌을 최대한 깊숙이 묻은 뒤 그 위로 흙을 다진다.

에미는 미소를 짓고, 내가 손가락에 침을 묻혀 볼을 닦아주자, 아이는 꼼지락거리며 빠져나가려 든다. 포니테일로 묶은 머리는 반쯤 풀렸고 푸들 치마는 지저분하다. 주머니 속 핸드폰이 진동한다. 딸은 저쪽에 자기 친구가 있는 걸 보고 그쪽으로 달려가고, 그 애 엄마는 마치 죄수 이감 절차를 마무리하고 있기라도 한 것처럼 내게 손을 흔든다.

또 칼이 보낸 문자메시지다. 진동 하나하나가 공격적으로 느껴진다.

내일 축구 연습 때 봐요, 나는 더 이상의 메시지를 받고 싶지 않다는 생각만으로 그렇게 답장한다.

"수녀가 될까 봐요." 나는 조지에게 말한다.

그 짓을 했으니 어느 남자가 그대에게 달라붙어 있겠소? 하느님도 마찬가지고, 조지는 그렇게 말한 뒤 멈추지 않고 웃어젖힌다. **창녀**, 그가 킬킬 웃는다.

"창녀죠." 나도 동의한다.

조지는 내가 칼과 섹스하는 이유가 무엇인지 묻지 않는다. 조지에게 잘못에는 정도라는 것이 존재하지 않고 잘못은 그저 잘못이다. 회개 역시도 정도가 있는 것이 아니라 철저한 굴욕일 뿐이며 나는 회개에 실패했다. 내 생각에 조지는 내가 내 행동을 자기에게 설명하려 들지 않는다는 점을 좋아하는 것 같다. 하지만 나는 나 자신에게는 설명했다. 아마도 합리화했을 것이다. 내 생각은 이렇다. 매일 아침 나는 눈을 뜬다. 샤워하지만 샤워할 때 어떤 기분인지 딱히 집중하지는 않는다. 나는 늘 먹는 음식을 먹고, 딸을 쫓아다니고 옷을 입히고 딸에게도 밥을 먹이면서 토스트를 씹어 삼키는데 빵이 무슨 맛인지도 모르겠다. 두 번에 한 번 꼴로 토스트를 태운다. 나는 출근해서 정신을 사용하고 때로는 학생들이 내 정신을 사용하고 어떤 때는 학생들이 딴생각하는 바람에 교실 안에는 나의 정신과 그들의 몸만 남아 있다. 나는 그 애들이 내가 보여주는 아름다운 시나 글귀를 좋아하기를 바라고, 이런 글에 대한 사랑을 담아 그들에게 다가가려 하지만, 그들은 거기에 없다. 나는 집으로 가서 오로지 몸뿐인 내 딸을 돌보고, 나는 딸에 대한 사랑을 담아 그 애 아빠와 전화 통화를 하고 그를 조금은 그리워하지만 충분히 그립지는 않은데 그가 나를 혼자 이곳에 내버려둔 데 엄청나게 화가 나서고, 밤이면 나는 드디어, 마침내 진정한 혼자가 되어 잠에 들려고, 이 모든 일을 또 한번 되풀이하기 전 최대한 오랫동안 의식을 잃으려고 와인 한 잔, 또는 석 잔을 마신다.

그런데 내가 칼과 섹스하지 않을 이유가 있겠는가?

축구 연습은 잘되고 있지 않다. 3월 말인데도 날씨가 춥고, 기온이 영상인데도 왠지 하늘은 눈송이를 뱉어내고 있다. 시합이 내일이고 아이들은 골키퍼 없이 열 명 대 열 명으로 연습 경기 중이다. 느긋하게, 그러면서도 기회를 열어놓도록 필드를 널찍하며 개방적으로 사용하기로 했었다.

"어맨다." 내가 고함을 친다. "넌 **레프트** 윙이잖아, **왼쪽!**" 내가 팔을 휘두르자 어맨다는 느릿느릿 저 뒤로 돌아간다. "골대 근처 레이철한테 패스해야지!" 미드필더가 공을 패스하는 대신 한데 모여 있는 수비수들을 향해 곧장 드리블하며 다가가자 나는 고함을 지른다.

호루라기를 삑 분다. 아이들이 설렁설렁 뛰어와서 모인다. 나는 아이들에게 너희들이 경기에 관심이 없어 보이니 지금부터 경기 대신 전력 질주를 시키겠다고 한다. 시켜선 안 되는 일이다. 내일 시합을 위해 다리를 지치게 해서는 안 된다. 칼은 아직 오지 않았다.

나는 아이들을 골대까지 뛰어갔다가 돌아오게 시킨다. 펜스까지 뛰어갔다 돌아오게 시킨다. 구장 저쪽 끝에 높이 자란 덤불까지 뛰어갔다가 이파리 하나, 만약 이파리가 남아 있지 않다면 잔가지 하나를 가져오게 시킨다. 한 아이가 빈손으로 돌아오자 나는 모두를 또 한번 뛰게 시켰다. 난 아이들이 어떤 기분인지 안다, 기억난다, 팔다리에 힘이 없고, 정신은 텅 비고, 인내심의 한계까지 밀어붙여진 기분. 어릴 때, 난 짐승처럼 달릴 때 기분이 좋았다. 이파리를 떼어 오라는 것은 내 고등학교 시절 코치가 썼던 방법이다. 내 생각에 그건 우리가 모두 한 팀이라는 걸, 누구 한 명이 요령을 부리면 다 같이 낙심한다는 걸 가르치기 위해서였던 것 같다. 그러나 내가 그 일에서 배운 교훈은 그게 아니었다. 나는 사람들이 들킬 게 뻔한 상황에서도 남을 속인다는 걸 배웠다. 때로는 들키는 게 반항의 한 형태라는 것을 배웠다.

"한 번 더." 내가 말하고, 달려갔다 돌아오는 길에 한 아이가 무릎을 꿇으며 넘어지더니 토한다. 12번이 그 애 옆에 무릎을 꿇고 앉아 포니테일로 묶은 머리카락에 토사물이 묻지 않게 붙들어주고 다 토할 때까지 등을 두들긴다. 한 팀답게 굴 줄 모르는 이 아이들은 다들 나를 혐오스럽다는 눈길로 바라보고, 그 순간 나는 나 역시 내가 사랑하는 일을 사랑하지 않는 이 아이들을 미워한다는 사실을 깨달았다.

나는 말한다. "알았다, 얘들아." 연습은 끝이다.

장비들을 다시 가방에 챙기려고 돌아서자 칼이 서 있다. 언제부터 그 자리에서 지켜본 것인지 모르지만 꽤 오래된 것 같다. 칼의 표정은 읽기 쉽다. 처음에는 역겨움이다. 토사물에 대한, 그리고 쓰러져 있는 아이 쪽으로 가야 마땅한데도 외면하는 나에 대한 역겨움이다. 그다음에는 짧은 불신감, 그러더니 분노가 다른 모든 감정들을 쫓아낸다. 마치 내가 그를 속였다는 듯이, 내가 다른 사람인 척했다는 듯이.

그는 한참이나 내 눈을 빤히 보다가 돌아서서 가버린다. 내가 다른 무슨 말을 할 필요조차 없다. 나는 지금 나 자체로도 충분히 나쁜 사람이고, 나는 이 자리에 조지가 있어서 그저 그 말을 소리 내서 해주었으면, 그의 정직성으로 나를 위로해주었으면 좋겠다고 생각한다.

그날 밤, 부엌 식탁에 앉아 기다려도 조지는 나타나지 않는다. 결국 나는 2층에 올라가 침대 커버 위에서 옷도 갈아입지 않고 잠들고, 눈을 뜨니 새벽 2시가 조금 넘은 시각이다. 핸드폰에는 모르는 번호로 열여덟 개의 문자메시지가 와 있는데 첫 번째 메시지인 너 내 남편과 그 짓 했지를 읽은 뒤(핵심을 찌르는군) 핸드폰 전원을 꺼버린다. 창밖에는 가로등 불빛이 밝고, 커튼 쪽으로 다가가자, 자기 표석 옆에 무언가를 기다리듯 앉아 있는 조지가 보인다. 부엌에 있을 때면 조지는 비록 앉아 있기보다는 둥둥 떠 있는 것처럼 보였지만 그래도 대개 단단해 보였다. 그런데 지금 조지는 거의 이교도적이라 할 만한 푸른 광채를 뿜어내는 유령 같다. 나는 외투를 입고 거리로 나간다.

가로로 거세게 휘날리는 눈발이 내 머리카락에 내려앉고 때 이르게 솟아난 꽃줄기에 달라붙는다. 조지는 내 기척을 알아차리지 못한다. 그의 얼굴에는 경멸 한 점 없이 오로지 기대뿐이다. 그는 조금 서성거리며 보이지 않는 청중들에게 더 공간을 만들라고 지시하고, 나는 그가 무엇을 하고 있는지 내가 안다는 걸 깨닫는다. 당연히 조지에 대해 찾아보았으니까. 도서관에 가서 우리 집 밖에 앉아 있는, 내 벗이 되어주는 유령에 대해 찾아보았으니까. 그는 시청 회관에서 설교하려고 이 동네에 왔지만 도착하니 예상보다 사람이 너무 많아서, 수천 명은 더 많아서, 병중이었으나 야외에서 설교하기로 한다. 조지는 야외 설교를 좋아했다. 야외에는 모두가 앉을 자리가 있다. 심지어 내 자리도 있다. 그는 지금 대리석 표석이 있는 바로 그 자리에 통 두 개를 놓고 그 위에 널빤지 하나를 걸쳐 사람들이 자신을 볼 수 있도록 밟고 올라서 있다. 날씨는 차고 슬리퍼를 신은 내 발가락에는 감각이 없지만 나는 이곳을 떠날 수 없다. 조지가 이곳에서 곧 마지막 설교를 펼칠 테니까.

표석 위로 조지가 올라서도록 도와주는 손이 내 눈에는 보이지 않는다. 그가 기침할 때마다 영혼이 몸을 찢고 나가기라도 할 기세로 그의 온몸이 들썩인다. 그는 조용히 하라는 신호로 한 손을 들고는 굳은 얼굴로 잠시 기다린다. 그가 입을 열자, 내 귀에는 그의 말이 들리지 않는다. 나는 이가 덜덜 떨리지 않게 턱을 꽉 다문다. 그의 오른손이 크게 허공을 가르고, 눈은 번쩍 빛난다. 기침한다. 때로는 계속 말을 이어도 좋을지 망설이듯 말을 멈추지만, 그러다가 아까보다도 더 열광적으로, 격한 몸짓까지 곁들여 말을 잇는다. 진지한가 싶다가 다음 순간, 마치 눈앞에 하느님이 서 있기라도 한 듯이 빙긋이 미소를 지으며 이곳에 모여 선 관객들의 눈에도 그의 모습이 보이도록 신의 모습을 그려낸다. 오, 조지. 당신도 알잖아요, 그렇잖아요, 이 수천 개의 귀들은 내 학생들의 귀, 내 딸의 귀처럼 금이 간 그릇이라는 것을. 그래요, 당신은 이 그릇을 채우지만, 당신의 말 대부분은 축축한 땅으로 새어나가 사라져버려요. 그래도 모두 다 사라지는 것은 아닐 것이다. 누군가는 기억했기에 이 표석을 이곳에 세웠으리라.

조지의 설교가 끝나면 이야기가 달라지리라는 걸 안다. 나는 2층으로 올라가 아까 온 문자메시지들을 읽을 것이다. 내가 벌인 짓을 모조리 알고 있을 동료들도 마주해야 할 것이다. 남편은 벚꽃이 피기 직전 집으로 돌아올 것이다. 모든 게 난장판이 되고 말 것이다. 그러나 지금 당장은, 이야기는 그에 관한 것이 아니다. 이 이야기는 내 이야기고, 나는 조지가 거의 서 있지 못할 때까지, 내 손가락에 감각이 없을 때까지 그의 설교를 지켜본다. 마침내 표석에서 내려온 그는 내 눈에는 보이지 않는 누군가를 향해 돌아서서 그와 악수한다. 또 다른 사람을 향해 돌아서더니 그의 등을 탁 두드리고, 자기가 쓰고 있는 파우더 뿌린 가발을 한 손으로 붙잡아 제자리에 고정시킨다. 보이지 않는 군중 사이로 나아가는 그의 발걸음은 느리고 피로하다. 그는 모두에게 한 마디씩 하고, 비록 그가 다른 이들에게 하는 말이 들리지는 않지만, 비록 그가 점점 내게서 더 멀리 떠나가고 있지만, 여전히 그가 나를 향해 **창녀 창녀 창녀** 하던 소리가 들리는 것 같다.

그리고 나는 **맞아요 맞아요 맞아요** 한다. 맞아요, 나 여기 있어요, 내가 여기 있어요, 몸, 그저 몸, 그 누구에게도 약속되지 않은 내 몸, 나만의 몸, 그리고 나는, 세상에, 아, 세상에, 아 조지, 그 몸이 그립다.

1594년
웨일스 최초로
마녀로 몰려
교수형을 당한 여성

>

아방크Afanc는 웨일스 신화에 등장하는 호수 괴물로 악어 또는 비버를 닮았다. 한 설화에서는 어느 처녀가 아방크를 무릎에 눕혀 재운 사이 마을 사람들이 아방크를 사슬로 묶는다. 성이 난 아방크가 몸부림치자 처녀는 깔려 죽고, 아방크는 쿰퍼논호수에 빠져 죽거나, 아서왕의 기사인 퍼시벌 경에게 죽는다.

젖을 먹이는 건 여자의 일이기에 사람들이 그것을 빌미로 내 목을 매달 때 난 놀라지 않아. **계속 길쌈이나 했어야지, 그웬.** 그들이 발판을 치우기 전 어머니가 말해.

치유에는 여러 방법이 있어.

벤 상처에는 양갯물과 설탕이 좋지. 둘을 섞어 상처에 바른 다음 천으로 동여매고, 하루가 지난 뒤 이 처치로 살에 묻은 오염물이 사라졌는지 확인하는 거야. 상처 가장자리가 빨갛게 변한다면, 진물이 흐르거나 열이 난다면, 카렌둘라와 라벤더를 빻아 다시 한번 상처에 바르고 동여매면 돼.

종기가 나면 마늘을 빻아 습포제를 준비해. 아내를 때리는 남자에게 종기가 나면 빻은 마늘과 양 오줌으로 습포제를 만들어. 양 오줌을 넣어도 습포제 효과는 여전하지만 그 남자의 감각적 불편감도, 네 개인적인 만족감도 커질 테니까. 네가 한 일을 그 남자의 아내에게는 말하지 마. 그 여자에게 짐을 지울 필요는 없으니까. 어머니에게도 말하지 마. 어머니는 벌써 널 이미 잘라낸 줄 알았던 실밥처럼 바라보고 있으니까.

베틀 앞에 구부정하게 앉아 있느라 등이 쑤실 때면 어머니는 네게 입 다물라고 할 거야. 때로는 때리기도 할 거야. 때로 네가 박하를 빻아 당신의 관자놀이에 발라주도록 내버려둘 때면, 눈을 감은 어머니는 이야기를 들려줄 거야.

내가 다섯 살 때 어머니는 처음 아방크 이야기를 들려줘.

작은 마을 옆 깊은 호수에 반은 비버고 반은 악어인, 살찐 망아지만 한 괴물이 살았단다.

저도 그 호수에 갈래요! 내가 외쳐.

그런 식으로 할 수 있는 게 아니란다. 어머니가 말해.

내가 여덟 살 때 이웃 가족이 어머니에게 길쌈해주는 대가로 새끼 양 한 마리를 줘. 새끼 양은 재바르지가 못하고, 자라서 재바르지 못한 어른 양이 되지. **저놈의 양을 도랑에서 끄집어내렴, 그웬.** 하지만 양이 도랑을 좋아한다는 걸, 그리고 풀보다, 사탕보다, 말 안 듣는 걸 훨씬 좋아한다는 건 누구나 알지. 양과 나는 도랑 바닥에서 흘러가는 날씨를 바라봐. **양은 반려동물이 아니야, 그웬.** 하지만 손을 가만히 올릴 수 있는 동물이 반려동물이 아니라면 뭘까?

아방크는 지독한 홍수를 일으켰어. 비버 꼬리를 한번 휘두르면 댐이 무너져서 밭이 망가져버렸지. 하지만 동네 사람들이 괴물을 죽이려고 찾아오자, 녀석은 악어 턱을 꽉 다물고는 얼른 물속으로 들어가버렸단다.

그러던 어느 날, 마을 사람들은 처녀를 데려가서 아방크를 꾀어 물 밖에 나오게 하기로 작당했지.

왜요? 내가 물었어.

전설의 괴물들은 처녀 앞에서는 사족을 못 쓰니까.

왜요? 내가 물었어.

왜냐하면, 어머니는 그렇게 말하더니 나한테 다시 옷을 수선하라 시켜. 어머니의 손이 베틀 위를 날아다녀.

왜냐하면, 처녀들한테서는 추운 날에도 여름 냄새가 나니까. 처녀들이 걸어 다니고 있노라면 때때로 여기가 어디인지 몇 분씩이나 잊어버리니까. 자고 일어나면 아침을 기쁘게 맞이하니까. 추한 것을 보아도 그 안에서 무언가를 발견하고 추하다는 사실을 잊어버리니까.

벌써부터 나는 이 이야기를 내 이야기로 만들고 있어.

열두 살 때 아버지가 마지막으로 집에 돌아와. 아버지는 해안을 따라 항해하고 한겨울에만 집에 머무르지. 매년 봄 집을 떠나기 전 아버지는 나에게는 나무를 조각한 장난감을, 어머니에게는 아기를 만들어줘.

내 여동생들은 전부 태어나기 전에 죽어버렸어.

젖몸살을 앓는 가슴에는 소똥을 발라. 아니면 커다란 디기탈리스 잎사귀를. 아니면 강아지가 젖을 빨게 해도 되지. **내 가슴에서 그놈의 개 치워라, 그웬.** 겨울이 오고 아버지가 돌아오지 않자 안심돼. 내가 선원이 된다 해도 난 영영 돌아오지 않을 거거든. 나는 윗가슴에 인어 문신을 새긴 채 양 뺨이 바람에 거칠어지고 두 손은 밧줄에 쓸려 굳은살이 박일 때까지 갑판에 서 있을 거야.

여동생이 없는 나는 데이지를 엮어 화관을 만든 뒤 양의 무심한 두 귀 위에 얹어주지.

처녀는 어떻게 되었는데요? 내가 묻지만, 어머니는 너무 지쳐서 이야기를 해줄 기운이 없어. 이제 길쌈은 대부분 내가 해. 어머니는 밥을 먹을 때도 잠을 잘 때도 양손이 아파. 월경할 때가 오면 피를 너무 오래, 너무 많이 흘려. 어머니는 얼음이 나오는 꿈을 꾸지.

네가 얘기해보렴. 어머니는 말해.

치유에는 여러 방법이 있어.

살짝 긁힌 상처가 있다면, 여행 이야기를 하렴. 지독한 병에 걸렸다면 긴 이야기, 멋진 승리가 등장하는 이야기를 해서 시간을 죽이렴. 이야기를 지어낼 땐 듣는 사람의 표정을 살펴. 그 표정을 보면 언제 밀어붙이고, 언제 누그러뜨려야 할지 알 수 있지.

하지만 어머니는 내가 이야기하는 방식을 좋아하지 않았어.

처녀가 필요하다고 입을 모은 동네 사람들은 예쁘지만 제일 예쁘지는 않은 소녀를 골랐어요. 최고의 처녀를 낭비하고 싶지는 않았으니까요. 처녀야, 사람들이 말했죠. 내일 해가 뜰 때 호숫가로 가서 아방크를 향해 노래하려무나. 그놈을 물에서 꾀어내고 나면 우리가 달려들어 죽일 테니까. **처녀는 겁이 났어요.** 그래서 **자기와 섹스할 남자를 물색했죠.** 부탁이에요, **처녀는 말했어요.** 처녀막이 있어서 좋을 게 하나도 없다고요.

처음 처녀의 부탁을 받은 남자는 싫다고 말한 뒤 마을 사람들이 두려워 도망갔어요. 두 번째로 부탁받은 남자도 싫다고 말한 뒤 자기 자신이 부끄러워 도망갔고요. 세 번째 남자는 좋다고 말하고는 처녀를 자기 집으로 데려가 가둬버렸어요. 홍수에 밭이 잠기는 게 지긋지긋했고, 배도 고팠고, 어차피 그 처녀는 자기 취향이 아니었으니까요. 해가 뜨기 전 세 번째 남자는 처녀를 물가로 끌고 간 다음 달려가 다른 마을 사람들과 함께 나무 뒤에 숨었죠. 처녀는 잠시 노래를 불렀지만, 겁이 난 나머지 목소리가 잘 나오지 않았어요. 그래서 그 대신 아방크에게 속삭였죠. 부탁이에요, 아방크 씨. **처녀가 말했어요.** 제발 물에서 나오지 마세요. 사람들이 당신을 죽일 거예요.

그러자 아방크가 껄껄 웃느라 호수 물에 보글보글 기포가 솟았어요. 아방크는 악어 얼굴을 물 위로 내밀더니 말했죠. 저놈들의 창은 나를 꿰뚫을 수 없소.

아니에요, **처녀가 말했어요.** 가만히 계시면 분명 사람들은 곧 포기할 테고, 당신도 절 잡아먹지 않아도 될 거예요.

아방크가 좋아하는 먹이는 생선이었지만, 가끔 보여주기식으로 마을 사람들의 손을 뜯어 먹기도 했어요. 마을에 홍수를 일으키는 건 너무 쉬워서 지루했죠. 외로웠어요.

물속에 가만히 있겠소. **아방크가 말했어요.** 하지만 그대가 일주일 동안 매일 밤 자정 이곳으로 돌아와 내 말 상대가 되어주겠다고 약속해야 하오. 처녀가 고개를 끄덕이자, 아방크는 고개를 휙 돌린 뒤 호수 속으로 다시 모습을 감췄어요.

처녀 역시도 지루하고 외로웠어요. 다들 굶주리거나 아이를 낳다가 죽는 이 마을은 그리 재미있는 곳이 아니었거든요. 그다음 주가 되자, 처녀는 매일 밤 물가를 찾아와 아방크와 이야기를 나누었고, 매일 밤, 세 번째 남자가 따라와 처녀가 말하는 모습을 지켜보았지만, 말하는 내용은 들리지 않았어요. 세 번째 남자는 예전에는 처녀에게 매력을 느끼지 못했지만, 처녀가 그 생각을 그의 머릿속에 불어넣은 뒤로 점점 커지기 시작했던 거예요. 엿새째 되는 날 그는 처녀의 아버지를 찾아가 혼인을 청했어요. 엿새째 되는 밤, 아방크는 처녀가 슬퍼하는 걸 알아차렸죠.

오늘이 우리가 대화를 나누는 마지막이 될 거예요. **처녀는 말했어요.** 내일은 혼인해야 하고, 더는 처녀가 아니게 될 테니까요.

그대가 처녀인지 아닌지가 나에게 무엇이 중요하오? **아방크가 말했어요.** 인간들이란 처녀막에 집착하지. 나한테 중요한 건 그대가 금발이라는 것뿐이오.

처녀는 그 말이 농담이라는 사실을 알아차렸고, 그 순간 울음이 터졌어요. 처녀는 결혼하기가 싫었어요. 세 번째 남자는 농담도 할 줄 모르는 데다가 처녀를 자기 집에 가둔 사람이었으니까요. 아방크가 말했어요. 그럼 나를 따라오시오. 그대를 호수 속으로 데려가 세상 밑바닥의 구멍에 내려놓겠소. 잠에서 깨면 우리 둘 다 아방크가 될 것이오. 그 뒤엔 이 호수보다 훨씬 좋은 호수에서 삽시다. 솔직히 말하면 당신네 호수는 최악이거든.

처녀는 아방크의 제안을, 다가올 결혼식을, 앞으로 품어야 할 수많은 아기를 생각했어요. 딸을 준 대가로 염소 한 마리를 받아올 기대에 찬 아버지를 생각했고, 아버지를 실망시키기 정말 싫다고 생각한 뒤, 일어서서 호수 속으로 걸어 들어갔어요. 나무 뒤에 숨어 있던 세 번째 남자가 달려 나와 스스로를 희생하지 말라고 빌었지만, 처녀는 그 말을 듣지 않았어요. 처녀가 입고 있던 하얀 잠옷이 물속에서 풍선처럼 부풀고, 달빛을 받아 빛났어요. 아방크는 주둥이로 처녀의 금색 머리카락을 물고 물속으로 끌고 들어가 다시는 나타나지 않았죠.

세 번째 남자는 처녀의 희생을 마을 사람들에게 알렸어요. 마을 사람들은 처녀의 아버지에게 염소 세 마리를 준 다음 자신들이 해낸 일을 자축했죠. 역시 사람들이 생각했던 대로 처녀막이란 엄청나게 중요한 것이었어요. 세 번째 남자는 잠시 슬퍼했지만, 곧 다른 여자와 결혼했고, 그 여자는 겨울이 오자 갓 낳은 아이를 품에 안은 채 죽었답니다.

아방크가 한 말이 진실이었다고 생각해? 내 양이 묻는다.
사랑하지 않았다면 뭐 하러 죽였겠어? 내가 묻는다.

치유에는 여러 방법이 있고, 그중에는 마법을 쓰는 방법도 있단다.

사랑하는 양이 가시덤불에 남겨놓은 양털 뭉치를 집어 와. 그 뭉치를 주머니 속에 꿰매 붙인 다음에 늘 가지고 다니렴.

아버지의 외투를 불가에서 말린 뒤 남은 소금을 긁어모아. 소금을 조금 집어 갓 구운 생선에 흩뿌리려무나. 맛 좋은 생선을 먹으면 잃어버린 물건을 둔 장소가 기억날 거야. 남은 소금은 주머니 속에 꿰매 붙인 다음 그 주머니를 목에 걸고 다니렴.

데이지 화관이 땅바닥에서 시들어가게 내버려두면 안 돼. 데이지를 간직하다가 치맛단 속에다가 꿰매 붙이렴. 누군가가 네게 해가 되는 소원을 빌면 데이지들이 속삭이며 알려줄 거야.

열일곱 살 때 마을의 양들이 죽기 시작해. 양들은 혀와 배가 부풀어 오른 채 옆으로 쓰러져 죽어 있어.

동네 사람들은 내가 그들에게 줄 습포제에 양 오줌을 넣는 걸 싫어해. 내가 자기 잘생긴 아들들을 바라보는 표정을 싫어해. 자기 자식들에게 내가 해주는 이야기를 싫어해. 내 양이 살찌고 건강한 것도 싫어해. 동네 사람들은 우리 집에 찾아와 내 양을 빼앗아 가. 그 애를 도살하고 깊은 대접에 그 애의 피를 받아. 그 피로 자기 집 문틀 가로대와 자기 손바닥을 칠해. 몸통으로는 질긴 양고기 구이를 만들어. 그 사람들이 후회할 거라고 나는 장담해.

어느 농부의 아들이 바위에 베어. 나는 아이의 벤 상처를 양잿물과 설탕으로 감싸줘. 다음 날, 그의 살갗이 뜨겁고 붉게 달아올라. 나는 상처에 카렌듈라와 라벤더를 발라줘. 벤 자리에서 고름이 흘러나와. 나는 아이에게 디니스 엠리스의 붉은 용 이야기를 들려줘. 붉은 용이 자신의 산을 사랑했던 이야기, 언젠가 위대한 마법사가 될 한 소년을 사랑했던 이야기야.

아이가 죽자, 농부는 내가 그 애한테 저주를 건 거라고 우겨. **그웬 페르치 엘리스**(웨일스어로 '엘리스의 딸 그웬'—옮긴이), 그가 속삭여. 아니, 고함쳐. 아니, 손톱 아래에서 느껴. 아이의 아버지가 자기 슬픔을 표현할 말을 찾았을 때 나는 그곳에 없어.

발밑의 문이 열리는 순간 나는 나 대신 공기에게 말해달라고 양털과 소금과 데이지한테 부탁해. 공기는 땅에게 속삭이고 땅은 나를 끌어당기기를 거부해. 남자들은 입을 쩍 벌린 채, 여자들은 눈을 휘둥그레 뜬 채 쳐다봐. 나는 언제나 하고 싶은 말이 많았어. 나는 그들에게 말해. **연못 속에서 자라는 식물이 있어요. 수채엽이라고 하지요. 줄기가 엄지만큼 굵고, 흰 꽃은 개의 귀처럼 잔털이 나 있고, 봉오리 끝은 생명력으로 붉게 물들어 있어요. 물속에서 수채엽을 뽑아낸 뒤 연못에게 고맙다고 말하세요. 수채엽 잎의 한쪽 면은 상처에서 고름을 뽑아내요. 반대쪽 면은 소독된 살을 아물게 하죠. 설마, 이런 일까지 당했는데 내가 어느 면이 어느 면인지 알려주기를 바라는 건 아니겠지요?**

나는 내 목에 걸린 올가미를 들어 올린 다음 단단한 나무 위에 올라가 맨발로 널빤지의 감촉을 느껴. 곧 나는 선박의 갑판 위를 걸어 먼바다로 떠나게 되겠지.

걱정 마세요, 어머니가 모여든 군중에게 말해. **내가 남을 거예요. 내가 말해줄게요.**

어머니가 해준 이야기 속에서는 처녀의 노래에 홀려 물 밖으로 나온 아방크가 처녀의 무릎을 베고 아이처럼 순진한 믿음 속에서 잠을 청해. 동네 사람들이 나타나 아방크를 묶으려 하자 아방크가 몸부림치는 바람에 처녀는 깔려 죽지. 결국 아방크는 새로운, 더 좋은 호수로 떠나. 동네 사람들은 마을을 돌려받아. 죽는 건 처녀뿐이야.

마녀는 마귀할멈의 딸, 잡년은 창녀의 딸, 그리고 나는 베 한 필을 다 망쳐버리는 빠뜨린 코.

사람들이 어머니의 목을 매달 때, 난 이미 사라진 지 오래야. 공기는 어머니를 들어 올려주지는 않지만, 그럼에도 똑같이 포근히 안아주지.

캐스퍼

앨라배마주 그린리프에 있는 단 둘뿐인 분실물 가게 중 두 번째로 좋은 곳인 분실물 디포에서 일하는 소녀들은 라임그린 색 슈트케이스 속에서 캐스퍼를 발견했다. 여느 월요일과 마찬가지로 사장이 저가 항공사와 몇 군데 버스 터미널에서 발견한 가방들을 트럭에 실어 와 부려놓자 소녀들은 더운 안쪽 방에서 가방들을 분류했다. 그해 여름 브리태니가 발견한 물건 중에는 회중시계, 포크찹이라는 이름이 각인된 왼손잡이용 볼링공, 그리고 사용한 콘돔들이 들어 있는 지퍼 백이 있었다. 밸런티나는 티파니 레터 오프너, 타로 카드 세 벌, 그리고 은 항아리를 발견했는데, 그 안에 든 것이 사람의 유해라는 데 모두가 동의했다. 에이미 수는 건성으로 참여할 뿐이었다. 그는 은색 스터드 귀걸이 한 쌍을 발견해 주머니에 넣었고, 반쯤 남은 핸드크림 때문에 발진이 생겼다. 에이미 수는 주로 브리태니와 밸런티나가 일하는 모습을 지켜보며 요즈음 답장이 없는 남자 친구에게 문자메시지를 보냈고, 분실물 슈퍼스토어™에서 일했으면 좋았을 걸 하고 생각했는데, 이는 그린리프에 사는 날씬하고 그을린 피부에 인기 많은 소녀들의 타고난 권리였으며, 동네 주유소에서 레드불과 탐폰을 훔치다가 붙들리기 전까지는 **그에게** 준비된 운명이기도 했다. 물건을 훔치는 소녀들은 슈퍼스토어™에서 일하지 못했다. 그런 소녀들은 디포의 안쪽 방에 앉아 땀을 뻘뻘 흘리며 변태의 물건이 분명한 가방 속을 뒤졌다. 에이미 수는 시퀸 장식이 반쯤 떨어져 나간 반짝이 끈 팬티를 또 하나 쓰레기봉투에 집어넣었다.

사람들이 그린리프를 찾는 건 오로지 슈퍼스토어™ 때문이었고 디포는 경쟁 가게의 후광 덕분에 간신히 살아남았다. 슈퍼스토어™는 크고 깔끔하고 유명한 가게였다. 디포는 너저분하고 좁아터졌으며 회색 스터코 외벽의 쇼핑몰에서 유일하게 아직 영업하는 가게였다. 슈퍼스토어™는 주요 항공사들의 분실물을 가져오는 곳이기 때문에 먼 곳에서도 손님들이 찾아왔고 주차장은 늘 미시시피며 텍사스, 플로리다 번호판을 단 차들로 가득 차 있었다. 사람들은 부주의한 부자가 두고 간 물건들을 손에 넣을 수 있을지도 모른다는 환상을 품고 찾아왔다. 명품 코트, 골동품 시계, 뒷면에 **키스를 보내며, 채스티티**라고 각인된 신상 아이폰 같은 것들. 슈퍼스토어™는 이 환상을 극장처럼 펼쳐 보였다. 몇 시간에 한 번씩 손님 한 명을 뽑아 사람들 앞에서 가방을 직접 열어 보이게 했던 것이다.

초여름, 밸런티나는 에이미 수의 관심을 끌고 싶어서 자기가 그 손님으로 뽑혔던 이야기를 했다. 중학생 때였는데, 살면서 가장 짜릿한 날이었다. 수많은 구경꾼이 지켜보는 가운데 슈퍼스토어™에서 일하는 소녀들이 추첨 함에서 밸런티나의 이름이 쓰인 쪽지를 뽑은 뒤 라텍스 안전 장갑을 건네고 가방을 열어보게 해주었다. 복권 당첨자는 가방에 들어 있는 물건 중 하나를 공짜로 가져갈 수 있었고, 밸런티나는 그날 발견한 문진을 아직 간직하고 있었다. 야구공만 한 유리 구의 한가운데에 무언가의 파편이 들어 있었다. 베를린 장벽의 잔해일까? 월석? 잠들 수 없는 밤이면 밸런티나는 문진이 따뜻해질 때까지 손에 쥐고 언젠가, 가장 필요한 날, 자신의 체온에 유리 구가 깨질 것이라고, 그 속에 있던 파편은 엄청난 모험으로 나아가는 열쇠가 될 것이라고 상상하고는 했다.

"그거 다 사기야." 에이미 수는 말했다. "이미 열어본 가방이라고. 진짜 돈이 되는 건 다 꺼내고 시답지 않은 쓰레기를 대신 넣어놓는 거야."

네가 뭘 안다고? 슈퍼스토어™에서 일할 수도 없는 주제에. 하지만 따지고 보면 밸런티나도 마찬가지였다. 그는 예쁘지 않았는데, 그렇다고 예쁘지 않은 것도 아니었다. 치어리더가 아니었는데, 그렇다고 토론 동아리나 밴드에 들어간 것도 아니었고, 사랑받고 싶다는 것 말고는 무엇에 관심이 있는지도 아직은 알 수 없었다. 그날 밤 밸런티나는 집에 가서 책상 위에 있던 문진을 양말 서랍에 넣어버렸다.

그럼에도 불구하고, 밸런티나는 아직도 새로운 가방을 열 때마다 미약한 짜릿함을 느꼈다. 에이미 수가 브리태니를 향해 끈 팬티를 던질 때 밸런티나는 가방 무더기 속에서 라임그린 색 슈트케이스를 끌어내 지퍼를 열었다, 안에 들어 있던 구겨진 신문지 뭉치를 끄집어내기 시작했다. 에이미 수는 왜 나한테는 끈 팬티도 집어 던지지 않는 거야? 신문지가 아주 많았고, 그러다 그 아래에서 거의 슈트케이스만큼 큰 물건이 나타났다. 밸런티나는 그 물건에 손바닥을 대고 눌러보았다. 단단했다. "애들아." 밸런티나가 말했지만 아무도 이쪽에 관심을 보이지 않았다. 브리태니는 에이미 수를 작정하고 무시하는 중이었다. 에이미 수는 핸드폰을 확인하는 중이었다. 밸런티나는 슈트케이스 속에서 커다란 물건을 꺼내면서 무게가 가볍다는 사실에 깜짝 놀랐다. 물건을 콘크리트 바닥에 똑바로 세워놓았다. 화려한 미라처럼 알록달록한 스카프로 둘둘 말려 있는 이 물건은 밸런티나의 허리까지 오는 높이로 구에 가까운 모양이었다. 스카프를 한 장씩 차례차례 풀어내기 시작하자 다른 소녀들도 마침내 밸런티나의 기척을 알아차리고 하나둘씩 가까이 다가왔고, 안쪽 방은 별안간 고요해졌다.

"저게 대체 뭐야?" 브리태니가 물었다.

소녀들은 각자 다른 것을 기대했다.

브리태니는 그것이 발견이기를 바랐다. 그들이 아닌, 박물관이 원할 만한 발견 말이다. 영국박물관 복도에서 훔쳐 온 소장품이어서, 이 물건을 무사히 되찾은 큐레이터가 감사의 눈물을 흘리면서 브리태니가 원하는 것이라면 인턴십이건 박물관 내부 투어건 무엇이건 해주겠다고 약속하는 상상을 했다. 브리태니는 박물관에서 일하며 디오라마와 인터랙티브 전시를 설치하고, 춥고 조용하고 깨끗한 방 안에서 사물들을 기록하고 분류하고 싶었으니까.

밸런티나는 그것이 자신이 인정받을 만한 물건이기를 바랐다. 물론 라임그린 색 슈트케이스는 누구나 열 수 있었겠지만, 그 가방을 연 건 다름 아닌 밸런티나였으니 그 사실이 중요했다.

에이미 수는 그것이 너무나 눈부신 것이어서 지금 이 순간 올여름까지의 이전 기억을 싹 지워줄 수 있기를 바랐다. 슈퍼스토어™에서 일하는 친구들한테서 얼마나 무시당하며 지냈던가. 그러나 스카프 아래에서 무슨 물건이 나온들 그 사실을 바꿀 수는 없었다. "사람 반쪽 아니야?" 에이미 수가 말했다. "다리는 다른 가방에 들어 있고 말이야."

밸런티나가 스카프를 풀던 손을 멈췄다.

"말도 안 되는 소리 하지 마." 브리태니는 그렇게 대답했지만, 심장이 빠르게 뛰기 시작했다.

"농담 아니야." 에이미 수가 말했다. "지난주에 슈퍼스토어 애들이 이렇게 완전히 평범하게 생긴 가방을 열었는데 그 안에 조명탄 총이랑 조명탄 다섯 상자, 포르노 잡지, 그러니까 거기 털이 부숭부숭한 사진들이 실린 옛날 잡지랑, 터지면 양손을 날려버릴 수도 있는 빅 베르타 폭죽 하나가 들어 있었대."

브리태니는 화약이 가득 실린 가방이 무슨 수로 비행기에 실릴 수 있었을까 생각했다. 공항에서 압수된 가방이려나? 아니면 에이미 수가 헛소리를 지껄이는 걸 수도 있고.

"잠깐만." 브리태니가 그렇게 말한 뒤 직원용 화장실로 들어가 변기 청소용 노란 고무장갑을 가져와 꼈다. 밸런티나는 자신도 모르게 한구석으로 몸을 피했고, 이제 자신이 아닌 브리태니가 스카프를 하나하나 풀어내더니, 그다음에는 둘둘 감긴 신문지를 또 뜯어내고, 뽁뽁이에서 마스킹 테이프를 뜯어내자, 조금씩, 두 귀가, 하얀 털이, 작고 섬세한 얼굴이, 분홍색 유리 눈알이 드러났다. 동물은 엉덩이를 바닥에 대고 기분 좋게 앉은 자세였고, 토실토실한 배는 발을 가릴 만큼 튀어나와 있었으며, 평온하고, 통통하고, 심지어 자신의 운명에 만족하는 것만 같은 모습이었다.

"저게 **대체** 뭐야?" 에이미 수가 브리태니가 했던 말을 되풀이했지만, 숙연함이 담긴 나직한 목소리였는데, 그것이 무엇인지 그들이 이미 알았기 때문이다. 그것은 세 소녀가 정확히 이 순간, 이곳 안쪽 방에 있을 운명이라는 증거였다. 몇 달, 몇 년간 이어진 지루한 생활과 그들이 사는 좁아터진 마을과 그들이 가고 싶은 그 어느 곳과도 멀기만 한 거리에 대한 보상이었다. 가방에서 나온 건 박제된 알비노 왈라비였고, 여태껏 디포에 일어난 것 중 최고의 일이었다. 그것이 모든 것의 끝이 되기 전까지는.

첫 주, 캐스퍼를 돌보며 소녀들은 시행착오를 몇 번 겪었다. 브리태니는 장갑을 끼지 않은 손으로는 캐스퍼를 만지지 못하게 했는데, 귀중한 물건을 다룰 땐 그렇게 해야 한다고 《스미소니언》 잡지에서 읽은 적 있기 때문이었다. 한번은 에이미 수가 캐스퍼를 장난삼아 브리태니의 차 조수석에 태우고 안전벨트를 채워놓는 바람에 차에 오른 브리태니가 심장이 멎을 정도로 기겁하고 말았다. 밸런티나는 아무도 안 볼 때 캐스퍼의 배에 난 부드러운 털을 쓰다듬었는데, 그러면 안 된다는 걸 알았기 때문에, 그

112

리고 촉감이 너무나 좋았기 때문에 한 일이었다. 한번은 그 모습을 본 브리태니가 **그만둬**, 말하면서 밸런티나의 손을 탁 쳤지만, 밸런티나에게는 캐스퍼를 만질 **자격이** 있었는데, 캐스퍼를 발견한 것이 다름 아닌 자신이었던 데다가 이름도 직접 지었기 때문이다. 캐스퍼라는 이름을 지어주니 꼭 캐스퍼가 죽은 게 **아니라** 자신들의 동료이자 디포의 마스코트처럼 느껴졌다. 처음에는 캐스퍼를 계산대 위에 올려두었지만 손님들이 자꾸만 만지작거리는 바람에 에이미 수는 캐스퍼의 콧등에 선글라스를 걸쳐놓은 남자와 하마터면 싸울 뻔하기도 했다. **장난감이 아니라고요!** 에이미 수가 고함을 쳤다. 소녀들은 캐스퍼를 문간, 낡은 타자기 케이스 무더기 꼭대기라는 범세계적인 위치에 올려두었지만, 어떤 손님이 몸을 부딪쳐 떨어뜨리고 말았다. 캐스퍼가 있을 가장 안전한 공간은 창가, 자신이 꾸며낼 진열장 속의 주인공 역할이라는 것을 브리태니가 깨달은 건 그때였다. 지난 학기, 브리태니는 학교에서 공연하는 〈지지〉 뮤지컬을 위해 육각 철망, 회반죽을 담은 양동이, 1인치 너비로 길게 자른 천을 가져다가 3미터가 넘는 에펠탑 모형을 만들었다. 브리태니는 자신이 해야 할 일에 확신이 있었다. 그래서 올여름 들어, 어쩌면 몇 년 만에 처음으로 통창으로 된 진열장 공간을 청소하고 창문도 닦았다. 디포가 훨씬 밝아졌다. 왜 여름이 시작할 무렵에 이런 생각을 못 했담? 지금까지 놓친 진열장 장식이 아쉬워졌다. 독립기념일에 해변을 주제로 꾸몄더라면 좋았을 텐데. 이번에 꾸밀 진열장은 앞으로 브리태니가 캐스퍼를 위해 만들어줄 수많은 집 중 첫 번째가 될 터였다.

브리태니가 진열장을 꾸미는 동안 에이미 수와 밸런티나는 가게 밖 도로 연석에 앉아 있었다. 브리태니의 허락이 떨어질 때까지 돌아보지 않기로 한 것이었다. 에이미 수는 담배에 불을 붙인 뒤 손가락 사이에 끼고 까딱거렸다. 연기를 빨아들이기보다는 재가 떨어지기 전 얼마만큼 길게 탈 수 있는지 구경하는 걸 좋아했다. 친구들은 다들 담배를 피웠지만 에이미 수는 담배를 별로 좋아하지 않았는데, 그래도 외톨이가 되고 싶지는 않았다.

에이미 수가 문자메시지를 확인하며 웃었다.

"뭔데?" 밸런티나가 물었다.

"아무것도 아니야." 에이미 수가 대답했다. "그냥 애들."

밸런티나는 자신에게도 비밀로 할 만한 문자메시지가 와 있길 바라며 핸드폰을 꺼냈지만, 아무것도 와 있지 않았기에, 담뱃재가 바닥에 떨어지도록 일부러 에이미 수의 팔을 쳤다. "미안." 밸런티나가 말했다. 에이미 수가 여름날의 짧은 연애를 하는 모습을 보는 게 좋았다.

브리태니가 바깥으로 나오자 에이미 수가 "이제야 끝났나 보네" 하면서 마치 **참 나, 이게 다 뭐라고**, 하듯이 눈을 굴렸지만, 사실은 에이미 수도 들떠 있었고, 소녀들 모두가 그랬다. 그들은 몸을 돌려 진열장을 쳐다보았다. "진짜 멋지다." 밸런티나가 말했지만, 브리태니는 그에게 딱히 관심을 주지 않았다. 브리태니가 집중한 대상은 한참이나 진열장을 보면서 곧바로 뭐라고 말하는 대신 유리창 가까이 다가갔지만 유리에 얼굴을 바짝 대지는 않았던 에이미 수였다. 늘 그렇듯, 밸런티나는 실수한 것 같다는 기분이 들었다.

종이 상자들로 쌓아 올린 탑 위에 연어 색 식탁보가 덮여 있었고, 바닥에도 식탁보를 깔고 그 위에 모래를 뿌려두었다. 탑 위, 들쑥날쑥 튀어나온 상자 모서리들에는 어떤 아이가 잃어버렸을 조그만 고무 동물 인형들을 놓아두었다. 바닥에는 나선형으로 조개껍데기를 배치하고 고무 뱀도 놓아두었다. 브리태니의 머릿속에서 이곳은 사막이고 황무지였다. 맨 마지막 순서로 한가운데에서 살짝 왼쪽에 치우친 곳에 내려놓은 캐스퍼는 어린이용 동물 인형보다 훨씬 커서 사막에 떨어진 괴물 같았고, 툭 튀어나온 분홍색 눈은 배경 색과 어우러졌으며, 털빛은 말도 안 되게 새하얘 보였다.

"캐스퍼가 행복해 보인다." 에이미 수가 한참 만에야 입을 열었는데, 진심이었다. 아름다웠다. "완전 고질라 같아!"

맞아, 밸런티나는 생각했다. **저 말을 내가 할 걸 그랬어.**

그날, 한 남자 손님이 의상 소품으로 쓴다며 고장 난 회중시계를 사 갔다. 디스크래프트 울트라스타 표준형 프리스비도 하나 팔았다. 〈몰타의 매〉에 나오는 것을 똑같이 복제한, 반들거리는 검은빛으로 칠한 나무 매 조각상은 오토바이를 몰고 온 남자가 사 갔다. 그 남자는 오토바이 뒷자리에 매 조각상을 끈으로 꽁꽁 묶은 뒤 요란한 소리를 내며 주차장을 빠져나갔다. 소녀들은 남자가 큰길을 따라 사라지는 뒷모습을 바라보았다.

캐스퍼에 관해 물은 손님은 세 명이었고, 그중 한 남자 손님은 파는 물건이냐고 물었다.

"아니오." 당연히 파는 물건이 맞았지만, 브리태니는 그렇게 대답했다. 어차피 그 말에 반박할 디포 사장이 눈앞에 있는 것도 아니었으니까. 사장은 가게에 나오는 법이 없었다.

"죄송해요." 에이미 수는 손님에게 말한 뒤 그에게 환하게 웃어주었는데, 자신의 아름다운 외모를 과시하길 좋아하기 때문이었다.

그날 밤 밸런티나는 상자에 담긴 맥앤치즈를 조리했다. 밸런티나의 부모님은 매주 한 번씩 하는 데이트를 위해 외출했다. 옆동네로 가서 저녁 식사를 한 뒤 영화를 보는 데이트였다. 밸런티나는 10대라면 누구나 원하듯 집에 혼자 있는 걸 즐기려고 애썼지만 사실은 밤에 혼자 있는 게 싫었다. 밸런티나는 냄비째로 마카로니를 퍼먹으면서 조그만 고물 스피커가 허용하는 한 최대한 크게 음악을 틀었다. 창밖이 깜깜할 때면 집은 언제나 취약하기 그지없게 느껴졌고, 바깥세상이 유리에 대고 몸을 밀어붙여오는 것 같은 나머지 밸런티나는 창가에 가까이 가는 게 두려워 방 한가운데 서서 꼼짝도 하지 못했다. 유리창이 안쪽을 향해 폭발하듯 깨지는 상상을 했다. **내가 상상력이 뛰어나서 그런 거야**, 밸런티나는 속으로 생각했다.

방 한가운데 깔린 카펫에 누워 문진을 생각했다. 얼른 일어나서 양말 서랍 안에서 문진을 꺼내 원래 자리로 돌려놓아야겠다고 생각했다.

브리태니는 부모님과 함께 스파게티를 먹었다. 부모님은 옆 동네 커뮤니티 칼리지에서 강의하는 두 분의 수업을 듣는 수강생 이야기를 나누었다. 한 남학생이 수업 시간에 분노를 터뜨렸지만, 두 분은 그가 좋은 의도로 그렇게 했다고 생각했다. 얼마만큼 수업을 방해해야 과하다고 볼 수 있을까? 부모님이 하루를 어떻게 보냈는지 묻지 않았기에, 브리태니도 가게 진열장을 꾸민 일을 이야기하지 않았다. 이야기를 해버리면 두 분은 너무 많은 것을 물어보고 너무 많은 제안을 할 테니까. 브리태니는 부모님이 쏟아붓는 호의에 짓밟히는 기분이었다. 여름에는 숙제하러 방에 들어가버릴 수 없다는 점이 싫었다.

그 대신, 부모님과 함께 텔레비전을 보았다. 세 사람을 죽이고 포획당한 틸리컴이라는 범고래를 다룬 다큐멘터리 〈블랙 피시〉였다. 그들에게는 욕조나 마찬가지일 수조에 갇힌 고래들을 위에서 내려다보니 너무 가여웠다. **고래는 그저 탈출하길 원하는 거야**, 그렇게 생각하자 가슴이 미어져와서, 브리태니는 딴생각하려고 핸드폰을 끄집어내 스냅챗을 넘겨보았지만 결국은 어머니가 핸드폰을 치우라고 했다. 두꺼운 유리 너머 고래 한 마리가

117

카메라를 바라보자, 브리태니는 깜깜한 진열장 속, 식탁보 위에 앉아 드문드문 지나가는 차의 불빛에 분홍색 유리 눈을 빛내고 있을 캐스퍼를 떠올렸다. 내일은 캐스퍼에게 둥지를 만들어줘야겠다. 브리태니가 어릴 때, 그리고 아직도, 동물 인형들을 둥지에 넣어두고, 자기가 없을 때 그 애들이 살아나 배고파할 때를 대비한 간식도 마련해두는 것처럼.

에이미 수는 파티 중에서도 가장 뻔한 파티에 갔다. 부모님이 자리를 비운 친구 집에서 열리는 파티였다. 괜찮았다. 특별할 것도, 딱히 나쁠 것도 없었고, 에이미 수는 살짝 알딸딸해져 슈퍼스토어™에서 일하는 몇몇 친구들에게 디포의 새로운 진열장 장식 이야기를, 캐스퍼 이야기를 해버리고 말았다. "우리가 금방 너희들을 따라잡을걸." 에이미 수는 그렇게 농담했지만, 그럴 일은 없었고, 대체 왜 자신이 그 형편없는 가게를 자랑하고 싶은지 알수 없었는데, 알고 보니 사실은 브리태니를 자랑하고 싶은 거였다. 브리태니는 정말 놀라운, 예술가 같은 애였고, 에이미 수는 알딸딸한 나머지 브리태니가 여기 있으면 좋겠다는 생각이 들었고, 그 애한테 문자메시지를 보내고 싶은 충동을 느꼈지만, 보내지는 않았다.

시끄럽게 울려 퍼지는 음악 속, 어떤 남자애가 개수대에 토하는 사이 에이미 수는 술을 또 한 잔 마셨고, 어떤 여자애가 부엌으로 들어왔다. 그 여자애는 방금 다른 여자애가 2층 욕실에 들어갔다가 레이나가 에이미 수의 남자 친구와 섹스하고 있는 장면을 봤다고 말해주었다. 에이미 수는 손에 들고 있던 빨간 플라스틱 맥주잔을 떨어뜨렸다. **뭐, 걔가 요즘 내 연락 씹는 이유는 이제 알겠네**, 그런 생각이 들었다. 신고 있던 플랫 슈즈는 푹 젖어버렸다. 좋아하는 신발이었는데. 거실로 들어가자 레이나가 계단을 내려오고 있었고, 그 순간 에이미 수에게 떠오르는 생각이라고는 레이나가 이미 **슈퍼스토어™**에서 일하고 있다는 사실뿐이었다. 레이나에게는 더 이상 필요한 게 아무것도 없었다. 레이나가 다가와 말을 걸려던 순간, 에이미 수는 머릿속에 떠오르는 단 한 가지 행동을 했다. 레이나의 얼굴을 주먹으로 후려친 것이다. 누군가가 찢어지는 비명을 질렀고, 에이미 수가 다시 방으로 들어가려 몸을 빙글 돌리자 방 안도 빙글 돌았고, 엉망이 되어버린 파티의 유서 깊은 관례대로, 에이미 수는 욕실에 들어가 문을 잠그고 울었다.

거기서 끝날 수도 있었을 텐데, 아니었다. 친구들이 문밖에 서서 말을 걸었다. 남자 친구도 찾아왔다. 에이미 수는 그에게 고함을 질렀다. 핸드폰을 빼앗아 사진 앨범을 뒤졌더니 그년의 알몸 사진들이 나왔다. 에이미 수는 그 사진들을 자신에게 전송한 다음 핸드폰을 변기 속에 던져버리고 여남은 명에게 사진을 보냈다. 그날 밤의 나머지는 잘 기억나지 않았다. 술을 더 마셨고, 그 뒤 걸레 같은 년은 그런 일을 당해도 마땅하다고 우겼지만, 다음 날 아침 숙취에 시달리며 눈을 떴을 땐 수치스러웠다. 부모님에

119

게 울음소리를 들키지 않으려고 샤워기를 켰다. 차라리 남자 친구를 주먹으로 때리고, 그의 고추 사진을 온 세상에 뿌릴 걸 그랬다. 그가 네 생각 중. 지금 어디?라는 말과 함께, 또는 딱딱해져 왼쪽으로 살짝 휘어진 기둥이 모든 걸 설명해준다는 듯 아무 말도 덧붙이지 않고 수도 없이 보내온 그 사진들 말이다.

에이미 수는 얼굴에 찬물을 끼얹은 뒤 거울 속 자신을 빤히 바라보았다. 전날과 똑같은 얼굴이었다. 입안을 헹구고 물을 뱉은 다음 머리를 빗어 진지한 사람처럼 보이는 높은 포니테일로 꽉 묶었다.

다음 날 아침, 하늘은 푸르렀고 잠깐의 비가 마치 작고 짧은 기적처럼 습기를 씻어갔다. 브리태니는 평소처럼 가장 먼저 디포에 도착했다. 열쇠를 맡길 만큼 신뢰받는다는 사실에 스스로 자부심을 느꼈다. 큰 책임이 따르는 일이었다. 어느새 틸리컴 생각은 까맣게 잊은 채 라디오를 켜고 노래를 따라 부르느라 기분이 좋았던 나머지 브리태니는 차에서 내릴 때까지 무슨 일이 일어났는지 알지 못했다.

디포의 유리창이 박살 나 인도에 온통 유리 파편이 흩어져 있었다. 꾸며놓은 진열장이 망가져 있었는데 바깥에서 던진 돌 때문인지 누군가 손으로 헤집은 게 분명했다. 종이 상자들은 해골처럼 부서져 열려 있었다. 발에 밟혀 깨진 조개껍데기가 유리 파편이며 작은 장난감 파편과 온통 뒤섞인 채, 모든 게 망가져 있었다. 캐스퍼만 제외하고 모든 것이. 가게 안으로 들어가지 않고도 캐스퍼가 사라졌다는 사실을 알 수 있었다. 창가에 없다면 누군가가 훔쳐 간 게 분명했고, 어차피 가게 안으로 들어갈 엄두조차 나지 않았다. 눈앞에 펼쳐진 폭력적인 장면에 겁이 났다. 가게 안에 혼자 들어가면 자신의 탓이 될 것 같았고, 그가 망가지게 내버려둔 물건들 바로 옆, 그 바닥에 자신이 무너져 내릴 것만 같아서였다. 그래서 브리태니는 인도에 선 채, 어째서, **어째서**, 하고 생각했는데, 자신 말고는 그 누구에게도 어떤 의미가 없는 무언가를 대체 누가 어째서 공격하겠는가 하는 생각이 들어서였다.

20분 뒤 에이미 수와 밸런티나가 함께 도착했다.

"이런 씨발." 에이미 수가 말했다. 씨발 씨발 씨발, 마치 그 말을 자꾸만 머릿속으로 되풀이하면 다른 아무 생각도 하지 않아도 될 것처럼.

밸런티나는 그저 가만히 바라보기만 했다. 사람들이 이런 순간마다 느낀다고들 하던 대로 심장이 마구 내달렸다. 흥분됐다. 짜릿했다. 물론 끔찍했지만, 꼭 영화 같았다. 밸런티나는 에이미 수와 브리태니를 바라보며 아무 말도 하지 않았다.

식탁보 위에 젖은 자국이 몇 개 있었다. 소녀들은 진열장을 향해 최대한 가까이 몸을 기울여보았다. 술과 오줌 냄새가 났다.

"그들이 캐스퍼를 데려갔어." 한참 만에야 브리태니가 말했다.

이렇게 될 줄 알았어, 말도 안 되는 소리였지만, 브리태니는 그렇게 생각했다. 어젯밤 돌아가서 캐스퍼를 데리고 갈걸.

씨발 씨발 씨발, 에이미 수는 머릿속으로 되풀이했다. 씨발 씨발 씨발.

존나 멋지다. 밸런티나는 미소를 지었다.

소녀들은 경찰을 불렀고, 경찰들은 현장 사진을 찍었다. 사장에게 연락하자, 얼른 사람을 보내 유리창을 교체하겠다고 했다. 사장은 나중에 오겠다고 했다. 소녀들은 유리를 비질해 쓸어냈다. 종이 상자는 납작하게 접었다. 잔해들을 연어 색 식탁보로 둘둘 싸매 쓰레기장으로 끌고 갔다. 에이미 수가 내키지 않는 투로 파티 이야기, 싸움 이야기를 했지만, 자신이 보낸 알몸 사진 이야기는 하지 않았다. "걔들이 한 짓이 분명해. 슈퍼스토어에서 일하는 애들." 에이미 수가 말했다. "나한테 복수하려고."

밸런티나는 그날 새벽 친구로부터 레이나의 알몸 사진을 전달받았지만 아무 말도 하지 않았다. 사진이 돌고 도는 사이 누군가가 이 사진들 아래에 **뚱뚱한** 년이라는 글자와 배경에 춤추는 타코까지 넣어 움직이는 이미지로 만들었다. 밸런티나 역시 남자 친구에게 자기 알몸 사진을 여러 번 보낸 적 있었다. **남들도 다 하는 일 아닌가?** 또, 예전부터 에이미 수를 볼 때면 약간의 존경심과 함께 압도당하는 기분을 느끼기는 했지만, 이제 밸런티나는 그 애가 두려웠고, 드디어, 자기가 에이미 수보다 나은 사람이라는 것을 알 수 있었다.

"미친년들." 얄팍한 고무 플립 플롭(브이 자 모양의 끈을 엄지와 검지

발가락 사이에 꿰어 신는 형태의 샌들—옮긴이)에 작은 파편이 박히지 않게 조심하며 깨진 유리를 치우는 동안 에이미 수가 내뱉었다. 숙취 때문에 토할 것 같았다. 온몸에서 술 냄새가 진동했다.

정오가 되었을 때는 난장판을 다 치우고 깨진 창문에 구겨진 판지를 강력 테이프로 붙여둔 뒤였다. 소녀들은 판지 위에 검은색 샤피 펜으로 영업 중이라고 썼다. 평소에도 다 쓰러져가는 몰 골이던 디포는 이제 음산한 분위기까지 풀풀 풍기고 있었다. 소녀들은 안으로 들어가 천장에 달린 형광등을 켠 뒤 책장에 등을 기대고 나란히 바닥에 앉았다. 손님은 아무도 오지 않았다.

"가만있을 수는 없어." 에이미 수가 말했다. "새아버지가 창고에 스프레이 페인트를 넣어뒀어. 그걸로 슈퍼스토어 유리창에다가 '걸레 년들'이라고 쓰자. 온 세상 사람들이 다 보게. 빨간색으로 '좆 까!'라고 쓰자."

"쓸데없는 짓이야." 브리태니가 말했다. "중요한 건 캐스퍼라고."

밸런티나도 고개를 끄덕였다. "차라리 슈퍼스토어에 달걀을 던지자." 밸런티나는 세상에서 악취를 제일 싫어했다.

브리태니는 밸런티나가 한 말을 무시했다. "벽에다 헛소리 따위는 쓰지 않을 거야. 안으로 들어가야 해." 그러면서 에이미 수를 돌아보았다. "너 항상 걔들이랑 어울리잖아. 슈퍼스토어에 들어가는 방법도 알 거 아니야."

"안에 들어가서 웨딩드레스에 달걀을 던지자." 밸런티나가 말했다. 모험이 기다리고 있다면 함께하고 싶었다. 또, 밸런티나는 늘 안쪽 방이, 은밀한 공간들이 궁금했다. 예전에는 문진을 좋아했지만, 이제는 더 이상 어린아이가 아니었다. 그곳엔 분명히 더 대단한 것들이 있을 터였다.

브리태니는 캐스퍼를 구하되, 그 애를 디포로 다시 데려오지는 않을 생각이었다. 더는 캐스퍼를 가둬서는 안 된다. 이 계획을 다른 소녀들에게는 말하지 않을 작정이었고, 에이미 수와 그 애 친구들이 뭣 때문에 싸웠는지는 알 바 아니었다. 잘못한 건 에이미 수겠지. 망할 에이미 수는 브리태니가 원하는 걸 다 가진 것으로도 모자라 이제는 브리태니의 인생까지 망칠 작정이었다. 그것도 마침내 그 애와 친해질 수 있을 것 같다고 생각한 이 순간에.

그리고 에이미 수는, 복수하기로 마음먹었다. 복수하지 않으면 인기 많은 다른 애들도 자신이 당하고만 있었다는 사실을 알게 될 테고, 그건 디포에 이런 일이 일어난 게 자기 때문인 것을 넘어 완전히 자기 잘못이라는 것을, 에이미 수가 술에 취하고 화가 났기 때문이라는 것을, 상처받았다고 고백하는 것보다 다른 여자애한테 상처를 주는 게 더 쉬웠다는 것을 인정하는 일이기 때문이었다. 그건 자신에게 복수할 **자격이** 없다는 걸 인정하는 일이기 때문이었다. 에이미 수는 이런 생각들을 머릿속에서 싹 지워버렸다. 레이나가 내 남자 친구랑 섹스했잖아. 그 사실만 붙들고 늘어질 작정이었다.

"슈퍼스토어 뒤에서 만나자. 오늘 자정." 에이미 수가 말했다.

밸런티나가 고개를 끄덕였다. 세상에, 끝내준다.

브리태니는 손바닥의 통통한 부분에 가느다란 유리 조각이 박힌 걸 알고 이렇게 따가운데 피는 이렇게 조금 난다는 사실에 놀라워하며 유리 조각을 빼냈다. "들어갔다가 나오기만 할 거야. 멍청한 짓 할 생각은 마." 브리태니의 말에 에이미 수와 밸런티나가 고개를 끄덕였다.

어둠 속 슈퍼스토어™는 평소와 달라 보였다. 덜 멋진 동시에(따지고 보면 그저 잘나가는 창고에 불과하니까) 더욱 다가가서는 안 될 곳 같았다. 에이미 수가 가장 먼저 도착했다. 뒷주머니에 넣었던 핸드폰을 꺼내 자정 5분 전인 것을 확인한 뒤, 더 이상 핸드폰은 보지 말아야겠다고 생각했다. 너무 밝았다. 매미 소리가 시끄러워 그 속에 익사하는 기분이 들었다.

계획은 간단했다. 에이미 수가 직원용 뒷문 비밀번호를 알고 있었다. 들어간다, 직원 휴게실로 간다, 브리태니가 한 말은 무시하고 그 애들의 물건을 엉망으로 만들어버리고, 캐스퍼를 찾아서, 최대한 빨리 떠난다. 에이미 수는 변기 청소용 노란 고무장갑까지 챙겨 왔다. 지문을 남겨선 안 된다고 밸런티나와 브리태니에게 말할 작정이었지만, 그들은 아직도 도착하지 않았다. 어쩌면 안 올지도 모른다. 어쩌면 에이미 수가 알아서 해결할 문제라고 결론 내린 건지도 모르겠다.

문 옆에는 슈퍼스토어™에서 일하는 소녀들이 담배를 피우러

나올 때 문이 닫히지 않도록 받쳐주는 콘크리트 버팀대가 있었다. 밸런티나와 브리태니가 나중에 온다면 가게 안에서 만날 수 있을 것이다. 에이미 수는 비밀번호를 입력하고 열린 문을 콘크리트 버팀대로 받쳐둔 다음 슬쩍 안으로 들어갔다.

밸런티나는 아직 집에 있었다. 보통 무단 침입을 할 땐 어떤 옷을 입지? 청바지와 검은 후디를 입었지만, 너무 뻔했다. 짧은 원피스로 갈아입었다. 제임스 본드 영화에 나오는 여자처럼, 그런데 그 여자들은 거의 다 죽지 않나?

그들이 캐스퍼에게 무슨 짓을 했을까? 브리태니는 집에서 기다리면서 칼로 갈린 캐스퍼의 뱃속에서 솜이 꾸역꾸역 쏟아지는 장면을 상상했다. 박제된 동물의 몸속에는 뭐가 들어 있더라? 알아본 적 없었다. 배가 갈라진 캐스퍼의 피부는 더는 살아 있는 척하지 않아도 된다는 사실에 안도하며 축 늘어진 채 틀에서 벗겨져 나올까?

브리태니는 플립 플롭을 신고 침대 모퉁이에 앉았다.

드디어 부모님 방 불이 꺼졌다. 벌써 늦었다. 최대한 소리 내지 않고 까치발로 살금살금 걸었지만, 작은 소리가 들린다 한들 부모님은 브리태니가 내는 소리일 줄 꿈에도 모를 터였다.

직원 휴게실은 오른쪽 첫 번째 문이었다. 창문이 없어, 아무도 못 본다고, 그렇게 혼자 되뇌면서도 에이미 수는 공황이 차오르는 걸 느꼈다. 불을 켜도 괜찮았다. 텅 빈 벽에는 **꿈은 잘 때만 꾸는 것이 아니다!**라고 쓰인 자기 계발 포스터가 붙어 있었다. 독수리 한 마리가 산 위로 솟구쳐 날고 있었다. 레이나의 사물함 안에는 아무것도 없었다. 뭐, 괜찮았다. 이젠 레이나가 중요한 게 아니니까. 에이미 수가 진열장 장식 이야기를 한 상대는 레이나가 아니었다. 그 애들 모두 다였다.

밸런티나는 검은 레깅스와 딱 붙는 검은 탱크톱 차림으로 20분 늦게 도착했다. 오늘 밤의 밸런티나는 툼 레이더 그 자체였다. 에이미 수가 비웃는다 한들 상관없었다. 꼭 닌자가, 탐험가가, 암살자가 된 기분이었으니까. 에이미 수보다 더 나은 사람이 된 기분이었으니까. 나는 에이미 수 같은 쌍년이 아니니까. 열린 채 고정된 문을 지나 복도로 들어가자 닫힌 문 아래로 빛이 새어 나오고 있었기에, 밸런티나는 살금살금 그 앞을 지나쳤다. 다른 소녀들이 뭘 하고 있건 관계없었다.

어둠 속 슈퍼스토어™ 메인 공간은 거대했고 옷걸이가 끝없이 늘어서 있었지만 밸런티나의 목적은 이곳이 아니었다. 여긴 언제든 와서 볼 수 있는 곳이었다. 밸런티나는 큰 통로를 걸으며 여성복, 수영복, 남성화 코너를 지났고, 흐릿한 빛 속에 이국적인 꽃다발처럼 진열된 모자도 지나쳤다. 전자 제품 카운터를 지나, 웨딩드레스가 가득한 '행복하게 오래오래 살았습니다' 동굴도 지났다(달걀은 집에 두고 왔다). 마침내, 중학생 때 보았던 옆문이 눈앞에 나타났다. 직원들이 열지 않은 가방, 발견되지 않은 문진이 들어 있던 그 가방을 저 문 안에서 꺼내 왔었다. 바로 여기였다. 문손잡이를 돌리자 기대도 하지 않았는데 문이 열렸다.

브리태니는 40분 늦게 슈퍼스토어™에 도착했고, 열린 채 고정된 문을 보고도 놀라지 않았다. 에이미 수는 남을 기다려주는 성격이 아니었으니까. 브리태니는 안으로 들어갔고, 첫 번째 문 아래로 새어 나오는 불빛을 보고 문을 열자 에이미 수가 카드 테이블 위에 케첩으로 글씨를 쓰고 있었다.

"일회용 소포장 케첩밖에 없어서 시간이 한도 끝도 없이 걸리네." 에이미는 바닥에 흩어진, 다 짜낸 네모 모양 포장지들을 가리키며 말했다. 노란 장갑은 벌겋게 물들어 있었다. 테이블 위에는 걸ㄹ라고 쓰여 있었다.

"캐스퍼는?"

"여긴 없어. 밸런티나도 못 만났어. 쫄았나 보지."

브리태니는 마치 캐스퍼가 이곳에 있는데 에이미 수가 알아차리지 못했을 수도 있다는 듯 작은 방 안을 둘러보았다. 사실 이다음부터는 생각해본 적 없었는데, 캐스퍼가 여기 있을 거라고, 그래서 캐스퍼를 챙겨 떠나면 될 거라고 짐작했기 때문이었다.

"그럼, 다른 데는 안 찾아본 거야?"

사실, 에이미 수는 캐스퍼 같은 건 까맣게 잊고 있다시피 했다.

"분명 어디 있을 거야." 에이미 수가 말했다.

이러려고 한 게 아니었다. 슈퍼스토어™는 거대한 곳이었다. 브리태니 혼자 힘으로는 결코 캐스퍼를 찾지 못할 터였다. 이곳은 에이미 수가 더 잘 알았다. 벽에 작은 텔레비전 하나가 붙어 있었다. 브리태니는 텔레비전 쪽으로 다가가 코드를 뽑고 집어 들어서는 바닥에 내동댕이쳐버렸다. 정말 작은 텔레비전이어서 캐스퍼보다도 가벼웠다. 화면이 산산이 조각나고 싸구려 플라스틱 외장재에도 금이 갔다.

"씨발." 지금까지 카드 테이블에 만들어놓은 작품이 단숨에 유치한 동시에 폭력적인 것으로 변해버리자 에이미 수가 말했다.

브리태니는 실망스러운 기분으로 텔레비전을 내려다보았다. 불꽃도 튀지 않고, 폭발도 하지 않았다. "자." 그가 입을 열었다. "복수는 이미 했어. 도와줄 거야? 아니면 계속 여기서 한심한 짓 하고 있을래? 왜냐면 이거." 브리태니가 테이블을 가리켰다. "도저히 한심해서 못 봐주겠거든."

에이미 수는 똑바로 서서 벌겋게 물든 두 손을 눈앞으로 들어 올렸다.

밸런티나가 문을 열고 들어가 계단을 내려가자 슈퍼스토어™ 지하실이 나타났다.

천장이 낮았고, 무수히 많은, 각양각색의 색깔과 무늬를 가진 열지 않은 가방들이 무더기로 걸린 정리대가 끝도 없이 많았다.

밸런티나는 핸드폰 플래시를 켜면서 **우와** 그리고 **짱 멋지다**라고 말해줄 누군가가 옆에 있었으면 좋겠다고 생각했다.

밸런티나는 인기가 없었다. 초등학생 때는 그럭저럭 괜찮았지만, 중학생, 그리고 고등학생이 되자 존재감이 없어졌다. 자신과 제일 친한 애들이 디포에서 일하는 소녀들일까 봐, 그런데 디포의 소녀들은 자신을 별로 안 좋아할까 봐 겁이 났다. 그 애들은 밸런티나에게 무언가가 결핍되어 있다는 걸 알았다. 브리태니는 언제나 프로젝트를 벌였고, 선반을 정리했고, 그다음에는 밸런티나에게 어떻게 생각하느냐고 물었는데, 밸런티나는 무슨 말을 해야 할지 알 수 없었다. **조금 더 극적이면 좋겠는데**, 이렇게 제안해보면 브리태니는 마치, 그거야 당연하지, 그런데 어떻게 극적으로? 뭘? 하고 묻는 듯 고개를 끄덕였다. 그러면 밸런티나는 더 이상 덧붙일 말이 없었다. 또, 에이미 수. 날씬한 팔다리와 자신감 덕분에 더 나은 삶이 약속된 에이미 수.

하지만 이런 광경 앞에서 그 누가 결핍을 느낄 수 있겠는가? 밸런티나는 손끝으로 가방을 쓸었다. 라텍스 장갑을 끼지 않은 손이 발가벗은 것처럼, 대담하게 느껴졌다. 마침내 밸런티나는 푸른 슈트케이스를 골랐는데, 슈트케이스 중에서도 가장 평범해 보였기 때문이었다. 원래 보물을 찾으려면, 가장 귀중한 것은 가장 따분해 보이는 것 속에 숨겨져 있는 법이잖아? 슈트케이스를 들어 바닥에 내려놓자 묵직했다. 지퍼를 여는 밸런티나의 손가락이 떨렸다.

맨 위에는 옷이 있었다. 부드러웠다, 그럴 만도 하지, 안에 있는 것을 보호해야 하니까. 그 아래에도 옷이 있었다. 밸런티나보다 가슴이 훨씬 큰 여자가 입는 브라였다. 밸런티나는 옷가지를 끄집어내 옆에 무더기로 쌓아놓았다. 옷 아래에는 세면 용품이 들어 있었다. 여성용 하이힐 두 켤레. 10파운드짜리(약 4.5킬로그램—옮긴이) 아령 두 개. 그래서 가방이 이렇게 무거웠구나. 아령이라니, 밸런티나가 상상할 수 있는 것 중에서도 가장 덜 낭만적인 물건이었다.

슈트케이스를 또 하나 골랐다. 이번에는 고급스러워 보이는 걸로 골랐다. 바깥에 플뢰르 드 리스인가 뭔가 하는 문양이 찍힌 것이었다. 열어보자, 맨 위에는 옷, 그 밑에도 옷, 빌어먹을 옷, 이번에는 남자 옷이었고, 작은 병에 담긴 셰이빙 로션이 들어 있는 세면 용품 가방이 나왔고, 그 밖에는 아무것도, 좋은 것이라고는 아무것도 없어서, 밸런티나는 다른 가방, 또 다른 가방을 열어보았는데, 그러면서 특이한 물건들을 몇 가지 찾기는 했다. 위트 페니(링컨 초상과 밀 두 줄기가 그려진 1센트 동전. 현재는 발행이 중단되어 수집용이다—옮긴이)가 든 가방, 열 조각으로 분리되는 헤어드라이어, 말 고추만 한 딜도도 나왔는데, 밸런티나는 그것을 어떻게 해야 할지 몰라 자기 핸드백에 집어넣었다. 핸드폰 플래시가 쓰레기들을 훑으며 날카로운 그림자를 드리웠다. 여긴 아무것도 없었다. 밸런티나의 문진은 거짓말이었다. 더 나은 것이 있음을 시사하기 위해 넣어놓은 중간 정도의 물건이 아니라, 더 좋은 물건,

최고의 물건이었던 거다. 인간이란 따분하다는 것이 진실이므로. 인간은 뻔했다. 여행할 때는 가방에 속옷, 치약, 냄새나는 운동화를 챙기고, 그 냄새가 슈트케이스 전체에 배는데도 그나마 가진 얼마 안 되는 것들마저 망쳐버리는 것조차 아무렇지 않아 하는 존재였다.

밸런티나는 일어서서 자신이 만들어놓은 난장판에서 벗어날 때까지 옷 무더기를 밟고 나아갔다. 일렬로 놓인 슈트케이스 맨 끝에 빗장 걸린 새장이 하나 있었다. 새장을 집어 들자 단단한 금속이 철컹하는 소리가 났다. 핸드폰을 들어 몰수품들이 놓인 선반들을 비추어보았다. 소독한 뒤 위층, 잠금장치가 있는 유리 상자로 들어가게 될 칼 몇 개. 에이미 수가 이야기했던 조명탄 총. 다른 소녀들도 궁금해하겠지. 밸런티나는 조명탄 상자를 열고 하나를 꺼내 총에 쑤셔 넣은 다음 레깅스 허리춤에 총을 꽂았다. **암살자!** 바닥에 앉아 있는 그 애를 발견한 건 그때였다. 캐스퍼. 어둠 속에서도 너무 새하얘서 정말 유령처럼 보였다. 밸런티나는 캐스퍼에게 다가가서 양손을 내밀었다가, 장갑을 끼지 않았다는 생각, 브리태니에게 한 소리 듣겠다는 생각에 잠시 멈췄다가, 캐스퍼를 안아 올려 온 힘을 다해 꼭 끌어안았다.

"내가 해냈어." 밸런티나가 중얼거렸다.

밸런티나는 캐스퍼를 꼭 안고 폭발한 것처럼 흩어진 물건들을 그대로 남겨둔 채 지하실을 나왔다.

"한심하다고?" 에이미 수는 고함을 지르고 있었다. 한심했다. 알고 있었다. 씨발 씨발 씨발. 하지만 절대로, 특히 브리태니에게는 인정할 수가 없었다. "더 한심한 건 아무도 안 오는 곳의 진열장을 꾸미는 너 아니야? 디포는 거지 같아. 이 동네는 거지 같아."

"난 캐스퍼 찾으러 갈게." 텔레비전을 부순 뒤로 이상하게 차분해진 브리태니가 말했다. "네 도움은 필요 없어."

밸런티나는 밖에서 두 소녀의 고함을 들으며 미소를 지었다. "얘들아!" 그렇게 외치며 방 안으로 들어갔다. 목소리가 너무 컸다. 두 소녀 모두 펄쩍 뛰며 찢어지는 소리로 비명을 질렀고, 에이미 수는 케첩 범벅인 손으로 심장을 부여잡는 바람에 윗옷과 맨살이 케첩투성이가 되었다.

"캐스퍼!" 브리태니가 외치며 밸런티나의 품에서 캐스퍼를 빼앗아 안았다.

"너 무슨 닌자라도 돼?" 에이미 수는 브리태니가 아닌 다른 사람, 괴롭히기 정말 쉬운 사람이 나타났다는 사실에 안도하며 밸런티나가 입은 옷을 빤히 보았다. "대체 어디 있었어?" 브리태니가 캐스퍼를 부드럽게 쓰다듬었다. "너 **엄청** 늦었잖아." 에이미 수는 그렇게 말했지만, 머릿속을 차지한 생각이라고는, **난 캐스퍼도 못 찾았어**뿐이었다. 밸런티나, 망할 **밸런티나**가 찾았다. 에이미 수는 홱 돌아서서 장갑 낀 손으로 테이블 위 글자를 박박 문질렀다. 케첩이 피처럼 바닥에 뚝뚝 떨어졌고, 브리태니는 캐스퍼를 지키려고 몸을 돌리더니 방 한구석으로 가서 캐스퍼를 내려놓고 그 앞에 무릎을 꿇고 앉아 손등으로 털을 가다듬어주었다. 마치 손등이 손가락보다 더 안전하다는 듯이, 덜 지저분하고, 덜 공격적이라는 듯이, 캐스퍼를 이 방으로부터, 에이미 수가 전염시키는 오염으로부터 지켜주겠다는 듯이.

에이미 수는 브리태니가 캐스퍼를 쓰다듬는 모습을 보자 눈물이 날 것 같았다. 브리태니가 자기 얼굴을 만져주기를 바랐다. 진심이야? 맙소사. 에이미 수는 지금 당장 이 자리를 떠나고 싶었다. 고무장갑을 벗어 바닥에 집어 던지자 철썩 소리가 두 번 났다.

밸런티나는 두 소녀를 바라보았다. 아무도 밸런티나에게 고맙다고 말하지 않았다. 밸런티나가 일어나더니 에이미 수에게 가서 물었다. "끝났어?"

에이미 수가 대답했다. "뭔 상관." 아무도 밸런티나에게는 관심이 없었다. 마치 밸런티나는 안중에도 없다는 듯이, 이 자리에 없다는 듯이, 여름 내내 그랬던 것과 똑같이. 달라진 건 이제 밸런티나는 에이미 수가 나쁜 사람이라는 것을, 그리고 브리태니는, 뭐, 특별히 더 나빠진 건 아니지만, 에이미 수에게 있지도 않은 무언가를 생각하며 그 애한테 홀딱 빠져 있다는 사실을 안다는 것뿐이었다. 둘 다 밸런티나를 쓰레기나 마찬가지로 취급했다. 마치 온 세상의 유리창이 자신을 향해 폭발하듯 깨지는데, 유리 조각에 베이지조차 않는 기분이었다. 밸런티나는 캐스퍼와 똑같이 유령이기에.

손이 떨렸다. 레깅스 허리춤에서 조명탄 총을 끄집어내, 조준한 뒤, 발사했다.

캐스퍼가 터지면서 불꽃에 휩싸였다.

에이미 수는 디포로 영영 돌아가지 않을 것이다. 캐스퍼가 불타는 순간 에이미 수는 양팔을 내밀었고, 두 다리는 굳어버렸고, 입을 벌렸지만, 아무 소리도 나지 않았다. **난 브리태니를 사랑해**, 생각했다. **브리태니는 이 사실을 영영 용서하지 않겠지**.

훗날 에이미 수는 남자와 여자 둘 다 사귀게 되고, 애틀랜타로 이사하고, 혼자 잘 지내고, 때로, 아주 가끔, 브리태니를 떠올리며 미소 짓고, 그러다 자신을 영영 용서하지 않은 레이나를 떠올리며 수치심을 느끼게 된다. 거기까지 생각한 뒤 이 기억을 다시 거두어버린다.

브리태니는 자기가 비명을 지르거나 울음을 터뜨릴 줄 알았다. 망가진 진열장 장식보다도, 키스를 못한다는 말을 들었을 때보다 더 최악이었다. 어머니에게 뺨을 맞고 우는 아버지를 보았던 순간보다도 최악이었다. 그러나 그 대신, 브리태니의 두 눈은 바싹 말라 캐스퍼와 함께 활활 탔다. 어쩌면 공기 중의 화학물질 때문이었는지도 모른다. 아니면, 이미 사라진 것을 빠르게 포기하는 재능을 이제 와 발견하게 된 건지도 몰랐다.

세월이 흐른 뒤, 내슈빌에서 연극 무대를 디자인하게 된 브리태니는 거리를 걷다가 어느 골동품 가게 진열장 안에서 알비노 다람쥐 박제를 보게 되리라. 브리태니는 유리창을 만져보고, 그 뒤에 갇힌 다람쥐를 바라보고, 캐스퍼가 바이킹 장례식처럼 광휘의 불꽃 속에서 타 사라지던 모습을 떠올리게 된다. 귀엽고 폭신폭신한 바보 캐스퍼, 발할라를 향하던 전사, 그리고 브리태니는 믿지 않겠지만, 슬픔을 느끼리라 예상한 순간 떠오른 다정한 기억 때문에, 눈에서 흐르는 이 눈물은 행복의 눈물이다.

캐스퍼가 불타 없어지기까지 얼마만큼의 시간이 걸렸는지 기억하는 이는 아무도 없다. 피부는 신문지처럼 말려들어갔고, 피부 아래 접착제엔 파란 불꽃이 붙었고, 쫑긋 서 있던 귀는 연기를 피우며 사라져버렸으며, 피부가 싸고 있던 철사 뼈대는 마치 캐스퍼가 꾸벅 몸을 숙여 마지막 인사를 건네는 것처럼 오그라들었다. 그렇게 캐스퍼는 마지막으로 죽었다.

에이미 수와 브리태니는 말없이 그 자리를 떠났다. 끈적한 케첩 같은 캐스퍼의 피가 마치 폭발하기라도 한 것처럼 분무 형태로 자잘한 물방울을 뿌리며 바닥을 뒤덮었다. 남은 것은 밸런티나뿐이었다. 이렇게 아름다운 장면은 처음이었다. 총이 발사될 땐 나지막한 폭 소리만 들릴 만큼 고요했지만, 조명탄이 맞는 순간에 나는 소음은 마치 한 사람이 다른 사람을 주먹으로 때릴 때만큼 요란했다. 이 순간은 밸런티나 인생 최고의 기억이 될 것이다. 그 사실이 자랑스러워서는 아니다, 딱히 자랑스럽지는 않았으니까. 하지만, 손안에 어떤 순간을 쥐는 일, 영영 사라지지 않는 일정한 순간을 만드는 사람이 되는 일은 살면서 거의 드물기 때문이다.

준에게 보내는
사과 비슷한 것

다른 건 몰라도 우리 집 고양이를 차로 깔아뭉갤 의도가 정말 없었다는 것만 믿어줘. 여태 내가 저지른 짓들, 자랑스럽지 않은 짓들이야 있지만, 세상에 좋게 끝나는 결혼이라는 게 있나? 탁 터놓고 솔직하게 말할게, 당신 새 남자 친구 집 앞마당 잔디 위에 독약으로 "쌍년"이라고 쓴 건 내가 잘못했어. 내가 한 짓인 거 당신도 아는 거 알아. 내 변명을 하자면, 그 자식 집 잔디가 자초한 일이나 마찬가지야. 그 자식이 마당에 무릎을 꿇고 앉아 조금이라도 완벽을 깨뜨리는 요소가 있을까 정원 가위로 다듬어대며 보내는 시간이 대체 얼마나 되는 거야? 골프장 같은 정원을 가꾸느라, 당신이랑 섹스할 시간은 있는 거야?

어쨌든 중요한 건 그게 아니지. 중요한 건 차는 크고, 젤리는 멍청했다는 거야. 동물이라면 차를 믿으면 안 되지, 차에서는 배기가스, 가죽, 소나무 향 방향제가 풍기는 죽음의 냄새가 나잖아. 그런데 젤리는 아무 생각이 없었지. 젤리는 털을 무더기로 흘리고 다니고, 집구석에 오줌을 싸고, 나이가 많고, 눈이 약간 멀었고, 귀는 거의 멀었지. 참 사랑받는 고양이였어. 우리 딸이 그 녀석 참 사랑했지. 그렇다고 젤리가 착한 고양이였던 건 아니야. 젤리는 못된 고양이였어. 우리 딸이 날 사랑한다고 당신이 나더러 좋은 남편이라고 하는 건 아니듯이.

후진해서 차고를 나오다가 젤리를 차로 밟는 순간 장바구니 위를 지나가는 것처럼 작은 굴곡이 느껴졌어. 차에서 내려 살펴보니 왼쪽 뒷바퀴 옆에 망가진 우산처럼 갈비뼈가 으스러진 젤리가 모로 누워 있었어. 난 젤리가 좋았던 적이 없어. 솔직히 말하면 당신도 그 녀석 안 좋아했잖아. 그래도 그 순간만큼은 시간을 딱 2초만 간절히 되돌리고 싶었어. 그 짧은 시간, 성냥불이 탁 붙고, 커피를 한 번 홀짝 마시고, 악수로 감기를 옮길 만큼의 시간. 그 시간만 돌려주면 그 대가로 올해 내가 존경심을 담아 여자의 근사한 가슴을 쳐다보며 보낼 모든 순간을 다 포기할 수 있다고 생각했어. 아니, 사과는 안 할 거야. 당신, 예전엔 내가 재밌는 사람이라 생각했지. 잔디밭을 가꾸는 그 머저리가 튀긴 스니커즈 초코 바, 탭댄스, 플럼 코트라든지 위스콘신 델스(위스콘신주에 있는 테마파크—옮긴이) 같은 걸로 당신을 웃게 해주나? 그런 것들을 사랑하는 사람들을 절대 비웃지 않고, 잔인하게 굴지도 않고, 그저 그것들이 존재한다는 사실 때문에, 그것의 존재 이유 때문에 말이야. 왜냐하면 그런 것들이 존재하는 데는 이유가 없고, 그게 바로 웃음의 본질이잖아. 난 당신에게 그렇게 해줬어.

난 야구 배트를 가지러 가. 야구 배트를 가져온 건 자비로운 행위였지만 당신은 그 일을 그런 식으로 보려 하지 않지. 고양이는 고통스러워하고 있었어. 나도 911에 전화하고 **싶었지만** 고양이잖아, 이럴 땐 어른을 불러 해결해달라고 하는 건데, 내가 바로 그 어른이잖아. 원하든, 원치 않든. 해결할 능력이 있든, 없든. 세상에 억지로 어른이 되는 바람에 도를 넘은 거짓말에 맞춰 살게 된 사람이 어디 나뿐일까?

트렁크에서 수건을 꺼내 젤리의 몸을 감싸 둥지처럼 만들어주었지만, 젤리는 단말마의 비명을 멈추지 않았어. 나는 고양이 옆에 앉아 그 애를 토닥여주려고 했어. 죽을 때 누가 만져주면 더 나을 거라는 친절한 생각에서였어. 고양이는 엄청 작잖아. 당신은 그런 생각은 안 하지. 털가죽을 걷어내면 잔가지 같은 뼈 한 줌 말고는 아무것도 없는 거나 마찬가지야. 나는 그 애의 머리에 손을 올리고 목덜미까지 살살 쓸어내렸어. 그냥 그대로 으스러뜨려서 빠르게 목뼈를 부러뜨릴 수도 있었어. 내 손은 준비된 채 허공을 맴돌았지. 바로 그때, 젤리가 내 엄지와 검지 사이의 살을 물었어. 궁금할까 봐 알려주는데, 아팠어. 씨발 존나게 아프더라.

친절한 행위. 내가 하려던 건 그것뿐이었어. 우리 딸이 사랑하는 그 빌어먹을 멍청한 고양이를 위해 해주려던 친절한 일. 난 어려울 때도 친절한 일을 할 수 있어. 쉬울 때는, 음, 당신도 알겠지만, 난 과장된 제스처를 선호하잖아. 차고로 들어가서 친절한 물건을 찾았지. 공구 통. 재활용품 분리수거 함. 몇 년째 아무한테도 도움이 못 되고 그대로 있던, 구세군에 보낼 옷을 모아놓은 상자들. 나는 야구 배트를 집어 들었어.

장담하건대 젤리는 역대 최고로 멍청한 고양이야, 그런데 다시 돌아오니 그 녀석이 고양이 특유의 무표정한 눈으로 나를 바라보았고, 우리는 그 순간 서로를 이해했어. 나는 야구 배트를 머리 위로 치켜들었지. 어디를 때릴까? 어디가 가장 빠르고 또 깔끔할까? 나는 그 일을 하고 싶었어. 그 일을 하는 내 모습이 보였고, 그 상상을 떠올리는 건 마치 실제 행동을 떠올리는 것만큼이나 생생했어. 그 일은 참 친절한 일이었을 테고, 나는 그 일을 해 냈을 거야. 내가 그 일을 하려 했다고 믿고 싶어. 바로 그때, 당신 이 뒷좌석에 우리 딸 준을 태운 밴을 몰고 들어왔고, 준은 선팅한 창문에 조그만 얼굴을 바짝 대고 바깥을 내다보고 있었지.

"아가, 차 안에 가만히 있으렴." 당신이 말했어.

내가 야구 배트를 떨어뜨리자 알루미늄 배트가 콘크리트 바닥 에 떨어지며 유리 깨지는 소리가 났어.

당신은 아무 말도 안 했어. 몸을 숙이더니 물 흐르는 듯한 동작 으로 젤리를 안아 들었지. 젤리가 당신도 물었지만 당신은 고양 이를 떨어뜨리지 않았어. 고양이를 품에 안고 수건으로 감싸더 니 마치 우는 아기처럼, 정리가 덜 된 생각처럼 꽉, 그러면서도 가볍게 끌어안더군. **쉬잇**, 당신이 중얼거렸어. **가만히 있어. 이제 됐어.**

당신은 젤리를 수의사에게 데려갈 테니, 나더러 우리 딸을 차 에서 내려 집으로 데리고 들어가 돌보고 있으라고 했지. 당신은 나더러 그 작은 일이라도 하라고 했어. 날 창피해하는 것 같더군, 하지만 당신이 오해한 것 같아. 때로는 고통을 질질 끌지 않고 빠 르게 끝내는 게 나을 때가 있어. 어차피 결말이 바뀌는 게 아니라 면 말이야.

142

1720년
거친 바다를 누빈
크로스드레서
해적 메리 리드

>

메리 리드(Mary Read, 1685~1721)는 런던 출생으로, 친척
의 도움을 받고자 했던 어머니는 그에게 어린 시절부터
남자아이 옷을 입히고 아들처럼 키웠다. 이후 육군에
입대해서 한 병사와 결혼했고, 남편이 죽자 남자 행세
를 하며 해적선에 오른다. 이곳에서 마찬가지로 남성
행세를 한 여성 해적인 앤 보니와 연인 관계가 된다. 영
국 해군에게 잡힌 뒤 임신한 사실이 알려져 교수형 판
결을 면하나 출산 중 사망한다.

남자로 사는 쪽이 더 쉽다. 어머니가 어린 내게 그렇게 알려주셨다. 물론 정확히 이렇게 말씀하신 것은 아니었지만. 어머니는 죽은 오빠의 외투에 내 양팔을 집어넣고, 얼마 전 바짝 깎은 내 머리를 보더니 오빠를 꼭 닮은 내 앞에서, 죽은 오빠의 몸을 다시 살리는 이 죄 앞에서 성호를 긋는다. **꼿꼿이 서라,** 어머니는 말씀하신다. **꼭 말을 해야 한다면 수줍음이 많은 척하거라.** 물론 나는 살면서 단 하루도 수줍음이 많았던 적 없지만, 그래도 이미 역할 극을 즐기고 있다. 할머니를 끌어안자, 할머니는 내 머리를 쓰다듬고는 오빠에게 남기려 했던 돈을 주겠다고 어머니에게 약속한 뒤 다시는 돌아오지 말라고 한다. 나는 할머니가 주신, 잊을 수 없는 교훈에 감사한다. 세상이 살아 있는 딸이 아니라 죽은 아들에게 돈을 준다면 나는 아들 안의 딸, 오빠 안의 여동생으로 살아가겠다고, 남자는 내 칼집이요, 여자는 내 칼이 되리라고.

나는 영국군에 입대한다. **남자로 살아가는 건 얼마나 짜릿한가!** 나는 애인의 품에 안겨 말한다. 군복을 입은 우리는 둘 다 근사하다.

하지만 너무 폭력적이잖아. 그는 그렇게 말하더니 몸을 굴려 내 위로 올라와서는 다음 판을 벌이려고 나를 매트리스 위에 짓누른다.

그는 여느 군인과 마찬가지로, 갑작스레, 젊은 나이에 죽는다.

나는 온갖 바다를 항해하다 해적선에 몸을 싣게 되고 훌륭한 배 **리벤지호**에 올라 앤 보니, 캘리코 잭과 함께 항해하며, 내가 여자인 걸 아는 이는 아무도 없다. 나는 결투를 해 남자들을 죽인다. 밤이면 돛대 꼭대기 망대에 올라 별을 바라보고, 근무가 끝나면 침대로, 나의 애니(앤의 애칭—옮긴이)에게로 돌아온다. 애니 역시 크로스드레서 해적이다. 나는 애니 안의 여자에게 구애하는 것이 좋다.

이리 와, 내 사랑, 내게 굴복해. 온종일 내 선실에 갇혀 나만을 기다린 그대는 인내심 그 자체야. 내 사로잡힌 공주, 내 사랑.

애니는 또 한번 사랑을 나누려고 나를 아래에 눕히지만 나는 또다시 몸을 굴려 위로 올라간다.

사랑을 나눈 뒤에 나는 오늘 밤, 바다는 너무나도 잔잔하고, 달은 너무나도 교교하고, 나는 고래 떼를 보았고, 젖은 혹이 은빛을 반사하고 있었다고 말한다. **우리를 상상해봐**, 나는 말한다. **고향 잉글랜드에서 매독에 걸린 남편의 고추를 빨고, 수프가 끓기를 기다리는 우리를.** 애니는 내 가슴 사이에 얼굴을 파묻은 채 웃는다. 우리는 오로지 돛을 꿰맬 때나 상처를 꿰맬 때만 바늘을 휘두른다. 우리는 요리사가 끓인 수프를 먹는다. 우리는 훈연한 고기가 사라지고, 케케묵은 감자로 만든 희멀건 수프만 남았을 정도로 오랫동안 항해 중이다.

상상해봐, 애니가 애석한 듯 한숨을 쉬자, 나는 내가 군인이던 시절 산울타리 속에서 발견한 레드커런트를, 줄기에서 갓 딴, 햇볕에 따뜻하던 그것이 얼마나 신선한 맛이었는지 떠올린다. 내가 레드커런트를 너무 많이 따서, 사랑하는 군인 애인에게 가져다주려고 손수건에 불룩하게 모아 온 것도. 그것을 선물할 때는 베리보다는 얼룩에 가까워져 있었다.

우리가 붙잡히고 나면, 남자가 되는 것이 더 빠르다. 선원들은 순식간에 교수형을 당했다. 애니와 나는 우리의 배를 내보이며 애원하는데, 우리는 우리 해적 아이들로 무성하기 때문이다. 그 씨를 뿌린 어머니들과 마찬가지로 거칠고 길들일 수 없으며, 그들을 품은 어머니들과 마찬가지로 강인하고 끈질길 운명을 타고난 아이들이다.

애니가 어떻게 죽는지 나는 모른다. 나의 죽음은 피투성이의 잔혹한 죽음이며 나는 마지막까지 용맹하게 맞서 싸운다. 그럼에도 사인을 쓰는 검시관은 내가 나보다 더 강하며, 어서 자유의 몸이 되려 안달이 난 딸과의 전투에서 패배했다는 진실이 아니라 출산 중에 사망했다고 기록한다.

멕시코 디즈니랜드

I.

택시 안, 안전벨트도 없이, 호스트 가족의 어머니와 언니 사이에 끼어서, 낚싯바늘을 기다리는 물고기처럼 입을 벌리고 있었을 때, 네가 스페인어를 못 한다는 사실을 깨달은 건 바로 그 순간이다. 너는 스페인어가 어색할 수도 있다고, 조금은 바보가 된 기분이 들 수도 있다고 마음의 준비를 했지만, 그래도 여기까지는 예상치 못했다. 이 여자들은 중서부 억양으로 한 단어 한 단어를 **리브로, 볼리그라포, 요 소, 투 에레스** 하고 돌멩이처럼 또렷하고 단단하게 발음하는 네가 다니는 고등학교 스페인어 선생님과는 다른 언어로 말한다. 이 두 여자는 끊어 말하는 부분이 없는 언어로 말한다. 빠르고, 미끈하고, 도저히 알아들을 수 없다.

올라, 메 야모 에이미, 그들이 파추카에 있는 교환학생 프로그램 사무실로 데리러 왔을 때 너는 그렇게 말했다. 정확히 사무실이라기보다는, 분홍 변기, 서로 어울리지 않는 가구, 빛을 반사하기보다는 흡수하는 초록 벽이 있는 2층 아파트였다. **난 왜 여기있는 거지?** 너는 자문자답한다. **스페인어 실력을 키우려고, 좋은 대학교에 들어가려고, 처음으로 모험을 해보려고** 같은 대답들은 녹이 내려앉은 분홍 변기 앞에서는 불충분했다.

하지만 호스트 가족은 에이미라고 말하지 못한다. 그들은 마치 네가 집에서 이렇게 먼 곳까지 와서 사랑받기라도 한다는 듯이 **아미**라고 말한다. 새로운 어머니 가비, 그리고 새로운 언니 마리아가 네가 스페인어를 할 줄 모른다는 사실을, 한 번도 스페인어를 한 적 없다는 사실을, 아마도 영영 스페인어를 할 수 없을 것이고, 그래서 **멈춰**라는 단어를 **가**라고 혼동하고 길을 건너다가, 지는 저녁 빛 속에서 갑갑한 노란 택시를 지나쳐 쌩쌩 달리고 있는 저 버스 중 한 대에 치어서, 멕시코 파추카에서 열여섯 나이로 죽을 것임을 알게 되는 그 택시에 너를 태운다.

첫 주, 소리를 문장으로 분석해낼 수 있게 되기 전, 네게는 이런 일들이 일어난다.

너는 네가 쓸 방으로 간다. 방 세 개짜리 아파트의 안쪽 방, 문이 닫히지 않는 벽장 하나, 이웃집 뒷마당이 내려다보이는 창문 하나가 있는 작은 방이고, 벽에 바짝 붙어 있는 트윈 베드에는 하늘색 침구가 깔려 있고, 네가 밤이면 품에 안고 잠드는 낡은 곰 인형이 하나 있다. 너는 10대니까, 너는 겁에 질렸고 외로우니까, 이 방은 하나의 성소가 된다. 너는 침대 옆 협탁에 사진 두 개를 둔다. 남동생, 엄마, 아빠가 나온 사진 한 장, 그리고 제일 친한 세 친구가 겨울 코트를 입고 웃고 있는 사진 한 장이다.

너는 샤워하는 게 겁이 난다. 전기로 가동되는 샤워기다. 처음에는 믿기지 않았다. **엘렉트리코.** 설마 전기라는 뜻은 아니겠지? 그러다가, 수도꼭지 아래 벽에 붙은 상자가 보인다. 벌떼처럼 웅웅 소리를 내는 상자. 너는 감전되는 상상, 타는 듯 뜨거운 감각과 함께 몸에 묻은 물이 증발하는 상상을 하고, 최대한 그 상자에서 멀찍이 떨어져 샤워한다.

마리아는 열아홉 살이고 마리아와 마리아 친구는 이미 **우니베르시다드**에 다닌다. 마리아의 친구들은 전부 남자들인데 그들의 이름을 너는 단 한 명도 기억할 수가 없다. 마리아의 남자 친구들도 영어를 못 하고, 너는 한마디도 하지 않는다. 너는 미소를 지으며 고개를 끄덕이거나 미소를 지으며 고개를 젓는다. 이렇게 많은 미소를 지은 건 처음이다. 얼굴근육이 아플 지경이다.

너는 전화 카드로 집에 전화하는 법을 알아낸다. 부모님과 통화하면 기분이 나아질 줄 알았지만 반대로 더 나빠진다. 미니애폴리스의 유월은 뜨겁고 습하며 통통한 하얀 종아리에 모기들이 붙어서 피를 실컷 빤다. 미시시피강은 갈색으로 출렁이고 호숫가 공원은 초록이고 사람들은 아일스호수에서 카누를 빌려 노를 젓다가 화상을 입는다. 집에 전화를 걸자 부모님이 남동생은 보이스카우트 대원들과 함께 바운더리워터스에 가 있고 두 분은 함께 살사 수업을 듣는다고 알려준다. 두 아이가 전부 집에 없어 기뻐하는 듯한 목소리가 예상 밖이다. 부모님이 어떻게 지내느냐고 묻자 너는 많은 걸 배우고 있다며 이보다 더 진실할 수 없는 거짓말을 한다.

파추카에서 지내면서 점점 미신을 믿게 되었다는 말은 하지 않는다. 사소한 것들이다. 라디오에서 나오는 아는 노래. 대형 광고판에 걸린 이미 본 영화. 방 안에 있을 때, 거리의 차 소음도, 가비가 커다란 검은 냄비로 콩 요리를 할 때 흥얼거리는 단조로운 노랫소리조차, 아무 소리도 들리지 않는 침묵의 시간. 아무 의미도 없는 그런 징조들이 너를 안심시킨다. 마치 누군가가 너를 지켜보고 있는 것 같은 기분이다.

너는 양의 뇌를 넣은 타코를 먹는다. 네가 파슬파슬한 갈색 소를 손에 뱉어내자, 마리아가 죽도록 웃어댄다.

호스트 어머니인 가비가 네 속옷을 전부 망가뜨린다. 네 속옷에 남은 많고 많은 지난 월경의 흔적을 발견한 그가 너를 아파트 옥상, 차양 아래 낡은 세탁기로 데려간다. 그곳에서 가비가 네 속옷을 세탁한 뒤 빨랫줄에 널어 햇빛에 말리지만, 짙은 갈색 얼룩이 그대로인 것을 보고 네게 고무장갑을 끼게 한다. 가비는 네가 한참 뒤에야 표백제임을 알게 된 무언가를 꺼내 오더니 그것으로 팬티 가랑이 부분을 문지르게 한다. 그다음에 너는 다시 팬티들을 세탁기에 넣는다. 세탁이 끝나자 팬티는 전부 누더기가 되어 있다. 표백제가 면을 갉아 먹은 것이다. 코스트코만큼 큰 **수페르 메르카도**에서 너는 미묘하게 몸에 맞지 않는 새 팬티 열두 개 묶음을 산다. 팬티는 따갑고 고무 밴드가 허벅지 안쪽을 파고든다. 너는 낡은 팬티를 도자기 천사상의 먼지를 털어낼 때 쓴다.

도자기 천사상. 가비에게는 도자기 천사상이 스무 개 있다. 너는 아침마다 잠옷 차림으로 볼로냐 샌드위치를 먹은 다음 가비가 팬터마임을 하듯 알려준 대로 집안일을 한다. 소파 쿠션을 두들기고(가비가 쿠션 하나를 들고, 손으로 때린 뒤, 네게 건네주면, 너는 쿠션을 도로 소파에 내려놓는데, 가비는 고개를 젓고, 그 쿠션을 다시 집어 들어, 때리고, 너도 쿠션을 때리고, 네가 쿠션을 힘주어 세게 때리자, 가비가 미소를 짓고, 너는 다시 쿠션을 소파에 내려놓는다) 매일 쿠션을 두드리기 때문에 딱히 먼지가 피어오르지도 않는다. 가비가 옆에 없을 때 너는 굳이 쿠션을 집어 들지 않고 소리만 나게 손바닥으로 팡 친다. 도자기 천사상의 먼지를 제거하는 데는 더 오래 걸린다. 통통한 아기 천사들이며 키 크고 우아한 가브리엘 천사상 하나하나를 끄집어내고, 먼지를 털고, 선반을 닦은 뒤, 원래 있던 자리에 정확하게 올려두어야 한다. 이런 집안일을 받아들이는 게 스스로 놀라운 이유는 네가 여태 반항적인 청소년이었기 때문이 아니라, 지금까지 단 한 번도 반항하고 싶었던 적이 없었고, 앞으로도 반항할 일 없으리란 걸 깨달아서다. 너는 몇 가지 명령을 알아듣고 대답한 뒤 귀를 쫑긋 세운 채로 다음에 일어날 일을 기다리는 개 같다.

이제 이곳의 정수가 남았다. 경치다. 여름인데도 매섭고 차가운 바람이 불어와 일요일 아침의 텅 빈 자갈 보도 위로 타말레(옥수수 가루 반죽에 고기, 야채, 치즈 같은 소를 넣고 옥수수 잎 또는 바나나 잎으로 싸서 찐 멕시코 전통 음식─옮긴이)를 쌌던 옥수수 껍질을 밀어낸다. 한 여자가 매일 보라색 **세라페**로 양 무릎을 감싼 채 연석에 앉아 설탕 묻힌 뜨거운 **추로스**를 판다. 푸른 눈을 가진 연약한 도자기 천사는 너무 가벼워서 금방이라도 접착제로 도로 붙여놓은 날개를 펼쳐 날아오를 것만 같다. 강력 접착제가 천사의 등줄기를 따라 흉터를 남겨놓았다. 이것이 네가 제일 좋아하는 천사다.

그러다가, 너 자신에게도 놀랍게도, 둘째 주가 되자 소리 뭉치는 어구가 되고, 그중엔 네가 아는 말들도 있다. 동사가 다시 너의 어휘 속으로 들어오고, 더 이상 대화는 **너를 향해** 일어나는 일이 아니다. 너는 더 이상 단순히 **네** 또는 **피곤해요** 또는 **뭐라고요?**라고 말하지 않는다. 이제 너는 **오늘 날씨가 좋네요, 저는 배가 고파요. 저는 공원까지 걸어갔어요, 조금 더 천천히 다시 한번 말씀해주세요** 한다.

II.

너는 **피에스타 데 라 에스푸마**가 무슨 의미인지를, 댄스 플로어에 있는 네 위로 천장이 열리면서 비누 거품이 쏟아져 내려와 마리아가 네 청바지와 라몬즈(미국의 록 밴드 이름—옮긴이) 티셔츠는 **그로세라**하고 **비엔 페아**하다며 빌려준 푸른색 얇은 상의와 검은색 짧은 치마 위로 쏟아진 뒤에야 이해한다. 굿 어글리. 하지만 굿 어글리라는 말은 몹시 추하다는 뜻이다. 너는 **비엔 그링가**, 즉 몹시 미국인이므로, 마리아는 너를 자신의 날개 아래 품어준다.

디스코 클럽에 도착하자 마리아는 너를 화장실로 데리고 가서는 세면대 위에 화장품을 잔뜩 꺼내놓는다. 검은 아이라이너, 마스카라, 푸른 아이섀도, **프링세사 데 라 노체**처럼 보인다며 가비가 질색하는 빨간 립스틱이다. 가비가 자신을 믿지 않는다고 마리아는 말하지만, 너는 정말 그런지, 아니면 가비는 그저 남자를 믿지 않는 것인지, 아니면 둘 다인지 모르겠다. 때로 마리아의 아버지는 어디에 있는 것인지, 어쩌면 마리아와 가비가 자주 싸우는 것이 그 때문인지 궁금하다. 두 사람의 싸움은 갑작스럽고, 요란하고, 그만큼이나 빠르게 끝이 난다. 싸우는 일이 드물지만 쉽게 끝나지도 않는 네 가족과는 전혀 다르다.

마리아는 먼저 클레오파트라의 눈이 완성될 때까지 자기 얼굴에 검은 펜슬을 덧칠하고, 이번에는 너를 자신에게로 돌려세운 뒤 속눈썹을 간질이고, 눈꺼풀을 긁어대고, 네가 아무 생각 없이 얼굴을 긁으려 올린 손을 탁 쳐낸다. 다시 거울을 보자 너는 네가 아닌 것 같은 모습이 되어 있다. 너는 입술이 피로 물든 너구리다. 마리아는 네 모습이 **비엔 치다**라고 선포하고, 너는 그 말을 곧이곧대로 받아들인다. 너는 오늘 밤 멋진 모습을 보이고 싶다. 마리아만큼 나이가 많고, 마리아만큼 자신감 넘치는 모습이 되고 싶다.

댄스 플로어 근처 테이블에 마리아의 남자 친구들이 편안하고 태평스럽게 앉아 있는 모습이 보인다. 이제 너는 그 남자들을 전부 안다. 안경을 낀 라몬. 왼쪽 뺨에 심한 여드름 흉터가 있는 호르헤. 말이 없고 보고 있기 힘들 정도로 깡마른 루이스. 키가 제일 큰 안셀모. 그리고 스무 살이며 눈은 옅은 갈색, 앞니는 회색인 마누엘. 마니(마누엘의 애칭─옮긴이)는 바게트, 롤, 설탕 코팅을 입힌 꽈배기와 말편자 모양 빵, 추로스, 그리고 시럽에 절인 묵직한 복숭아를 꼭대기에 올린, 설탕 입힌 높다란 케이크를 파는 빵

집인 **파나데리아**에서 일한다. 처음 만났을 때 마니는 가비에게 롤빵 한 봉지를 팔았고, 그 역시 네 이름을 **아미**라고 발음했다. 물론, 그가 하는 말을 이해할 수는 없었으나, 그의 목소리는 따뜻했고, 나직하며 친밀했다. 빵집을 떠나는 순간 너는 곧장 다시 빵집으로 돌아가 다시 한번 그를 보고 싶었다.

지금 너는 마니에게 미쳐 있다. 그와 키스하고 싶다고 마음을 먹었다. 물론 한 번도 키스해본 적 없으니 어떻게 하면 그 목표를 이룰 수 있는지는 모른다. 협탁에 둔 사진 속 세 친구들은 이미 키스해본 적 있었고, 심지어는 눈처럼 순결한 상태로 대학에 입학할 거라 믿어 의심치 않았던 헤더조차도 알래스카 크루즈 여행을 갔다가 조지라는 남자 사진, 그리고 수영장이 나오는 이야기를 품고 돌아왔다. 네가 마지막이다. 그리고 때로, 파추카의 침대에 누워 마니와 빵 냄새를 생각하고 있으면, 세상에 오로지 너만 남은 것 같은 기분이 든다.

네가 남자에게 열을 올리는 시기에 늦게 도달한 만큼 불리한 입장이라고 너는 혼자 생각한다. 남자의 다리와 손이 갑자기 눈에 들어오는 시기는 지난해, 작고 부드러운 둔덕 위에 벌에 쏘여 부은 것처럼 조그만 젖꼭지가 달려 있던 가슴이 거의 B컵을 꽉 채울 정도로 커지는 것과 동시에 찾아왔다. 너는 가슴이 자라기를 너무나 오랫동안 기다렸던 나머지 기대를 멈춘 뒤였고, 어머니가 네 가슴이 브라 바깥으로 "넘쳐흐른다"며 어머니 브라를 입어보게 했을 때야 그 사실을 깨달았다. 욕실에 들어가 어머니의 낡아빠진 검은 브라로 갈아입으며 너는 세면대 위 거울 속 네 모습을 꼼꼼히 살펴보았다. 머리 위에 달린 조명이 조그만 그늘을 만들 정도로 가슴이 생겨났다. 두 손으로 눌러보자, 가슴처럼 움푹 들어갔다. 이 낯설고 부드러운 살덩이를 묘사할 다른 말은 없었다.

너는 아직도 네 가슴을 가리킬 딱 맞는 표현을 찾지 못했다. 머릿속으로 여러 선택지를 시험해보긴 했다. 붑스boobs, 랙rack, 펀백스fun bags, **테타스**. 스페인어도 도움이 되지 않는데, 이 언어는 길에서 네게 희롱을 걸어오는 남자들의 혀끝에 있지 않을 때조차 말도 안 되게 성적이기 때문이다. **아모르. 앙헬.** 너는 정직한, 나서서 그 말을 하는 남자들을 존중한다. **케 테타스, 마미, 그링가.** 오늘 밤, 마리아의 푸른 상의를 걸친 네 가슴은 늘어진 천에 가려져 납작해 보인다.

춤은 아직 시작되지 않았지만, 음악이 귀청을 찢을 정도로 크다. 그저 소음이 아니라, 추운 걸 넘어선 겨울날 공기처럼 고통에 가깝다. 마니는 루이스와 안셀모 사이에 앉고, 너는 라몬 옆에 앉아 마니를 바라본다. 아무도 네 목소리를 들을 수 없지만 너는 **올라** 인사한 뒤 귀를 막고 싶은 충동을 참는다.

남자들은 고개를 끄덕이고 네게 미소를 짓고, **세르베사스**를 홀짝이고, 마리아와 안셀모는 마치 남들에게 보이지 않는 양 식탁 밑에서 손을 맞잡고 있다. 술을 마시지 않는 건 너뿐이다. 처음에는 남자들이 네가 술을 마시지 못하는 걸 놀리고, **니냐**라고 부르고, 네게 욕설을 하게 시켰다. **펜데호. 칭가 투 마드레. 푸타.** 너는 그 말을 따라 하지 않았지만, 그래도 그 말들을 배웠다. 남자들은 더 이상 네게 술을 억지로 마시게 만들지 않고, 너는 그들이 하는 것처럼 **펜데호**를 인사말처럼 쓴다. **올라 펜데호.** 다들 웃는다. 안녕, 씨발 놈아.

마리아와 안셀모가 제일 먼저 일어나 춤을 춘다. 댄스 플로어는 아직 반밖에 차 있지 않아서 두 사람이 춤추는 모습이 방해 없이 잘 보인다. 둘은 댄스 플로어 위에서 딱 붙어 춤을 추고, 마리아의 빨간 드레스가 안셀모의 바짓가랑이 위를 타고 오르는 모습에서, 둘의 몸이 함께 오르락내리락하는 모습에서 눈을 뗄 수가 없다. 그러다가 댄스 플로어가 사람들로 가득 차는 바람에 마리아가 더는 보이지 않고, 다른 남자들은 네게도 춤을 추러 올라가자고 부추긴다. 그들은 너를 둥글게 둘러싸고 춤을 춘다. 꼭 고등학교 홈커밍 파티에서 여자 친구들과 춤췄을 때처럼. 모두 웃는다. 모두 엄청나게 잘해준다. 마니도 웃는다. 마니의 미소는 주변 다른 남자들의 미소와 똑같지만, 너는 그 미소 안에서 더 많은 의미를 읽어내려 애쓴다. 곧 모두가 춤 상대를 찾고 허리까지 검은 머리카락을 늘어뜨린 여자가 마니를 택해 끌어당기는데 너는 모르는 사람과 춤추는 것도, 혼자 춤추는 것도 부끄러워 다시 자리에 앉는다.

한참 뒤 네가 혼자라는 사실을 알아차린 라몬이 다가와 네 옆에 앉는다. 그가 뭐라고 말한다. 너는 고개를 젓고 귀를 만진다.

너무 시끄러워요. 수신호로 이야기하는 것이 지금은 너무 자연스럽게 느껴져서, 말이 통하지 않는 지금이 차라리 더 낫다는 생각이 들 지경이다.

라몬이 일어서서 손을 내밀자, 너는 거절하려 하지만, 그는 거절을 받아주지 않는다. 댄스 플로어에 나온 그가 네 앞에 서더니, 다음 순간 그의 다리가 네 두 다리 사이에, 그의 양손이 네 허리 양쪽에 다가온다. 너는 자연스레 춤이 춰질 거라 생각하며 라몬과 함께 움직여보려 하지만, 비틀거리는 바람에 그가 너를 붙들어준다. 마리아의 인조가죽 치마 속 네 허벅지에서 땀이 배어난다.

라몬이 미소를 짓더니 **괜찮아** 하는 것처럼 네 팔을 톡톡 두드린다. **노 테 프레오쿠페스.** 그러더니 그가 다시 한번 너를 끌어당기지만, 이번에는 다리는 가만히 둔다. 너의 눈을 마주 보고 **다시 한번 해보자**, 천천히, 음악의 박자보다도 훨씬 천천히 발을 움직인다. 뒤로, 앞으로, 옆으로, 옆으로, 뒤로, 옆으로, 짙은 색에 물기 없는 그의 손이 네 위팔에 얹혀 있다. **비엔, 시, 비엔.** 그가 슬금슬금 움직이고 미끄러지고, 너는 그와 함께 조금 더 빠르게 움직이다가, 곧 기쁨으로 얼굴이 빨갛게 달아오른다. 마침내 이제는 네가 라몬에게 먼저 몸을 맡기고, 다리를 살짝 벌린 채, 그가 너를 떨어뜨리지도 놀리지도 않을 것임을 믿을 수 있기에 그에게 체중을 약간 싣는다. 네가 리듬을 타고, 네 허벅지 아래를 그의 허벅지가 받쳤을 때, 하늘이 열리더니 비누 거품이 쏟아지기 시작한다. 모두가 환호하며 양팔을 번쩍 들고 위를 올려다보는

가운데 비눗방울들은 한없이 떨어져 댄스 플로어의 조명을 쪼개는 수천 개의 프리즘이 되어, 땋은 머리카락에, 속눈썹 위에 내려앉고, 네 입술을 간질이다가 마침내 무릎 높이까지 쌓인다. 마침내 쏟아지던 비누 거품이 멈추고 나자 라몬은 여전히 네 팔을 붙든 채 널 보며 환히 웃더니 손가락으로 거품을 찍어 네 코에 톡 묻힌다.

한참 뒤 너와 마리아가 집에 갈 때, 마니가 도저히 보이지 않아 너는 그에게 작별 인사조차 하지 못하고 떠난다.

"부로스!"

너와 마리아는 통금 시간을 넘겨 집에 도착했다. 신발과 양말은 비누 거품으로 축축하다. 가비는 앞면에 트위티가 그려진 무릎까지 내려오는 잠옷 윗옷에 맨발이다. 엄지발톱에는 새빨간 매니큐어가 칠해져 있고 희끗희끗한 검은 머리는 스크런치로 동여맨 채다.

"우스테데스 손 부로스!" 가비가 마리아를 끌어당겨 술 냄새가 나는지 확인한다.

"세르베사!" 가비가 짧은 손가락으로 마리아를 가리키자, 마리아는 절대 아니라고 잡아뗀다. 그러다 가비는 네게서도 술 냄새가 나는지 확인하겠다 우긴다. 너는 술을 마시지 않았지만, 그럼에도 술 냄새가 날 것이 분명하다. 댄스 클럽은 쏟아진 맥주로 *끈끈*하고, 담배 연기로 자욱한 곳이었다. 가비는 너에 대해서는 확신할 수가 없어서 네 말을 믿는다. 가비는 너희들이 그곳에서 뭘 했는지, 마리아는 누구와 춤을 췄는지 묻는다. 너는 네가 술을 마시지 않았다고 답하는데, 그 말은 사실이다. 가비가 **옴브레스**에 관해 묻자, 너는 너와 마리아가 한꺼번에 친구들 모두와 춤을 췄다고 대답한다. **토도스 아미고스.** 너는 처음으로 일부러 못 알아들은 척한다. 너는 자꾸만 모호하게 대답하는데, 가비가 네 말을 믿는지 아닌지는 알 수 없다.

가비가 마침내 잠자리로 돌아가자, 마리아가 너를 끌어안고 약간 취한 채 킥킥 웃는다. "그라시아스" 한다.

마리아는 부엌에서 물을 따르더니 자기 방으로 들어가 문을 닫고, 거실에는 너 혼자 남는다. 너는 불을 끈다. 어둠 속에서 천사들이 **너를** 보며 빛나는 것처럼 보이고, 너는 혹시 네가 잘못하고 있는 것은 아닌가 걱정한다. 그러나 너는 한 번도 친구를 배신한 적 없다. 아니면, 적어도 하얀 거짓말 이상을 필요로 하는 친구가 있었던 적이 없다. 한번은, 네가 열두 살 때, 네 친구가 편의점에서 립스틱을 훔쳤고, 그 뒤 너와 그 친구가 함께 화장실에서 그 립스틱을 바르며 웃었던 게 기억난다. 또, 여덟 살 때 남동생이 사진 액자를 망가뜨렸다고 거짓말했는데, 거짓말이라는 걸 부모님에게 들킨 바람에 일주일 동안 곤란에 빠진 적도 있었다. 열다섯 살에는 어떤 친구에게 잘 보이려고 다른 친구의 비밀을 말해줬지만 정작 그 애는 전혀 신경도 쓰지 않았었다. 그 모든 일이 후회스럽지만, 그럼에도 생각만 하고 하지 않았던 일들에 대해서는 칭찬받아 마땅하다는 기분이 든다. 네가 하지 않았던 거짓말들. 네가 놓친 재미들.

마리아가 왜 남자를 사귀면 안 되는지는 잘 모르겠고, 안셀모는 좋은 남자 같고, 마리아는 너보다 나이가 많으니, 당연히 마리아가 알아서 잘할 거라는 생각이 든다. 너는 행운이 오길 바라며 날개가 부서진 도자기 천사를 만지고 기분이 좀 나아진다. 네 미신은 점점 심각해진다.

얼른 이를 닦고 침대에 쓰러지고 싶은 기분으로 비틀거리며 욕실로 들어간 너는 거울에 비친 낯선 얼굴, 검은 아이라이너와 땀으로 뒤덮인 여자를 보고 흠칫 놀란다. 너는 화장 지우는 법을 제대로는 모른다.

III.

"특별한 곳에 데려가줄게." 라몬이 스페인어로 그렇게 말하지만, 서프라이즈이기 때문에 어디로 가는지는 말해주지 않겠다고 한다. 마리아와 남자들은 지붕에 선루프가 달린 라몬의 폭스바겐 비틀에 탄다. 마니가 빵 냄새를 풍기며 신발에 밀가루가 묻은 채로 맨 마지막에 도착한다. 너는 조수석, 마리아의 무릎 위에 타고, 뒷좌석의 호르헤가 손으로 운전 중인 라몬의 눈을 가리고 닭을 뜻하는 **포요** 즉 위험한 놀이를 하려 들자 말리려 한다. 안 돼, 안 돼, 너는 말하지만 아무도 네 말을 듣지 않고, 모두가 웃고 있고, 잠깐이지만 너는 어쩌면 지금, 파추카에서 보내는 마지막 밤에 죽을 수도 있다는 생각이 든다.

스물네 시간 뒤면 너는 집에 도착해 있을 것이고 이곳, 안전벨트도 없는, 좁아터진 비틀은, 지금 미네소타가 그렇게 느껴지는 것만큼, 감히 생각조차 할 수 없을 만큼 머나먼 곳처럼 느껴질 것이다. 이제는 마니가 다가와주기를 기다릴 시간이 없다. 네가 그에게 키스해야 한다. 그렇게 생각하는 것만으로도 뱃속이 꽉 뭉치는 기분이다. 무슨 일이 일어나건 간에, 어차피 너는 떠날 거라 생각하면 안심이 된다.

이 도시에서 나름 익숙한 동네, 영화관을 지나, 주차장마다 높은 철조망을 둘러친 시커먼 빌딩이 늘어선 곳을 지나자 오래지 않아 목적지가 나온다. 차가 포장되지 않은 공터로 들어가 멈춘다. 모두가 차에서 내린다. 공터는 컴컴하고 휑하며 너는 대체 여기 왜 왔는지 알 수 없지만, 다들 여기가 어딘지 아는 모양이다. 다들 울타리를 향해 가더니 울타리를 넘기 시작해서다. 너는 마니가 너를 도와줄 수 있도록 그의 옆을 떠나지 않는다. 마니가 네 손을 잡는다. 그의 손은 따뜻하고 네 손은 차다. 너는 울타리 넘는 게 싫다. 눈앞의 울타리는 네 키를 30센티미터쯤 웃돌고, 운동화 앞코가 간신히 들어갈 크기의 구멍이 있는 철망이다. 울타리 꼭대기에서 너는 망설이다가 뛰어내리는데, 남자들처럼 가볍게 착지하는 대신 쿵 소리를 내며 떨어진다.

울타리 너머에는 텅 빈 놀이공원이 있다. 처음에 네 눈에 보이는 것은 검은 형체들 너머 우뚝 서 있는, 도시의 불빛을 역광으로 받아 빛나는 대관람차가 전부다. 그러다가 눈이 어둠에 적응하면서 틸트어월이, 로그 플룸이, 게임이나 간식을 즐길 수 있는 천막이 달린 부스들이 보인다. 바닥은 쓰레기투성이고, 최근에 비가 온 적이 없는데도 젖은 개 냄새를 풍기는 놀이공원은 약간 황폐해 보이지만 지키는 사람이 없어도 될 정도로 쇠락한 것처럼 보이지는 않는다.

"돈데 에스타모스?" 초조하지만 매혹당한 네가 묻는다.

"라 디스네란디아 데 메히코." 라몬이 말하자 모두가 웃음을 터뜨린다. 너도 웃지만, 이 농담이 왜 우스운지 잘 모르겠다. 이들은 널 비웃는 걸까, 스스로를 비웃는 걸까, 아니면 다양하기 그지없는 장소들을 동시에 담을 수 있는 이 세상을 보고 웃는 걸까?

마리아와 안셀모는 금세 다른 사람들로부터 떨어져 나와 키스하러 움직이지 않는 틸트어월로 간다. 너는 두 사람이 떠나는 모습을 약간은 불안하게, 약간은 부러워하며 바라본다. 댄스 파티이후로 두 사람이 둘만 어울리는 시간이 잦아졌다. 너와 마리아는 다른 사람들을 빼고 영화를 보러 갔다. 마리아는 너를 셋째 줄에 남겨두고 뒤로 가서 안셀모와 함께 앉았다. 번뜩이는 어둠 속에서 때로 뒤로 돌아 마리아를 찾을 때마다, 어쩌면 마리아는 여기 없는 것 같다고, 너를 떠난 것 같다는 생각이 들었고, 파추카에 온 처음 며칠간 느꼈던 두려움이 솟구치는 것을 느낀다. 네가 혼자라는 두려움이다. 네가 실수했다는 두려움이다. 너는 마니를 거의 만나지 못했다. 어른이 되는 것은 그런 것이라고, 짝을 짓는 것이라고, 그들 사이의 암묵적 계약이라고 너는 스스로에게 말하지만, 마리아를 위해 거짓말까지 해주었던 너는, 마리아가 너에게 더 많은 것을 말해주기를, 너를 끼워주기를, 네게 솔직하기를, 그래서 네가 더 어른이 된 기분이 들기를, 네가 잘못을 더욱 잘 나눌 수 있기를 바랐다.

다른 모두는 라몬을 따라간다. 마치 차가 라몬의 것이라는 이유로 일시적으로 이 무리의 대장이 된 것 같다. 어쩐지 이곳이 **그의** 공간이라는 느낌이 든다.

"테 구스타?" 라몬이 묻는다.

"시. 클라로." 너는 그렇게 대답하지만, 라몬이 정확히 무엇이 마음에 드는 것이냐 물은 것인지는 알 수 없다.

라몬이 미소를 짓는다.

"버려진 곳이야?" 네가 스페인어로 묻는다.

너는 대화할 수 있다. 여전히 문법은 엉망이고, 모르는 단어도 많지만(만데? 뭐라고?) 미끌미끌한 단어들이 조합되고, S가 탈락되는 부분, 발음이 생략되는 부분을 알아들을 수 있다. 라몬은 이 공원은 버려진 곳이 아니고, 돈을 가진 사람이 이곳을 다시 열기로 마음먹기 전까지 닫혀 있는 것뿐이라고 말한다. 그들은 이곳에 자주 온다고, 와서 술을 마시거나 담배를 피우거나 밤새도록 이야기하거나 **무혜레스 파라 우나 노체 로만티카**를 데려온다고 한다. 네가 발걸음의 속도를 바꾸고, 느리게 걸었다가, 빠르게

165

걸었다가, 다른 남자들과 대화하러 돌아갈 때도, 라몬은 네 곁을 떠나지 않고 마치 이 놀이공원에 투어 가이드가 필요하기라도 한 것처럼 이런저런 사물을 가리키며 **포초클로, 바수라, 후에고스** 하고 이름을 하나하나 알려준다.

문을 닫은 부스들 너머, 거대한 미끄럼틀 너머에는 회전목마가 있고, 모두들 그곳에서 걸음을 멈춘다. 라몬은 검은 말에, 마니는 흰 호랑이에, 그리고 너는 두 사람 사이에 있는, 꼬리가 돌돌 말린 초록 용에 탄다. 호르헤와 루이스는 갈색 말을 골라 탄다. 키가 껑충하고 깡마른 루이스는 종이 클립처럼 몸을 웅크린다. 호르헤는 편안하게 말에 옆으로 올라탄다.

"케 린다." 너는 그렇게 말하는데, 정말 아름다워서다. 어둠 속, 회전목마의 동물들이며 천장과 벽의 그림은 꼭 살아 있는 것처럼 생생하다.

"쿠이다테." 마니는 말한다. **조심해.** 그러면서 그는 어느 날 밤 들개 한 마리가 먹을 걸 찾아 쓰레기를 뒤지고 있었다는 이야기를 해준다. 루이스가 먹이를 주려고 하자 들개는 으르렁거리다가 그의 손을 물었다.

"넌 진짜 역겨운 저녁밥이었겠다." 호르헤가 말하자 너는 웃는데, 그건 라몬과 루이스가 웃고 있기 때문이고, 그런데 이제는 어둠 속 모든 움직임이 굶주리고 상처 난 동물일까 봐 겁이 난다. 파추카는 털이 다 빠져 군데군데 땜통이 생긴 들개투성이다.

남자들이 이야기하고 너는 집중해서 귀를 기울이며 그들이 하는 말 대부분을 알아듣는다. 시간이 지나자 너는 집중하기에는 너무 피곤해서 멍해진다. 미네소타로 돌아가면 너는 귀를 기울이지 않고도 모든 말을 알아들을 수 있다는 사실에 깜짝 놀랄 것이고, 한동안은 남의 말을 엿듣지 **않기가** 불가능할 것이다. 영어를 걸러내는 데 익숙지 않은 너의 정신 속에 온갖 대화가 쏟아져 들어올 것이다.

"메 무에로 포르 우나 체베." 마니가 담뱃불을 붙이며 말하자 다들 맞장구친다.

차 트렁크에 맥주가 있다. 마니가 흰 호랑이에서 미끄러져 내려온다.

"나도 도울게." 네가 말하자 남자들은 놀란 표정이다. 어쩌면 네 심장 뛰는 소리가 들리는 건지도 모르겠다. "디즈니랜드에서 술을 마셔본 적 없거든." 너는 그렇게 말하면서 태연한 척, 별생각 없는 척하려 애쓴다.

"우나 체베 포르 라 그링가!" 드디어 그들의 작은 **마스코타**가 술을 마신다.

차로 돌아가는 길, 어둠에 적응한 네 눈에 놀이공원은 아까보다 작아 보이고, 잠시 후 마니가 울타리를 넘어가는 너를 도와준다. 마니의 손은 여전히 따뜻하고 네 손은 이제 땀범벅이다.

차는 문이 잠기지 않는다. 너무 오래된 차라 잠금장치 수리비가 차 값보다 비쌀 것이다. 너는 트렁크 속으로 몸을 뻗어 물기 어린 1리터짜리 맥주병 두 개를 꺼내는 마니 옆에 바짝 붙어 서 있다. 지금이야, 너는 생각한다, 지금이야, 하지만 어떻게 해야할지 알 수 없다. 목표물이 움직이고 있는데 어떻게 키스하지? 마니가 가만히 서 있어주지 않아서 너는 화가 난다. 어쩌면, 그의 눈을 빤히 바라보면 그가 몸을 숙여 네게 키스하고, 그래서 네가 먼저 키스하는 쪽이 되지 않아도 될는지도 모른다. 그러면 마니 역시도 그러기를 원한다는 걸 알 수 있을 것이다.

하지만 아니, 네가 해야 한다. 너는 맥주병 하나를 들고 다시 울타리 쪽으로 걸어가고 있다. 그 순간은 거의 끝나가고, 너는 울타리에 뛰어오르려 그의 손을 잡지만, 손을 놓지도, 움직이기 시작하지도 않는다. 마니가 너를 바라보고 미소를 짓더니 어린아이를 다루듯 네 머리카락을 헝클어뜨린다.

"넌 울타리 오르는 덴 소질이 없네." 그가 말한다.

"알아." 너는 그렇게 말하고, 여전히 움직이지 않는다.

"네가 겁내는 걸 울타리한테 들켜서는 안 되지."

너는 그 말을 신호로 받아들인다.

그는 여전히 너를 바라보고 있고, 너는 발돋움해 네 입을 그의 입 쪽으로 움직이지만, 혹시라도 그의 입술을 놓쳐 실수로 그의 턱이나 코에 입 맞출까 봐 눈을 감지 못한다. 눈을 뜨고 있기에, 너는 네가 하려는 일을 그가 알아차리는 순간을, 그가 애초 네가 발돋움을 했다는 사실조차 모르는 척 울타리 쪽으로 고개를 돌리는 순간을 보고 만다.

"맥주 때문에 못 하겠어." 너는 그렇게 말하며 네 목소리가 떨리지 않아 다행이라 생각한다. 너는 맥주병을 그에게 건네준 다음 그의 도움 없이 울타리를 오른다. 울타리 반대쪽으로 넘어간 너는 "마리아 찾으러 갈게" 하면서 그가 너를 따라오기 전 얼른 떠나버린다. 눈이 뜨겁게 달아올라서, 눈을 깜박여 눈물을 참으려고, 수치심을 조절하려고 애쓴다. 울어버리면 무슨 일이 일어난 건지 모두가 알게 될 테니까.

너는 마리아를 찾으러 틸트어월로 가지만 마리아는 그곳에 없다. 어쩌면 다시 무리에게로 돌아간 건지도 모른다. 그러나 그런 생각을 하면서도, 너는 그럴 리가 없다는 걸 알고 있다. 마리아는 어딘가에 안셀모와 함께 있으리라는 것을, 둘은 섹스하고 있을 것이라는 걸 너는 알고, 두 사람의 몸이 함께 움직이는 모습을 상상하자 폐 속 깊은 곳에서부터 공황감이 마치 천식이나 담배 한 모금처럼 치밀어 오르고, 너는 마리아를 찾고 싶지만, 네 눈으로 네가 상상한 장면을 실제로 보고 싶지는 않다, 너는 겁쟁이니까. 그리고 네가 지금까지 키스해본 적이 없는 이유가 그것일지도 모른다. 아마도 너는 앞으로 남은 평생, 겁에 질린 어린 소녀로 남을지도 모른다.

너는 틸트어월을 떠나, 회전목마를 떠나, 대관람차로 다가간다. 너는 이제 울타리를 넘는 사람이다. 너는 아무도 없는 구불구불한 대기 줄을 따라 걷는 대신 난간을 넘어간다. 대관람차 맨 밑에 빈 차가 있고, 플랫폼에서 차 안으로 한 걸음 내딛는 순간 차가 살짝 흔들리는 바람에 너는 흠칫한다. 너는 관람차 아래 어둠 속에 혹시라도 들개들이 살고 있을지 모른다는 생각에 어서 다리를 거두어 웅크린 채 하늘을 올려다본다. 밤하늘이 맑아 철제 구조물 사이로 별들이 보인다. 대관람차가 작동해 꼭대기로 올라갈 수 있으면 좋을 텐데.

앉아 있자니 천천히 긴장이 풀린다. **상관없어. 이건 진짜도 아니잖아. 내일이면 다 끝이야.** 그리고 너는 그 말이 사실일까 봐 두렵다. 조금만 있으면, 다시 무리에게로 돌아갈 수 있을 것이다. 괜찮은 척하다 보면 언젠가 진짜 괜찮아질 것이다.

"그렁가."

그 목소리에 네가 너무 크게 움찔하는 바람에 차도 너와 함께 흔들린다. 라몬이 난간을 훌쩍 뛰어넘는 모습을 보고 너는 한쪽으로 몸을 비켜 자리를 내어준다. 라몬이 네 옆에 앉는다.

"토도 비엔?" 그가 묻는다. 그는 너를 찾아다녔다.

"생각해보니 맥주 마시기가 싫었어." 너는 말한다.

그러자 그는 마치 그것이 이곳에 숨어 있을 만한 충분한 이유가 된다는 듯 고개를 끄덕인다. "잘 생각했어. 맥주가 뜨뜻했거든."

너희 둘은 말없이 앉아 있다.

"마리아를 찾아야겠어." 네가 말한다.

"마리아는 잘 있을 거야." 라몬이 말하더니 너를 마주 보며 네 손을 잡는다.

입술이 마주치는 순간, 라몬의 입술은 그의 손과 똑같이 말라 있다. 그는 입술을 조금 열고, 너도 입술을 조금 열고, 그의 혀끝에서 맥주 맛을 느끼는 순간, 너는 이 순간 정신을 잃어야 하는 것인지 생각한다. 이미, 너는 이 순간을 다르게 기억하고 있다. 네가 말하고 싶은 이야기 속에 이 순간을 끼워 넣을 수 있도록, 애초부터 마니는 존재한 적 없었던 것처럼, 대관람차 바퀴 사이로 하늘을 보는 것이 에펠탑의 심장부를 들여다보는 기분이었던 것처럼. 너는 키스가 끝난 것을 어떻게 알 수 있는 걸까 생각하며 계속 그의 입술에 입술을 맞대고 있다.

아침이 오자 너, 가비, 그리고 마리아를 공항까지 데려다주러 온 사람은 라몬이다. 네 명만 타고 있자니 그의 차가 널찍하게 느껴진다. 가비는 말을 멈추지 않고, 네게 질문을 쏟아붓고, 너는 가만히 있고 싶은데도 왠지 대답을 해야 하는 것 같은 기분이다. 마리아는 아침 내내 말이 없었고 조금 슬퍼했으며 가비는 그게 마리아가 널 보고 싶어 할 것이기 때문이라 생각하는데 너는 과연 그게 사실일지 궁금하다. 창밖으로 파추카가 지나가더니 곧 초록 들판이, 작은 마을들이, 그러더니 멕시코시티 외곽의 슬럼가가 나타난다. 사과 상자로 만든 것처럼 생긴 오두막집들, 진흙투성이에 바퀴 자국이 푹 파인 도로들. 그러다가 마침내 공항에 도착한다.

라몬이 트렁크에서 네 슈트케이스를 내려놓고, 꽃다발을 꺼내는 바람에 너는 놀란다. 너는 얼굴을 붉히고 **그라시아스**라고 말한 뒤, 혹시 또 한번 그에게 키스해야 하는 것인지, 누군가와 키스했으면 앞으로도 계속해야 할 의무가 있는 것인지, 그가 네가 그러기를 기대하는 것인지, 그리고 그런 식으로 한번 정해지고 나면, 마치 집안일처럼, 네가 그에게 키스하고 싶었던 것인지 기억할 수 없게 되는 것인지 생각한다. 너는 라몬을 안아준다. 다음에는 마리아를, 그다음에는 울면서 보고 싶을 거라고 말하고 있는 가비를 안아준다. 이제는 누가 천사상의 먼지를 털지 궁금하다.

너는 보안 검색대를 향해 걸어가고, 대기 줄이 끝나고 네 차례가 되어 기내 수하물을 컨베이어 벨트에 놓자, 보안 직원이 꽃다발을 가리킨다. "안 됩니다." 그가 말하자, 너는 잠시 무슨 뜻인지 이해하지 못한다. 안 됩니다, 집으로 돌아갈 수 없습니다. 안 됩니다, 여기 일이 다 끝나지 않았어요. "멕시코에서 미국으로 식물을 반출할 수 없습니다." 너는 줄 밖으로 빠져나와 어떻게 해야 할지 고민하며 꽃다발을 들고 가만히 서 있다.

결국 마리아가 다가온다. 그러더니 꽃다발에서 꽃 몇 송이를 빼서 가져간다. "우리가 각자 하나씩 가질게." 그렇게 말한 마리아가 몸을 기울여 너를 꼭 안는다. 네가 무슨 말을 떠올리기도 전 마리아는 이미 저쪽으로 걸어가고 있다.

너는 마지막으로 사람들을 향해 미소를 지어 보인 다음 돌아서서 남은 꽃을 쓰레기통에 떨어뜨린다. 으깨진 보라색 라일락 꽃송이가 하나 주머니 속으로 미끄러져 들어갔다는 것을 깨달은 것은 네가 비행기에 오른 뒤다.

좋은 시간을 원한다면,
전화해요

전화를 잘못 걸어오는 사람들은 항상 남자였고 매번 게일을 찾았다. 메건이 자신은 게일이 아니며, 게일이라는 사람을 모른다고 대답하면, 어떤 남자들은 황급히 미안하다고 했고, 당신이 게일이 **맞다거나** 게일이 근처에 있는 게 분명하다고 우기는 남자들도 있었다. 어떤 남자들은 여자들이란 변덕스럽기 그지없다는 말을 늘어놓았다. 맞아요, 메건은 맞장구쳤다. 게일은 나쁜 년인 것 같네요. 맞아요, 가짜 번호를 주다니 너무하네요. 맞아요, 연애란 참 어렵죠. 아뇨, 그래도 "개씨발년"이라는 말을 써서는 절대 안 돼요. **전화받지 마,** 남자 친구는 그렇게 말했지만, 구직 중이었던 메건은 전화벨이 울릴 때마다 희망으로 가슴이 조여들었다. 화장실에 있다가도 바지 지퍼를 풀어 헤친 채로 달려갔고, 운전을 할 때도 핸드백을 뒤지는 등 목숨 걸고 전화를 받았다. 그러다가 지난 직장보다 더 별로인 새 직장을 구한 뒤에도 메건은 계속 전화를 받았다. 모르는 번호로 온 전화를 도저히 무시할 수가 없었다.

숙취에 시달리던 어느 날 아침, 남자 친구가 헤어지자고 했다. 그날 밤, 메건은 와인을 한 병 들이켠 뒤 오케이큐피드 계정을 되살렸다. 달라진 건 나이가 서른한 살에서 서른두 살로 바뀌었다는 것, 그리고 그 남자를 사랑한 적 없었다는 것뿐이었는데…….

메건은 전화를 받았다.

"게일은 죽었어요." 그렇게 말했다. 신뢰가 갈 만한, 게일의 자매였다면 낼 만한, 상심한 데다가 이제는 게일의 비극적인 사고를 겪은 뒤에 전화까지 받아야 한다는 짐까지 떠안은 목소리였다. 교통사고? 번지점프? 게일의 관심사에 대해서는 아는 바가 없었다.

"맙소사, 이럴 수가." 전화를 걸어 온 남자가 말했다. "어떻게 이런 일이."

진심으로 괴로워하는 목소리였기에 메건은 미안한 생각이 들었다.

"사실은 아니에요. 전 게일을 몰라요. 전화를 잘못 거셨네요."

남자는 설명을 기다린다는 듯이 잠시 침묵하다가 "참 지독하네요" 하고는 전화를 끊어버렸다.

남자가 성낼 이유가 뭐가 있나? 거절당하는 고통을 덜어주려 한 것뿐인데. 애초에 왜 게일을 원했을까? 게일이 그렇게 대단한 사람인가? 메건은 게일을 상상하며 긴 시간을 보냈다. 처음에는 자기 전화번호도 제대로 못 외우는 바람에 혼자 집에 틀어박혀 왜 아무도 연락하지 않는 걸까 생각하는 한심한 멍청이라고 생각했다. 그다음에는 게일이 이혼할 용기를 내지 못한 채 남자들에게 절박하게 꼬리를 치고 다니는 기혼 여성이라 상상했다. 지금은 게일이 그 많은 남자를 다 어디서 만났는지 궁금했다. 엄지발톱에 청록빛 태틀 틸 매니큐어를 칠하며 메건은 게일이 자신보다 더 즐겁게 사는 게 아닐까 생각했다.

그날 밤늦은 시간, 소파에서 잠이 들었는데 또 전화가 왔다.

"……세요?" 메건이 전화를 받았다.

"이런, 제가 잠을 깨웠군요. 죄송합니다."

"아뇨, 괜찮아요. 안 잤어요."

남자는 반박하지 않았지만, 메건의 말을 믿지 않는 건 분명했다.

"어젯밤 즐거웠습니다."

"누구시죠?"

"리처드. 어젯밤 만났던 리처드입니다. 번호를 주셨잖아요."
남자는 또 잠시 입을 다물었다. "저기, 잠을 깨워서 미안합니다."

"안 잤다니까요."

"맞아요. 어, 전화한 건 만나서 반갑다고, 또, 금요일에 저녁 식
사 어떠냐고 물어보고 싶어서요."

"저녁이요." 메건이 대답했다. "좋아요."

다음 날 잠에서 깬 메건은 전날 밤 있었던 일이 꿈이 아닌지
재차 확인해야 했다.

두 사람은 퍼시픽비치에 있는 멕시코 식당에서 저녁 7시에 만
났다. 메건은 제일 좋아하는, 가슴을 감싸면서도 엉덩이 부분은
낙낙한 짧은 검은색 드레스를 입었다. 15분 일찍 도착한 메건은
남자가 혼자 식당에 들어올 때마다 "리처드?" 하고 물었다. 첫 세
남자는 아니었다. 그러다 정확히 7시, 듬성듬성 흰머리가 있는
남자가 식당 앞에 멈춰 섰다. 메건이 상상한 것보다는 나이가 많
은, 아마도 마흔 살 정도 된 남자로 정장 차림이었다. 메건은 게
일에 대한 자기 생각을 수정했다. 어쩌면 게일은 돈 많은 늙은 남

자를 골라 아양을 떨며 술이나 몇 잔 얻어 마신 뒤 "머리가 아프다"며 사라져서는, 더 어리고 섹시한, 실제로 자기가 원하는 남자들을 만나러 나가는 여자인지도 모르겠다.

남자는 서성거리기 시작하더니 걸음을 멈추고 넥타이를 가다듬은 뒤 핸드폰을 확인했다. 남자의 눈길은 메건을 그저 스쳐 지나가 다시 돌아오지 않았다. 게일에 대한 생각이 바뀌면서 메건은 어쩐지 자신이 어떻게 보일지 의식하게 되었고, 남자가 더 나이가 많음에도 나이가 들어버린 기분이 들었다. 마치 남자들이 두 번 눈길을 주지 않는 그런 여자가 된 것만 같았다.

"리처드?" 메건이 말했다.

"예?" 남자가 손으로 머리를 매만졌다.

"저 게일이에요."

그러자 남자는 숱 많은 눈썹을 찌푸리며 메건을 자세히 쳐다보았다. 평소에는 안경을 쓰는 걸까?

"달라 보이는데요." 그가 말했다.

"그래요?"

"키가 더 작고, 머리도 금발이 아니네요?"

"주차 정말 힘들지 않았어요?"

메건은 리처드가 무슨 말을 더 할까 고민하는 모습을 지켜보았다. 리처드는 다시 한번 머리를 매만졌다. "미안합니다. 퍼시픽 비치는 주말이면 늘 이렇게 붐비죠." 그러더니 리처드가 메건에게 문을 열어주었다.

우선 메건은 소금을 곁들인 프로즌 마르가리타를 주문했다.

"같은 걸로요." 리처드가 그렇게 말하고는 미소를 지었다. 남의 비위를 잘 맞추는 사람이었다.

"그럼, 무슨 일을 하시죠?" 메건이 물었다.

"치과 의사입니다. 잊으셨습니까?"

"둘 다 취해 있었잖아요." 메건은 그렇게 말한 뒤 손을 내저었다. 마치 그렇게 오래전, 우리가 다른 사람이던 시절 일어난 일을 누가 제대로 기억하겠어요? 하듯이. "전 충치가 자꾸 생겨요. 하루에 두 번 이를 닦고 치실질도 하는데 말이에요. 왜일까요?"

"그냥 안 좋은 유전자를 가진 사람들이 있습니다." 그가 말했다. "전 하루에 두 번 이를 닦고 치실질을 하고 처방받은 불소 구강 세정제까지 사용하는데도 충치가 생기죠. 제 전처는 하루에 많아야 한 번 이를 닦았어요. 그런데도 치석 제거 정도만 하면 멀쩡했죠."

메건은 고개를 끄덕였다. 그런 사람들이 있었다. 사는 게 쉬운 사람들.

"사랑을 믿나요, 리처드?"

"예?"

"전 아니거든요." 메건이 말했다. "사랑에는 믿음이 필요 없어요. 사랑은 그저 존재해요, 우리 없이도. 사랑한텐 우리가 하나도 필요하지 않죠. 제가 사랑에 대해 마음에 안 드는 점이 바로 그거예요."

"긍정적인 대답을 원하신 것 같군요." 리처드가 말했다.

"그럼, 사랑을 믿지 않으세요?"

"아니요, 여전히 믿는 것 같습니다. 그러니까, 사랑에 빠진 사람이 있다면 사랑도 있지 않겠습니까?"

"하지만 우리들이 사랑을 만드는 거라면, 사랑은 정글짐이나 팬케이크 같은 것이어야 마땅하지 않을까요? 저도 팬케이크를 만들지만, 꼭 팬케이크를 믿어야만 만들 수 있는 건 아니잖아요. 또, 팬케이크는 뿅 하고 오믈렛이라든지, 아니면 참치 샐러드처럼 하나도 좋아하지 않는 무언가로 변해버리지도 않고요."

"전 참치 샐러드를 좋아합니다만." 리처드가 대답했다.

메건이 주문한 **칠라킬레스**가 나왔지만, 맛은 그저 그랬다. 어리석은 선택이었다. 칠라킬레스는 천장 구석 높은 곳에 축구 중계가 끊임없이 나오는 작은 텔레비전이 붙어 있어서 남자들이 경기를 보려면 옹기종기 모여서 기도하듯 목을 쭉 빼야 하는 그런 식당에서 시키는 것이 제일 좋은 요리다. 지금 앉아 있는 식당에는 바 위쪽에 커다란 텔레비전이 달려 있었는데, 야구 선수의 목뒤에 난 털까지도 생생히 보이는 HD 메가 어쩌고 하는 신제품이었다. 메건은 음식을 이리저리 쿡쿡 쑤셔댔다.

"어떻게 하시겠습니까?" 웨이터가 접시를 가져가자 리처드가 말했다.

"섹스요?"

"아니, 계산 말입니다."

"아. 각자 내죠."

저녁 식사를 한 뒤 그들은 서쪽 가넷 방향으로 한참을 산책하
며 바닷가를 향해, 관광객 대상의 가게들을, 비즈 가게를, 메건이
한동안 가본 적 없던 아이스크림 가게를 지나쳤다. 인도를 걷는
데도 버터 냄새, 소금을 닮았으면서도 오로지 소금만은 아닌 바
다 냄새와 뒤섞인 버터 냄새가 났다. 바다에서는 생선과 젖은 머
리카락과 무언가 썩었을 때만 청소하는 메건의 냉장고 속 채소
칸 냄새가 났다.

한참을 걸어 판자 길에 도착한 그들은 매끈한 콘크리트 계단
아래 바다로 내려갔다. 썰물이 지고 있어 그들의 왼편 어깨 너머
우뚝 선 부두를 떠받친 젖은 나무 기둥이 서서히 시커멓게 모습
을 드러내고 있었다. 미세한 굽이가 있는 해안이 수평선의 북쪽
끝, 라호야 해변의 불빛들을 품고 있는 작은 만까지 이어졌다.

"전 바다가 좋아요." 메건이 말했다.

"저도 그렇습니다." 리처드가 대답했다.

"밤바다가 더 좋아요." 메건이 말했다.

"전 아침형 인간입니다." 리처드가 대답했다.

두 사람은 신발을 벗었고, 리처드가 신발을 들어주겠다고 했
지만 메건은 신발에서 냄새가 날까 걱정되어 거절했다. 그들은
길게 이어진 짙은 색 부드러운 모래밭을 따라 걸었다. 썰물이 지
나가고 남은 해초와 잔돌이 흩어져 있고, 때때로 물속으로 돌아

가려는 길 잃은 게들이 나타나는 모래밭이었다.

"보름달이었으면 좋았을 텐데요." 메건이 말했다. "연잎성게를 찾을 수 있었을 테니까요. 연잎성게는 해안으로 밀려올 때는 아직 껍데기가 부드러워요. 햇볕을 받아 말라버리죠." 어린 시절 그는 연잎성게를 모았다. 참을성을 가지고 해안을 뒤지며 하얗게 표백된, 바스러질 것 같은 사체들을 찾았고, 경쟁자가 없으니 초조하지도 않았다. 연잎성게는 어머니의 도움을 받아 장신구를 보관하던 낡은 시가 상자에 접착제로 붙였다.

"제가 게일이 아닌 거 알고 계시죠?" 메건이 물었다.

"그런 것 같습니다. 그렇다고 제 입장에서 크게 다를 건 없습니다만."

"게일이 왜 마음에 들었어요?"

그러자 리처드는 젖은 차가운 모래에 발가락을 찔러 넣었다. 너무 길어서 잘생겨 보이지는 않는 발가락이었다.

"대화하기가 편해서였던 것 같습니다." 그가 대답했다. "또, 둘 다 취해 있었고, 대화를 많이 나눴죠, 사람들이 으레 하는 것처럼요. 다음 날 아침에 잠에서 깬 뒤엔 너무 많은 말을 해버린 건 아니었으면 좋겠다는 생각이 들더군요."

"무슨 말을 했는데요?"

"취해 있었다니까요. 지금은 안 취했고요."

"취한 척이라도 해봐요."

그러면서 메건은 리처드 쪽으로 모래를 살짝 찼다. 게일에게 했던 말이라면 자신에게도 할 수 있어야지.

"모르겠습니다. 기억이 잘 안 나요. 전 이혼했습니다. 전처 이야기를 했죠."

"그 사람 이야기는 듣고 싶지 않아요."

"알겠습니다. 음, 게일도 이혼했고, 그런 공통점이 있었어요. 제가 1년 전 이혼한 뒤 섹스를 한 번도 하지 않았다고 이야기했습니다. 게일은 그건 별일도 아니라고 했고요." 그는 말을 멈추고 메건도 같은 말을 해주기를 바라는 듯 잠시 기다리다가, 어깨를 으쓱 추어올렸다. "그러다가 당신 번호를 주더군요."

메건은 리처드의 손을 잡았고, 두 사람은 다시 걷기 시작했다. 게일이 이혼했다면 섹시하고 어린 20대 여자일 리는 없었다. 아마도 게일도 이 남자처럼, 아직도 외모는 괜찮지만 나이가 들어가는 걸 초조해하는 사람이었는지도 모르겠다. 게일이 왜 리처드를 원치 않았는지 모르겠다는 생각이 들었다. 눈이 높은지도 모르겠다. 아니면 만나는 남자마다 메건의 번호를 주는 건지도 몰랐다, 겁이 나서.

"게일은 예쁜가요?" 메건이 물었다.

"기억이 안 납니다. 예쁘다고 생각했던 모양이죠. 왜요?"

"그냥요. 그냥 궁금했어요."

주차장에 도착한 메건은 한잔하자고 리처드를 집으로 초대했다. 고속도로를 달리며 메건은 라디오를 켜서 고등학생 시절 듣던, 한 곡 한 곡이 기억 속에 새겨진 노래들을 들었다. 메건은 운

전할 때 늘 이런 식이었다. 양쪽 차창 모두 내리고, 바람 소리가 안 들릴 정도로 음악을 크게 틀었다. 노래를 불러도 자기 목소리가 들리지 않을 정도였다. 팔을 창에 걸쳐놓으면 바람 때문에 손목이 절로 춤추는 기분이 끝내줬다. 강력해진 동시에 무력해진 기분이었다.

집에 도착한 메건은 화이트 와인을 따랐고, 첫 잔은 둘 다 너무 빨리 마셨고, 다음 잔은 조금 더 천천히 마셨다. 리처드는 참을성이 있었고 메건은 자신이 초조해한다는 게 뜻밖이었다. 키스할 때 메건은 리처드가 키스 실력이 대단하지는 않다는 사실을 알 수 있었지만, 그의 입술은 나긋했으며, 자기 입술에 꼭 달라붙어 있었고, 메건이 원한 것은 바로 그것이었다. 침실로 간 뒤 메건은 리처드의 가슴에 한 손을 올렸다.

"전 메건이에요." 그렇게 말하면서 메건은 그것이 영영 회복하지 못할 질병이 아닌, 비밀스러운 정체를 고백하는 말이기를 바랐다.

1868년 일본, 치명적인 총상을 입은 나카노 다케코

>

나카노 다케코(中野 竹子, 1847~1868)는 일본 에도시대 여성 사무라이로 보신 전쟁에서 여군 부대를 정식으로 지휘했다. 와카마츠성 공방전에서 총상을 입고 쓰러지자 여동생에게 부탁해 죽음을 맞았다. 모친과 여동생이 그의 시신을 거두었다.

여동생 유코가 내 머리를 들고 묻을 곳을 찾아다닌다. 여기, 유코의 품에 안긴 나, 그리고 이제는 피가 멎은 총탄의 상흔을 갖고 전장에 쓰러진 여성인 나. 제국군이 내 시체를 가져갈 테지만 나를 트로피로 간직하지는 않을 것이다.

나는 여동생에게 마지막 숨을 몰아쉬며 말한다. 내 목을 잘라. 그 말을 남기고 난 죽어버려서 유코도 반발할 여지가 없다.

단두대는 인간의 발명품이다. 단두대로 죽으면 고통이 없다고들 한다. 순식간에, 깔끔하게 칼날이 떨어진다. 그러나 중력이 자기 손으로 그 과업을 해내도록 맡기기는 너무 쉽다. 세상에는 언제나 더 큰 중력이 있으며 우리는 손가락에서 피가 나도록 바구니를 엮는다. 누구나 칼을 휘두를 수 있다. 자신의 일부를 죽이는 살인에 따라오는 건 명예가 전부다.

나는 여러 남자를 일격에 목을 베어 죽였다. 머리를 잘라내는 건 완전히 다른 얘기다. 죽은 자의 몸의 주인임을, 그 몸이 죽고, 죽고, 죽었다는 것을 입증하는 데는 증오가, 피부와 근육을 찢고 들어가 뼈까지 잘라내는, 양손을 피로 물들이는 조광이 필요하다.

이 과업을 해내기 위해 유코는 나를 증오한다. 다시 나를 사랑하겠지만, 전과 같은 식으로는 아닐 것이다. 나는 영영 완전히 용서받을 수 없는 부탁을 한 것이다.

안 할 거야. 여동생은 내 죽은 몸을 품에 끌어안고 말한다.

유코가 나를 소나무 아래 묻자 나는 거의 평온한 기분이 된다. 나는 뿌리를 내리기엔 제 어미로부터 너무 가까운 데 떨어진, 겁이 나서 썩을 때까지 어미의 그늘 속에 누워 있을 다른 씨앗들과 같다. 유코는 나를 묻은 땅에 누워 두 팔을 활짝 펼친다. 방금 일군 땅에 얼굴을 댄다. 그 애를 안아주고 싶은 마음이 간절하지만 기다려야 한다. 나는 기다리고 기다리고 또 기다린다, 내가 다시 땅의 일부가 될 때까지, 내 머리카락이 소나무 뿌리와 뒤엉키고, 내 팔이 중력의 팔이 될 때까지. 그래, 우리는 중력을 이용해 사람을 죽였지만, 중력을 이용해 어린 시절처럼 여동생을 부드럽게 꼭 끌어안고 빙빙 돌리는 지금, 비록 그 애는 아무것도 느낄 수 없지만, 나는 우리가 아직도 함께 놀고 있음을 안다.

안 할 거야. 그 애는 그렇게 말하지만, 그 일은 이미 끝났다.

이니시모어

가파른 언덕을 반쯤 올라간 뒤 우리는 불쑥 튀어나온 석회암에 앉아 쉰다. 레이시는 바위 끄트머리에 앉아 1.5미터 허공 아래로 다리를 달랑거리고 있고, 입고 있는 페이즐리 무늬 긴 치마는 허벅지 위로 팽팽하게 당겨져 있다. 나는 몇 미터 뒤에서 가부좌를 틀고 앉아 있다. 나는 원래 언덕heights을 싫어하고, 높지 않은 언덕조차도 싫어해서 레이시가 나는 **반바지shorts를 싫어한다**고 할 정도다. 높은 곳에서는 모든 게 믿어선 안 될 것처럼 느껴진다. 바위에 금이 갈지도 모른다. 내 몸이 생각을 명령으로 착각해서 떨어지는 상상을 실제 행동에 옮길 수도 있다. 그리고 난 늘 떨어지는 상상을 한다. 레이시도 그 사실을 안다. 어릴 때, 레이시는 포니테일로 묶은 긴 머리를 비상벨에 달린 끈처럼 늘어뜨린 채 2층 침대 위 칸에 거꾸로 매달려 나한테 겁을 주었다. **나 좀 봐. 보라고, 앤드리아.**

나는 레이시가 나를 놀릴 거라 예상하고 기다리지만, 그러지 않는다. 우리는 요즘 서로를 조심히 대하고, 대화도 길게 하지 않는다. 레이시는 작은 배낭에서 엠앤엠즈 초콜릿 한 봉지를 꺼내 치마 위에 내용물을 쏟는다. 빨간색을 전부 골라내서 내게 건네고, 자기 몫의 오렌지색도 따로 챙긴다. 무지개 색 순서로 초콜릿을 먹는 것, 세상과 협상하기 위한 오래된 관습, 그건 평화의 제스처다.

우리 사이에 긴장이 흐르는 것은 나 때문이다. 오늘 아침 나는 호스텔의 따끔따끔한 양털 담요를 뒤집어쓰고 자고 있던 레이시를 깨웠는데 이때 스위치가 탁 켜진 것만 같았다. 우리는 또다시 학교에 지각한 열네 살과 열여섯 살, 아빠는 술에 취해 소파에 곯 아떨어져 있고, 엄마는 이미 한참 전 병원 근무를 하러 간 뒤고, 내가 모든 책임을 맡은 상황이고, 진입로에 세워둔 차는 얼어버 린 앞 유리창을 녹이려고, 얼음층 아래에 물이 생겨 딱지를 떼듯 이 얼음덩어리를 깨뜨릴 수 있을 때까지 시동을 켜놓은 채다. **나 혼자 간다**, 하고 나는 고함을 치면서 레이시가 그 말을 믿기를 바라고, 그리고 나 역시도 그럴 수 있다고 반쯤은 믿는다. 하지만 다음 블록까지 가는 게 최대다. 그런데 오늘 아침 레이시는 나를 등지고 침대에 잠들어 있었고, 스위치가 올라가는 순간 나는 **쌍 년**이었다. 나도 내가 쌍년처럼 굴고 있다는 걸, 미친 사람처럼 행 동하고 있다는 걸 알았고, 나는 내가 나를 바라보며 이제 좀 진정 하지 그래?라고 생각하는 모습을 바라보고 있었지만, 나는 그러 기 **싫었고**, 너무 화가 나서 베개로 레이시의 머리 바로 옆을 탕 치면서 머리끄덩이를 붙잡고 침대에서 끌어내면 좋겠다고 생각 했다. 레이시가 일어나 앉아 도대체 넌 뭐가 문제냐고 물었을 때 난 할 말이 없었다.

지금 나는 엠앤엠즈 초콜릿을 입안에 털어 넣는다. 손바닥이 빨갛게 물들었다. 다시 한번 사과하고, 우리가 어른인 걸 알고 있 다고, 이젠 누구 한 명이 책임을 질 필요가 없다고 말하고 싶다. **그럼 그러지 마**, 레이시는 이렇게 말할 것이다.

"신발이 아직도 안 말랐어." 그 대신 나는 이렇게 말한다. 나흘

내리 비가 와서 배낭에서는 곰팡내가 풍기고 젖은 옷은 2층 침대에 축 늘어져 걸려 있고 브라와 팬티는 외풍에 부끄러운 줄도 모르고 휘날린다.

"그렇게 발을 움츠리고 있으면 안 돼. 햇볕에 말리라고." 레이시는 시범을 보여주려는 듯 허공을 발로 찬다.

두 다리를 앞으로 쭉 내밀자, 발꿈치가 바위 끄트머리를 벗어나고, 진흙투성이 신발 끝이 이 섬을 절반으로 가르는 좁다란 흙길에 겹쳐진다. 흙길 위에는 옛 수도원의 폐허가 있는데, 거의 돌더미만 남아 있다. 우리는 남아 있는 벽을 기어오른 뒤에 다시 하이킹을 해 숙소로 돌아갈 것이다. 내일 오전에는 던 앵거스에 갔다가 페리를 타고 골웨이로 돌아가서 며칠 머무른 뒤 더블린에서 여행을 마칠 것이다. 기네스 공장, 템플 바, 글렌달로그. 나는 내가 세운 계획 속 숙소, 버스, 항공편, 식비 예산, 끝내야 할 여정 등등을 하나씩 지워 없앴다. 이 여행은 대학 생활이 끝나는 것에 맞춰 계획되고 실행될 수 **있는** 그런 여행이었다. 목을 쳐 없애듯이. 눈 깜짝할 사이에 나는 옛날에 쓰던 방으로 돌아가 있을 것이고, 부모님은 자신들의 문제에 뒤엉킨 채 복도 건너편 방에서 자고 있을 것이고, 모든 것이 떠나기 전과 다름없을 것이다. 떠난 적 있었다는 사실조차 잊을까 봐 겁이 난다. 어떤 장소를, 그리고 사람들을 너무 잘 알면 생기는 일들이다. 오래된 자신이 우리를 다시 되돌려받으려고 기다리고, 우리를 슬금슬금 따라오다가 비명조차 지를 겨를 없이 포름알데히드에 적신 천으로 입을 틀어

막으려 하니까. 집에 있을 때, 나는 경계 태세다. 나는 벽을 등지고 있다.

그렇게, 쉭쉭 소리를 내며 하류로 흘러가는 물고기 떼처럼 내 생각이 펼쳐진다. 나는 숙련된 어부다. 낚싯줄을 감을 줄 안다. 내가 존재하는 때는 오늘이다. 땅은 젖어 있다. 땀을 흘린다. 내 기다란 허벅지 아래 바위는 쪼개지지 않은 채 잠잠하다. 금요일 밤은 조 와티의 펍에서 디스코 나이트가 열리는 밤이다. 호스텔 직원인 패트릭과 리오가 우리를 데려가주기로 했다.

레이시가 내게 노란색 엠앤엠즈를 건넨다.

"패트릭 귀엽지." 내가 말한다.

"패트릭은 진짜 귀여워." 레이시는 몸을 돌려 나를 본다. "리오가 그러는데 패트릭이 너 좋아한대."

"그러든가 말든가." 나는 말한다. 레이시는 내가 말을 잇기를 기다리고, 나 또한 무슨 말을 더 하고 싶다. 그러나 사생활을 중시하는 성향인 척하지만 실상은 원하는 걸 입 밖에 내면 이루어지지 않는 징크스가 될 거라는 두려움에 가까운 고집이 속에서 또 고개를 쳐든다. 침묵이 한참이나 이어지자, 레이시가 치마 위에 흩어진 엠앤엠즈 껍질들을 털어내고 벌떡 일어서는 바람에 나도 모르게 절벽 끝을 조심하라는 말이 입 밖으로 튀어나온다.

비가 멎기를 기다리는 사이 우리는 리바와 스크래블 게임(알파벳이 새겨진 타일을 조합하여 단어를 만드는 보드게임 ─옮긴이)을 하는 것 말고는 아무것도 하지 않았다. 호스텔에 있는 스크래블 게임 판은 너무 낡아 접히는 부분이 헐거워 힘이 없었고 글자 타일은 노인의 이처럼 노랗게 변해 있었다. 패트릭과 리오도 매일 아침 식탁을 정리하고 금이 간 바닥을 쓸어내고 나면 합류했다.

리바는 예순 살의 영국인이었다. 희끗희끗한 긴 갈색 머리에 꽃무늬 손수건을 둘러쓰고 있었고, 팔과 턱의 피부는 늘어지기 시작했다. 여행객들을 위한 제대로 된 페리가 없던 1970년대에 이니시모어에 와본 적 있다고 했다. 어떤 남자가 노 젓는 배에 태워 이곳으로 데려다주었다고 했다. 돈은 받지 않았지만, 자기가 샌드위치를 먹으며 보온병에 담아 온 흑맥주를 마시는 동안 리바더러 노를 젓게 시켰다. 그 시절에는 호스텔이 없었다고, 리바는 가느다란 손가락으로 A라고 쓰인 글자 타일을 집어 들며 말했다. 그렇게 이 가족에서 저 가족으로 옮겨 다니면서, 섬 전체를 패치워크 퀼트처럼 보이게 하는, 낮은 석회암 돌담으로 연결된 조그만 들판들 위로 해초를 끌어 올리는 일을 도왔다고 했다. "기원전부터 사람들은 바다에서 해초를 끌어와서는 모래와 겹겹이 층을 이루어 토양이 형성되도록 깔아놓았단다." 리바의 말투는 이런 식이었다. 중력과 시간성이 담긴 느리고 부드러운 말투. 사람들이 숙박료를 요구하면 돈을 조금 냈고, 때로는 요리도 했다고 한다. "간단한 거였어, 주로 감자 요리였지." 그렇게 섬에서 1년을 머물렀다고 한다.

두 글자로 이루어진 스크래블 단어들을 그렇게 많이 아는 걸 보면 리바가 이니시모어에 있던 시절에도 비가 많이 왔던 게 분명하다. ab, fa, fe, xi, xu, ya, za. 이런 말도 안 되는 단어가 수도 없이 많았다. 리바가 하도 많이 이기는 바람에 우리는 규칙을 바꿨다. 뜻을 찾아보지 **않고** 정의할 수 없는 단어는 안 되는 것으로 말이다. 그런데도 별로 도움이 안 됐다. 리바는 애인yo, 영혼ka, 그리고 기(氣qi, 중국 사상에서 말하는 생명력—옮긴이)라는 단어를 내놓았다. 그 생명력이 무엇인지 리바는 설명하지 못했지만 그래도 우리는 점수를 인정해주었다. 점수가 세 배인 단어여서 33점을 얻었다. 게임 판 앞에 둘러앉아 오후의 비가 뒤틀린 유리창을 타고 흐르는 모습을 보면서, 패트릭과 리오가 갈고리 발 달린 욕조에서 만든 맥주를 마시면서, 우리는 **기**란 무엇일까 토론하기 시작했다.

"공기 비슷한 거겠지." 레이시가 말했다.

"중력." 내가 말했다.

"기. 퀴이이이." 리오는 벌렁 드러누워 담배 연기를 천장 쪽으로 뿜어냈다. "마약에 들어 있는 그런 거야. 그 뭐더라. THC."

"멍청한 놈." 패트릭이 말했다. 패트릭은 눈이 초록색이고 양어깨가 위시본(wishbone, 조류의 흉골 앞에 있는 Y자 모양 가느다란 뼈로, 두 사람이 각각 한쪽씩 잡아당겨 부러뜨렸을 때 긴 쪽을 가진 사람의 소원이 이루어진다는 미신이 있다—옮긴이)만큼 앙상하다. 나는 그의 양어깨를 붙잡고 흉골이 뚝 부러질 때까지 밀어젖히는 상상을 한다. 우리는 무릎이 닿을락 말락 한 상태로 바닥에 앉아 있다.

"기라는 건 근육을 뼈에 붙여놓는 물질 같은 거야." 리바가 말했다. 레이시가 이해했다는 듯 리바 쪽으로 고개를 돌렸다.

"심오하네요." 리오가 말했다.

레이시가 리바를 덜 좋아했더라면 나도 리바를 더 좋아할 수 있었을 것이다. 이건 레이시에게서 내가 알지 못하는 면이다. 긴 치마를 입고, 협동조합 주택에 사는, 긴 머리를 뒤로 단순하게 땋아 내린 위스콘신주 벨로이트 여자. 그 사람은 내가 아는, 남자 친구가 원해서 언제나 새 옷, 새로운 색 매니큐어를 사느라 단 10달러 이상을 저축하지 못하는 레이시와는 달랐다. 또 그 애는 너그러운 사람, 나로서는 할 수 없는 방식으로 남에게 관대한 사람이다. 그런데 이 여행을 위해 레이시는 2천 달러를 저금했다. 손톱은 깔끔하고 짧게 다듬어져 있다. 지금의 레이시는 내가 아는 레이시보다 말이 없지만, 그래도 리바와 대화하는 것을 좋아한다. 잠시 비가 멎자 두 사람은 뒷마당의 정원을 구경하러 가고, 리오는 스튜가 잘 끓고 있나 보러 가고, 패트릭은 집 안에서는 도저히 1초도 더 못 있겠다고 말했다. 우리는 바깥으로 나가 호스텔의 양철 차양 아래에 서서 낮은 돌담들로 이루어진 들판을 내다본다.

"난 여기가 좋아." 내가 말한다. 패트릭의 손은 불편한 거리에 놓여 있다. 손을 뻗으면 닿을 것 같지만, 여전히 내 손과는 떨어진 채, 내 땀투성이 손이 다가갈 위험을 전혀 모른다는 듯 꼼짝하지 않은 채. 나는 내가 그의 손을 잡아버릴까 봐 그 대신 내 손을

잡는다. 패트릭은 기원전부터 존재했던 바위에 담배꽁초를 비벼
끄고 다시 안으로 들어간다.

　어린 시절 우리는 싸웠다. 꼬집고, 발로 차고, 때리고, 물었다
(레이시가). 레이시가 나를 때리려고 했을 때 나는 레이시의 팔
이 옆구리에서 떨어지지 않게 꼭 붙들었고 레이시는 울부짖었
다. "그만해. 그만해. 그만두라고."
　"계속 때릴 거야?" 내가 묻자 레이시는 이를 꽉 물고 씩씩거리
며 이리저리 몸부림쳤다. 결국 내가 레이시를 놓아주자, 레이시
의 팔이 내 가슴으로 다시 휙 날아와 내 손에 붙들렸고, 결국 나
도 막막한 나머지 레이시의 얼굴을 한 대 짝 때리는 것으로 싸움
을 끝냈다. 이런 싸움은 상대방보다 덩치가 크다는 것이 어떤 의
미인지 내게 알려주었다.
　레이시가 여덟 살, 내가 열 살이던 해 여름에 우리는 싸웠다.
왜 싸웠는지는 기억나지 않지만 분명한 건 내가 그 싸움을 끝냈
다는 것인데 레이시가 바닥에 엎어져 울고 내가 그 애를 조용히
시키려 애썼던 기억 때문이다. 아빠는 지하실에 있었다. "쉿." 내
가 말했다. "괜찮아, 괜찮아." 당연히 아빠는 우리가 싸우는 소리
를 들었고, 이제 와 생각하니 아빠에겐 항상 그 소리가 들렸을 것
같은데, 그래도 그날, 이유는 모르겠지만, 그날만큼은 아빠도 특
유의 말투로 외쳤다. "얘들아! 지금 당장 내려와라." **이제 너희들
다 큰일 났다**고 알려주는 말투였다. 우리는 슬금슬금 지하실로

내려갔다. 아빠는 언젠가 그가 예전에 만든 북엔드와 똑같은 모양으로 완성될 나무토막 위로 몸을 구부린 채 목공용 작업대 앞에 앉아 있었다. 책 속에 있는 무언가가 놀래기라도 한 것처럼 풀밭에서 뛰어나오는 사슴 모양 북엔드였다. 아빠는 맥주를 마시고 있었고 옆에 둔 라디오에서는 트윈스 경기 중계가 흘러나오고 있었다.

아빠가 우리의 존재를 곧바로 알아차리지 못하는 바람에 우리는 잠시 기다렸고, 결국 레이시가 "언니가 때렸어요"라고 불쑥 내뱉는 동시에 나는 "내 잘못 아니에요" 했다.

"둘 다 입 다물어." 아빠가 이쪽으로 돌아앉더니 맥주병 목으로 처음에는 나를, 그 뒤에는 레이시를 가리켰다. 우리 둘의 아버지는 화가 나면 침묵을 무기처럼 휘둘렀다. 아빠의 침묵은 고함보다 두려웠고, 침묵이 주는 서스펜스는 세상 그 무엇보다도 최악이었다. 아빠가 딱 맞는 표현이 떠오르기까지를 기다리며 접시가 깨질 정도로 거칠게 찬장을 주먹으로 치는 모습을 본 적도 있었다. 아빠의 침묵이 길어지는 바람에 나는 아빠가 우리가 먼저 입을 열기를, 틀릴 수밖에 없는 말을 하길 기다리는 걸까 봐 겁이 났다.

"자매들끼리 서로 고자질하는 법은 없다." 아빠가 말했다. "올라가서 화해해라, 그리고 **다시는** 둘이 싸우는 소리 안 들리게 해라, 알아들었냐?" 우리는 고개를 끄덕였다. "너희한테 자매는 서로밖에 없잖아." 아빠가 말했고, 우리는 그가 말을 잇기를, 우리가 거의 만난 적 없는 삼촌이, 아빠보다도 더 수수께끼 같은 존재인 당신의 형이 그립다고 말하기를 기다렸다. 우리는 하나도 믿기지 않는 일을 상상하길 좋아한다. 삼촌이 어느 날 아내와 아이들을 데리고 우리 집을 찾아올 거라고, 대가족이 된 덕분에 명절날은 떠들썩해질 것이고 아빠는 행복해질 것이라고 말이다. 하지만 아빠는 다시 하던 작업으로 돌아갔다. 조각칼이 나무를 가느다랗게 파내자 서서히 사슴 귀가 나타났다. "쓸데없는 짓 하지마라. 다들 너희 둘만큼 운 좋은 게 아니다."

계단 꼭대기까지 올라가 아빠의 시야에서 벗어나자 레이시가 자기 손을 내 손 안에 슬쩍 밀어 넣었다. 우리는 바깥으로 나가 레이시가 제일 좋아하는 놀이인 도망친 고아 전사 공주 놀이를 했다. 나는 평소에는 유치해서 싫은 척했지만, 그날은 아니었다. 우리는 집 근처 막다른 골목으로 가서 가로등에 불이 들어오고 집으로 돌아갈 시간이 될 때까지 서로를 산울타리로 된 감옥에서 구해주고 용(헨드릭스 부인이 키우는 테리어로, 창가에 앉아 있다가 사람이 보이면 짖었다)의 눈을 피하며 놀았다.

펍에 갈 채비를 하고 있자니 밤은 갖가지 가능성으로 무르익은 것만 같다. 긴 비가 축복처럼 끝나가는 지금 모두가 같은 기분이다. 레이시와 나는 패기만만하다. 킥킥 웃으며 겨드랑이 냄새를 확인하고 물티슈로 뺨을 닦아내고 조금 남은 컨실러를 나누어 쓴다. 여행하느라 피부가 탄 바람에 컨실러는 턱 아래에 달처럼 둥글고 희미한 복숭앗빛 자국을 남기고 우리는 손가락에 침을 묻혀 이 자국을 펴 바른다. 우리가 브라만 입고 있는데 리바가 방 안에 들어오자, 레이시는 꺅 비명을 지르며 부끄러운 척한다. 나는 부끄럽지 않은 척한다. 레이시는 리바에게 같이 가지 않겠느냐고 묻는다.

리바는 그저 미소만 짓는다. "다녀오거든 침대로 데려다주마."

"보고 싶을 거예요." 레이시가 말하고, 나는 햇살 때문인지 엠앤엔즈 때문인지 우리가 지금, 여기 있다는 사실, 집에서 이토록 멀리 왔다는 것이 우리가 이루어낸 기적처럼 느껴진다는 점 때문인지는 모르지만, 그 말에 동의하며 고개를 끄덕일 정도로, 심지어 거의 진심으로 그렇게 느낄 정도로 기분이 좋다.

패트릭과 리오가 우리와 함께 펍으로 향하고, 리오는 자신이 없으면 우리가 길을 잃을 거라며 놀린다. 숙소를 지나는 길은 널찍한 흙길 하나뿐이고, 우리는 왼쪽으로 꺾어 킬로난 항구를 향해 내리막길을 내려간다. 길을 잃기는 불가능하다. 또, 도착하고 보니 펍을 찾지 못하는 것도 불가능한데, 1킬로미터도 안 되는 거리에 있는 펍에는 노란 간판이 붙어 있고 펍 양옆에는 아무것도 없이 들판만 펼쳐져 있다. 안으로 들어간 우리는 작은 4인용 테이블에 앉고 패트릭이 우리에게 술을 사주러 간다. 등 뒤의 벽에는 기네스 광고가 걸려 있다. **기네스는 몸에 좋아요!** 만화 체로 그려진 커다란, 아마도 술에 취한 것 같은 큰부리새가 말하는 광고다. 우리가 첫 잔을 마시자, 다음 잔은 리오가 산다. 밤 10시가 되자 불이 꺼지더니 미러볼을 향해 스포트라이트가 떨어지고, 지금까지 나오던 아일랜드 전통 민요 대신 다이애나 로스의 곡이 흘러나온다.

"가자." 패트릭이 말하며 손을 내민다. 리오가 레이시에게 손을 내밀자 그 애는 미소를 지으며 일어나지만, 양손은 그대로 치마를 붙들고 있다. 패트릭에게 손을 뻗으며 보니 그 장면이 뻔해 보인다. 리오는 레이시와 시시덕거리지만 두 사람은 댄스 플로어에서도 서로 한 발짝 떨어져 서 있다. 패트릭은 나를 바짝 끌어당긴다. 나는 춤을 썩 잘 추지만 하이킹 부츠를 신고 있어서 콘크리트 블록을 신고 춤을 추는 기분이다. 나는 두 손을 패트릭의 위팔에 올린다. 눈에 보이는 모습만큼 말도 안 되게 가늘지만 그래도 힘이 있다. 아무리 용을 써도 패트릭의 흉골을 부러뜨릴 수는 없을 것 같다.

우리는 춤을 춘다.

패트릭은 내가 베이비 기네스를 마셔본 적이 없다는 이야기를 듣고 베이비 기네스를 네 잔 사 온다. 칼루아 샷 위에 아이리시 크림을 얹은 이 칵테일은 거품이 이는 작은 스타우트 같다. 레이시도 나도 두 모금 만에 베이비 기네스를 들이켜고, 그 뒤로 내 침은 달콤해지며, 혀는 이에 남은 찌꺼기를 밀어내려 자꾸 움직인다. 나는 취했다. 4주간 레이시와 샌드위치를 나눠 먹으며 하이킹하다 보니 체중이 줄었다. 리오가 맥주를 또 한 잔 사 오자 나는 맥주잔을 아기처럼, 또는 꽃병처럼 조심스레 든다. 한 방울도 흘려서는 안 된다.

나는 레이시와 화장실에 가면서 패트릭에게 **금방 돌아오겠다**고 말한다. 마치 그를 안심시키려는 것처럼 그의 가슴에 손을 댄 채로. **금방 돌아올게.**

"나 취했어." 나는 화장실 벽에 기댄 채로 말한다. 사람들이 졸업 앨범에 남기는 메시지처럼 벽에 낙서를 잔뜩 해두었다. **98년 메리와 글렌. 술에 취한 문어 다녀가다. 너의 너는 아름다워 멍청해 감자야. G&P 우리 우정 0원히. 그렇게 모든 것이 달라졌다.**

레이시가 고개를 끄덕인다. "안 취하려고 했는데." 그러면서 그 애는 마치 자기가 짝이 안 맞는 양말을 신고 있다는 사실을 방금 알아차리기라도 한 것처럼 놀라며 말한다. 레이시가 예전에도 술에 취해본 적이 있는지 궁금하다. 얼굴이 벌겋게 달아오르고 말이 많아지는(나 취했니? 나 취한 것 같아) 그런 식으로 취한 것 말고, 갑자기 취기가 확 밀려오는 바람에 겁이 나서 지금당장 떠나야 한다는, 토해야 한다는, 숨어야 한다는, 자신에게 저지른 짓이 다 지나갈 때까지 기다려야 한다는 생각이 드는 식으로 취하는 것 말이다. 레이시에게도 분명 그런 경험이 있겠지만 그러고 보니 우리는 여태 술 마시는 것을 놓고 대화를 나눈 적이 없고, 따지고 보면 아빠도 그런 식으로 취하는 사람은 아니었다. 아버지는 단호한 침묵으로 망각에 다가가는 사람이었다.

이 화장실의 도기 타일에 수없이 많은 이들이 이마를 댔을 게 분명하다.

"이제 술은 그만 마시자." 내가 말한다. "다른 애들이 술을 더 마시는 걸 보면 우리도 걔들한테 이제 그만 마시라고 말하는 거야."

레이시는 또 고개를 끄덕이는데, 이번에는 우리의 끝내주는 계획에 동의한다는 의미다. "언니, 펜 있어?" 그 애가 묻는다.

있었으면 좋았을 텐데. 나도 이곳에 흔적을 남기고 싶다. "뭐라고 쓰게?" 내가 묻는다.

레이시는 벽을 바라보더니 울퉁불퉁한 페인트 위를, 만화 체로 그려진 고추와 불알을, 간디의 명언을, 글자들을 연결해 단어로 만들어놓은 여러 낙서를 손가락으로 쓸어내리며 한참 뜸을 들인다. 이니시모어, 사랑, 여행, 인생이라는 주제에 대해 할 말이 더는 남아 있지 않은 것만 같다. "빈 벽은 말이 없어." 레이시가 말한다.

이 말을 쓰고 싶다는 뜻인지, 그냥 사실을 말하는 것인지 나는 알 수가 없다.

"금방 숙소로 돌아갈 거야?" 레이시가 묻는다. "나 **완전** 취했거든."

언니답게 레이시를 집으로 데려다주고 싶지만, 레이시가 나한테 바라지 않는 게 바로 이거 아닌가? 난 아직 집에 가기 싫다. 패트릭이 기다리고 있다. "금방 돌아갈 거야." 내가 말한다.

한 시간 뒤 나는 맥주를 다 마시지만, 이 잔이 진짜 마지막이다. 펍 안은 음악으로 진동하고, 습한 공기는 너무 많은 이들의 허파를 들락거리는 바람에 산소가 고갈된 것 같다. 레이시와 리오는 아까보다 더 가까이 붙어 춤추고 있다. 패트릭은 바깥 공기를 좀 쐬고 싶다고 말하고 나는 그 말이 무슨 뜻인지 알고 있으며 펍에 온 뒤로 내내 패트릭한테 키스해야지, 하지 말아야지, 그의 머릿속을 엉망으로 들쑤신 다음에 흔적도 남기지 말고 사라져야지, 갈팡질팡하고 있었음에도 그가 출구를 향하는 걸 보고 따라간다. 우리는 펍 뒤 낮은 담에 걸터앉는다. 공기가 차서 땀으로 축축한 살갗에 소름이 돋는다.

"여기가 좋아." 내가 말한다. 패트릭에게 할 수 있는 말은 이것뿐인 것만 같다.

알고 보니 패트릭은 키스를 잘한다.

우리는 오랫동안 키스한다. 어쩌면 오랜 시간처럼 느껴진 것인지도 모른다. 그는 한 손을 내 허벅지 위에 올린다. 그러더니 다른 손을 내 윗옷 속에 집어넣고 브라를 아래로 끌어 내리고 나는 펍 근처가 남들에게 우리 모습이 보일 만큼 환한데도 그를 말리지 않는다. 내 양손은 그의 어깨 위, 그의 목덜미에 드리운 머리카락을 만지작거리고 있는데, 패트릭이 한 손을 붙잡아 자기 가랑이 사이를 꽉 누른 채 위아래로 몇 번 움직이다가, 이제 그 동작이 내 손에 익었다 싶었는지 놓아준다. 나는 흥분된다. 나는 겁이 난다. 이 결정을 아까 펍에서, 숙소에서 미리 했으면 좋았을 텐데, 왜냐하면 지금 당장 내가 그와 섹스할지, 아니면 그의 물건을 빨아줄지, 아니면 그냥 흥분한 그를 발기한 채로 내버려둘지를 알아야 하는 것 같아서다. 나는 내가 그렇게 하고 싶은지 잘 모르겠고, 왜 하기 싫은지도 알 수 없지만, 그의 손이 내 머리카락을 붙들고 자기 사타구니 쪽으로 내 얼굴을 내리누르는 상상을 하자 갑자기 키스가 숨이 막혀 그의 입술에서 떨어진다.

"괜찮은 거야?" 패트릭이 속삭이더니 내 머리를 쓰다듬는다.

"나 많이 취했어." 나는 대답한다. 머리 위 하늘은 우리가 이 섬에 오고 처음으로 구름 한 점 없고, 꼭 우유처럼 걸쭉한, 전지분유를 대리석 위에 쏟아놓은 것 같은 별이 보이고, 보다 보니 별이 너무 많아 나도 모르게 눈이 감기지만, 그럼에도 내 눈꺼풀 안으로 스며든 별자리들이 빙글빙글 돌며 나를 덮친다.

"우리는 참 작고도 크구나." 나는 그렇게 말하며 그의 어깨에 고개를 기댄다. 패트릭은 내 귀에 입을 맞추기 시작하더니 다음에는 내 목에, 그다음은 다시 나를 그에게로 돌려 앉힌다. "조만간 호스텔 일이 바빠질 거야." 그 말은 분명 섹스를 하자는 뜻일 테지만, 그는 이렇게만 말한다. "할 줄 아는 다른 언어 있어?"

"딱히 없어." 내가 말한다.

"생각해봐." 정확히 뭘 생각해보라는 뜻이냐고 묻기 전에 그가 내 귓불을 좀 아프다 싶게 물더니 다시 키스한다. 키스가 끝난 뒤 그는 내 양어깨를 붙들고 내가 마치 무언가 굉장히 올바른 일을 해내기라도 했다는 듯 나를 향해 미소 짓는다. 나도 그를 마주 보며 미소 짓는다.

"레이시를 데리고 돌아가야겠어." 나는 말하지만, 진짜 말뜻은 모든 것이 완벽한 이쯤에서 오늘 밤을 마무리하고 싶다는 것이다. 우리는 다시 펍 안으로 돌아가려고 일어서고, 나는 비틀거린다. 그가 내 허리의 옴폭한 곳에 손을 가져다 대자, 그가 나를 이끌어주는 것이 맞다는 느낌이 든다.

주요 도시들이 붕괴하고 통신도 끊어지는 전 세계적 종말이 닥치면 레이시와 나는 아이오와주 아이오와시티 공동묘지의 검은 천사 조각상 앞에서 만나기로 했다. 조각상은 쉽게 찾을 수 있는 데다 우리 생각에 아이오와시티는 대단한 일이 일어나지 않아 공격의 대상이 되지 않을 것 같아서다. 또, 미국의 한가운데니 종말의 구체적인 상황에 따라 그 어느 방향으로든 갈 수 있다.

최악의 시나리오를 걱정하는 이런 계획은 꼭 내가 만든 것처럼 보이지만 내가 대학교 신입생이던 늦은 밤 내게 전화를 걸어온 건 레이시였다. 라디오를 켜놓고 설거지하다가 NPR의 어느 뉴스를 들었다는 것이다. 정확한 위치는 공개할 수 없지만 미시시피주의 어느 가족이 아무도 없는 코뮌 공동체를 운영하고 있다는 뉴스였다. 줄줄이 이어진 집들은 옷가지, 두툼한 담요, 튼튼한 신발, 식량을 재배하는 텃밭들을 갖추고 있었다. 코뮌을 운영하는 남자가 말했다. "중요한 건, 최악의 사태가 일어난 뒤에 농사를 시작할 수는 없다는 것입니다. 굶주릴 테니까요. 우리는 가입자들을 위해 장소와 음식을 준비하고 마음의 평화를 내어주고 있습니다. 물론 집보다 구독자가 더 많지만, 모두가 여기까지 올 수 있을 거라고 예상하지는 않습니다. 그 부분은 저희 소관이 아니니까요." 남자는 감상적인 관점을 취하지 않았다. 그리고 그 남자와 그의 아내, 네 딸은 잘 살고 있었다.

"우리한텐 계획이 없잖아." 레이시는 이 이야기를 내게 전해준 뒤 불신감이 가득한 목소리로 자꾸만 그렇게 말했다. "우린 계획이 없어." 마치 계획이 없는 건 우리 둘뿐이라는 듯이.

펍으로 돌아온 내가 바라는 건 레이시를 찾아서 그 애와 함께 숙소로 돌아가 대화를 나누는 것, 다시 어린 소녀가 된 것처럼 손을 잡는 것뿐이다. 우리는 취했고, 행복하고, 자매이기 때문에, 그 일은 아빠가 바랐던 것처럼 마법 같은 일로 느껴진다. 자매인 덕분에 우리가 여기까지 오게 되었기 때문이다. 나는 바를 훑어본다. 댄스 플로어를 메우던 사람들은 이제 서로 뒤엉켜 음악에 맞춰 몸을 느릿느릿 흔드는 몇 커플밖에 남지 않았다. 나는 화장실에 가서 문 아래로 칸 안을 들여다본다. 레이시가 없다.

나는 펍 바깥, 눅눅하고 서늘한 공기 속으로 나간다. 내가 필요로 하는 바로 이 순간 꼭 그 애답게 어딘가로 가버린 레이시한테 화가 난다. 입구 근처에서 한 여자가 벽에 기댄 남자에게 몸을 붙이고 서 있다. 둘 다 담배를 피우는 중이다. 어떻게 서로를 태우지 않는지 신기할 지경이다.

"미국인 여자아이 못 보셨어요? 머리를 길게 땋고 치마 입은 아이요." 둘 다 고개를 젓는다. 펍 주변을 돌다 보니 패트릭이 아까 그 담 위에 아직도 앉아 있는 것을 발견한다. "레이시가 안 보여." 내가 말한다. 내 귀에도 내 목소리가 공황에 질린 것처럼 들린다.

"레이시는 괜찮아." 패트릭이 대답한다. "걔 리오랑 같이 있었어."

"언제?"

그는 나를 보더니 **걱정 마** 하듯이 어깨를 으쓱 추어올리고는 자기 옆자리 담 위를 툭툭 친다. "이리 와." 나는 꼼짝하지 않는다. "레이시도 다 컸잖아. 괜찮다니까." 나는 고개를 젓는다, 떨림이 멈추지 않는다. "앤드리아, 별것도 아닌 일로 흥분하지 마."

"흥분하기는 무슨." 나는 그렇게 말하지만 내 생각은 이미 앞으로 훨훨 내달리고 있다. 레이시는 다 크지 않았다. 나도 마찬가지다. 우린 어린 소녀들이지만, 내가 조금은 더 크고, 그 조금이 결정적이다. 나는 패트릭에게 무언가, 말하자면 **괜찮아**라든지 **걱정 마** 같은 말을 한다. 그는 고개를 끄덕이고 걱정스러운 표정을 짓는데 레이시 때문은 아니다. 나는 패트릭의 나에 대한 평가가 변하는 모습을, 그의 자세가 꼿꼿해지고, 그의 손이 더는 나를 부르지 않는 모습을 보고, 뭐라도 약속해 그를 안심시키고 싶지만, 내 입에서 나오는 말은 이게 다다. "레이시를 데리고 돌아갔어야 하는데. 그 애가 나한테 집에 가자고 했단 말이야."

나는 패트릭을 등지고 다시 도로로 달려가고, 도로의 양쪽 끝은 제각기 들판을 향한다. 서쪽으로 가면 숙소가 있고, 동쪽으로 가면 항구가 있다. 레이시가 항구로 갔을 리는 없다. 분명 숙소로 돌아갔을 것이다. 내 생각은 어둠 속을 걷는 내 발걸음처럼 어설 프지만 멈출 수 없이 비틀거리며 앞으로 나아간다. 펍 주변의 밝은 곳을 빠져나가자 깜깜하다. 도시들이 몰아내고자 하는 종류의 짙은 진짜 어둠이다. 잠시 후 내 눈은 길 위에 고인 웅덩이를 비추는 달빛에 적응한다. 발이 또 젖고 만다.

"레이시?" 어쩌면 보이지 않는 어딘가에 레이시가 있을지 모른다는 생각에 크게 외쳐본다. 바위에서 떨어져서, 들판에서 목이 졸려서, 도롯가의 도랑에 누워 있는지도 모른다. 내 상상력의 언저리에 언제나 존재하는 생생한 폭력이 싫다. 내 목소리는 속삭임 같고, 마치 내가 어둠 속에서 무언가를 소환해낼지도 모른다는 생각에 겁에 질린 것 같다.

펍의 소음도, 불빛도 멀어진다. 귀뚜라미 울음소리, 바람 소리, 파도 소리가 들리고, 그게 다다. 숙소까지 가는 1킬로미터가 채 안 되는 거리가 낮보다 훨씬 길게 느껴진다. 마침내 호스텔이 나타나고 누군가 바깥에 앉아 있는 모습이 보이자 나는 분명 레이시라 확신한다. 나는 달리기 시작한다.

"안녕." 그 사람이 말한다. 리바다.

"레이시 여기 있어요?" 내가 말하자 리바는 고개를 끄덕인다.

"걔 괜찮아요?"

리바는 또다시 고개를 끄덕인다. 잠깐이지만 너무 마음이 놓여서 화조차도 잊고 만다.

"술을 너무 많이 마셨더라." 리바가 말한다.

내가 안으로 들어가려는데 리바가 나를 멈춰 세운다. "레이시는 잠들었어. 쉬게 놔두렴. 물 한 잔 마시고 나랑 잠시 앉아 있자. 예전만큼 잠이 잘 안 와서 말벗이 있었으면 좋겠구나."

나는 우리 방에 들어가 레이시를 흔들어 깨운 다음 나를 혼자 두고 갔다고 고함을 지른 뒤 꽉 끌어안아 우리 둘 사이에서 지난 30분이라는 시간을 쥐어짜내고 싶다. 그 애가 똑바로 누워 자는 바람에 토사물로 숨이 막히지는 않을지 확인하고 싶다. 그러나 리바는 내가 자기 말을 따르리라는 걸 이미 알기라도 하는 것처럼 이제 나를 쳐다보고 있지조차 않다. 내가 큰 컵에 물을 따라 가져오자, 리바는 여전히 하늘을 올려다보고 있다.

"쭉 마셔라." 리바가 말한다. "그다음엔 한 잔 더 마셔. 물이 제일 중요해. 내일 아침 숙취에 시달리며 던 앵거스에 가긴 싫잖니."

"저 안 취했어요." 나는 말하는데, 정말 그렇게 느껴진다. 너무 겁을 먹어서 술이 다 깬 것이다.

"내가 처음 던 앵거스에 갔던 때가 기억나는구나. 거기 어떻게 생겼는지 아니? 절벽을 배경으로, 꼭 돌로 된 말편자 세 개가 서서히 크기가 커지면서 서로를 차곡차곡 감싼 모습 같았다."

나도 사진으로 보았다. 절벽 높이가 90미터인 것도 안다. 요새에 세워진 건물은 기원전 1200년까지 거슬러 올라간다는 사실도. 그 건물의 일부는 절벽이 침식하면서 바다로 떨어져 나갔다는 사실도.

"내가 그곳에 갔을 때는 지금 있는 관광지 같은 건 하나도 없었단다. 박물관은 물론이고 기념품 가게 같은 것이 있을 리 없었지." 리바가 고개를 젓는다. "하지만 그런 곳을 다 지나치고 나면 옛날이랑 똑같단다. 울타리는 없어. 원한다면 어디든 올라갈 수 있지. 하지만 돌이 미끄럽단다."

"거기서 떨어지는 사람도 있어요?" 내가 묻는다.

그러자 리바는 이상한 질문을 들었다는 눈으로 나를 쳐다본다.

"글쎄다." 리바가 말한다.

나는 잔에 담긴 물을 남김없이 마신다.

"그런데 왜 이 섬을 떠나셨어요?" 내가 묻는다. "그렇게 오래 머물렀다면서요."

그 질문에 마치 리바는 오래전부터 답을 생각해놓기라도 한 듯 곧바로 대답한다. "1년이 지나니 낭만이 약간은 빛바랜 것 같았어. 이곳에 있으면 고단한 일들이 많았지. 그리고 사람들이 이런 말을 하잖니." 리바는 한 손을 나방처럼 퍼덕거리는 손짓으로 다리에 내려놓는다. "어디를 가든, 나는 여기 있다고." 그러면서 리바는 그게 무슨 농담이라도 된다는 듯 웃는다. "그런 말 아니?"

난 모른다. 적어도 모르고 싶다. 난 아직도 희망을 버리지 않았다. 만약 이곳에 패트릭이랑 리오와 함께 머무른다면 나는 **달라질** 거라고, 새로운 자아가 지금의 오래된 자아를 대신하게 될 것이라고.

갈아입고 올게요, 아주 가끔 아빠가 집에 와서 저녁에 외식하러 나갈 거라고 선언하면 나는 황급히 내 방으로 달려가며 그렇게 말했었다.

아예 갈아치우고 오너라. 케케묵은 농담이지만 아빠는 늘 그 말을 하며 웃었다.

"패트릭은 저더러 여기 남아서 일하래요." 나는 말한다. 패트릭이 마음을 바꾸었을지도 모른다는 말은 하지 않는다. 만약 그가 마음을 바꾸지 않고, 내가 그 제안을 받아들인다면, 우리는 분명 이곳에서 섹스하며 온 여름을 보내게 될 것이라고도 말하지 않는다. 여기서 일한다면 안 그럴 도리가 있겠는가? 나는 담에 걸터앉아 양손으로 내 얼굴을 잡고 있던 그를, 그의 따뜻하던 손바닥과 달콤하던 침을 생각한다. 그가 나를 빤히 바라보던 것, 걱정과 혼란이 뒤섞인 표정을 생각한다. 이제 아까보다 마음이 가라앉았고 어둠도 다시 그냥 어둠이 된 지금, 나는 부끄럽다. 다시 이성이 돌아왔고, 그게 다다. 나는 몸을 흔들어 자유로워지려 한다. 난 어째서 늘 추락하는 상상을 할까? "레이시와 여행을 마쳐야겠어요." 나는 말한다. "집으로 돌아가서 제대로 된 일을 찾아봐야죠."

"그 앤 어린애가 아니야." 리바가 말하는데, 친절한 의도지만 마치 꼭 레이시가 할 법한 말처럼 들리고, 나는 두 사람이 내 이야기를 해왔으리라 상상한다.

"저도 그 애가 어린애가 아닌 거 알아요." 레이시에 대한 분노를 리바를 향해 번뜩이며 내가 쏘아붙인다. 꼭 어린애한테만 누군가가 필요한 건 아니라고 나는 말하고 싶지만, 그 말은 유치하거나 한심한 노랫말 같은 느낌이 든다. 그럼에도 나는 레이시의 누군가며 그 애는 근육과 뼈처럼 나의 것이다. 힘줄. 갑자기 기억난다. 근육을 뼈에 붙여놓는 건 힘줄이다. "애초에 기가 아니잖아요." 나는 말한다. 내 생각들은 품에 한가득 안았던 풍선처럼 스르륵 흩어진다. 리바는 내게서 물을 한 잔 더 마시겠다는 약속을 받아낸다.

방으로 돌아온 나는 엎드려 자는 레이시를 옆으로 눕혀놓고 입에 들어간 머리카락을 끄집어내준다. 그 애의 숨소리에 귀를 기울인다. 깨우고 싶지만 그러지 않는다. 나는 리바의 긴 손가락이 오래전 어머니가 했던 것처럼 내 여동생의 머리를 풀어 내리고, 머리를 빗겨주고, 다시 땋는 상상을 한다. 물론 엄마는 늘 조만간 토네이도가 몰아치기라도 할 것처럼, 앞으로 이틀은 다시 머리를 땋아줄 겨를이 없기라도 한 것처럼 우리의 머리를 너무 세게 땋았지만 말이다. 결국은 내가 직접 우리 둘의 머리를 땋을 수 있을 만큼 실력을 길렀다. 그러나 그때는 우리가 땋은 머리를 하고 다니기에는 너무 자라 있었다.

아침에 눈을 뜨자 레이시는 벌써 방에 없다. 레이시의 배낭은 이미 준비를 마치고 끈을 동여맨 채로 벽에 기대 있고, 침대 커버는 모두 벗겨져 있다. 나는 우리의 숙취를 고려해 그애를 전날과는 정반대로 가만가만 깨우는 상상을, 심지어 리오를 설득해서

214

우리 방으로 커피를 가져다달라고 하는 상상을 했다. 레이시는 일어나 앉겠지만 다리는 여전히 이불 속에 있었을 것이다. 눈을 비비며 감사히 커피를 받아 들었을 것이고, 나는 침대 발치에 가부좌를 하고 앉아 패트릭 이야기를 모두 털어놓고, 내가 어떻게 해야 할지 함께 결정했을 것이다. 내가 계획을 세우는 걸 레이시가 도왔을 것이다. 그런데 지금은 모든 일이 너무나 빠르게 벌어지고 있다. 지금은 마치 레이시가 모든 걸 이미 아는 것만 같다. 그래서 자기가 떠나면 어떤 기분일지 내게 보여주는 것만 같다. 내 침대의 시트를 벗기면서 나는 고요에 귀를 기울이고, 나 자신에게 고요란 새들의 노래와 개구리울음과 멀리서 들려오는 음매 소리로 채워진 것이며 조금도 고요하지 않은 것이라고 말한다.

식당으로 들어가니 리바와 레이시가 함께 앉아 있고 내가 나타나자 두 사람의 대화가 멎는다. 이제 레이시에게 말을 걸어야 하지만 리바가 있는 앞에서는 할 수 없다. 레이시는 펍 화장실에서 마신 술을 거의 다 토했기 때문에 숙취가 별로 심하지 않다고 내게 말한다. 나는 그 애의 연약한 위장이 두렵다. 내 몸은 언제나 그렇듯 모든 걸 끈질기게 붙들고 있으므로.

곧 우리는 배낭을 멘 채 데스크에서 체크아웃을 하고 있다. 던 앵거스에는 사람이 많아지기 전에, 그래서 다른 곳과 다를 바 없는 모습이 되기 전에 일찍 도착해야 한다고 모두가 말한다. 패트릭이 카운터에 몸을 기댄다. 자기가 했던 제안을, 또는 나의 공황을 기억하기는 하는지가 궁금하다. 그는 아무 말도 하지 않지만,

215

그러고 보면 그 역시 숙취에 시달리고 있다. 그의 날씬한 팔뚝이 데스크 위에 놓여 있다. 레이시는 허리 위쪽으로 배낭을 조금 더 당겨 멘다. 공기는 차고 눅눅하며, 이른 아침의 햇빛이 구석에 놓인 키 큰 조명이 뿜어내는 연초록빛을 씻어내기 시작한다. 나는 여기 있고, 영영 집에 가고 싶지 않다고 시험 삼아 혼잣말해본다. 이 순간은 나의 것이고, 나는 그것을 바라본다. 내가 머무르겠다고, 손을 뻗어 그를 건드리면 그가 좋다고 말할 것이라고 거의 확신한다. 입을 열기만 하면 된다. 그러나 그 대신 나는 내가 아무것도 하지 않는 모습을 본다. 그 대신 나는 우리가 떠나자마자 이 공간은 빛바랠 것이라고 생각한다. 이곳은 이미 빛이 바래는 중이다. 우리는 이미 떠난 뒤다.

"던 앵거스에서 좋은 시간 보내." 패트릭이 말한다.

리바가 먼저 나를, 그다음에는 레이시를 안아주자, 레이시는 울음을 터뜨리고 다음 순간 둘 다 웃음을 터뜨린다. 바깥으로 나가니 비가 한 번도 멎은 적 없었던 것처럼 똑똑 떨어지고 있다.

관광객 안내소에서 우리는 지도를 챙긴다. 리바가 말한 대로다. 양털 스웨터를 파는 기념품 가게 뒤에는 차와 스콘과 샌드위치를 파는 작은 카페가 있다. 빗속에서 이런 건물들이 서로 옹기종기 모여 있다. 이른 시간인데도 관광객들이 산비탈에 개미 떼처럼 바글거린다.

던 앵거스로 올라가는 길이 가팔라서 우리는 말없이 둘 다 숨을 헉헉 몰아쉬며 걷는다.

"어젯밤 무슨 일이 있었던 거야?" 레이시가 묻는다. 우리는 평
소보다 좀 더 멀찍이 떨어져 걷고 있다. "리바 말로는 패트릭이
언니더러 여기서 일하라고 했다던데." 나는 아무 말도 하지 않
고, 비록 레이시가 짜증이 난 듯 걷는 속도를 재촉하지만, 그 애
가 나를 기다려줄 준비가 되어 있다는 건 분명하다.

"어차피 내가 여름 내내 여기서 뭘 하겠어?" 나는 한참 뒤에야
입을 연다. "스크래블이나 하라고?"

레이시가 허리에 한 손을 얹은 채 나를 향해 돌아선다. 이마에
땀이 송송 맺혀 있다. 어쩌면 빗방울인지도.

"뭐든 하겠지." 레이시가 말한다. "사람들이 하는 뭐든."

"사람들은 뭘 하는데?" 내가 묻자, 레이시는 농담이라도 들은
것처럼 미소를 짓지만 나는 말하고 싶다. 그러니까 진심으로, 제
발 말 좀 해줘. 내가 여기서 뭘 할 수 있을까? 아니면, 내가 뭘 할
수 있었을까? 마치 살아간다는 것이 사람이 자연스럽게 하는 일
인 것처럼, 온 세상이 우리의 빌어먹을 굴인 것처럼, 무언가 괜찮
은 게 막 손에 잡힐 것 같은 바로 그 순간 주둥이를 콱 다물어 팔
을 잘라먹지 않는 것처럼.

"난 겁이 나." 나는 말한다. 난 내가 우리 여행을, 아니면 절대
깨지지 않는다고들 하지만 실제로는 아닌 무언가를 망쳐버린 걸
까 봐 겁이 난다.

던 앵거스는 내 상상보다도 거대하다. 돌들은 짙은 회색이고

비에 젖자 거의 검은색에 가깝다. 우리는 바깥쪽 벽에 난 문으로 들어간다. 리바 말대로 바위는 미끄럽다. 우리는 두 번째 고리를 지나친다.

절벽 끝에서 관광객 몇 명이 부주의하게 절벽 아래를 내려다보고 있다. 레이시도 그쪽으로 다가가고 나도 최대한 가까이 따라가다가 절벽 끝을 1.5미터 남겨놓은 곳에서 멈춘다. 레이시는 절벽 끝까지 곧장 나아가서 아래가 아닌, 너머를 바라본다. 우리 앞에 아일랜드의 해안선이, 모허 절벽이 펼쳐져 있다.

나는 그 애가 미끄러져 떨어지는 모습을, 그 애의 팔다리가 절벽 아래 바다를 철썩 두들기는 모습을 상상한다.

그 애의 머리가 저 아래 바위에 부딪혀 수박처럼 쩍 쪼개지는 상상을 한다.

나는 그 애가 뛰어내리는 상상을 한다, 말도 안 되는 일이지만, 그 애는 의도치 않게 그럴지도 모른다, 내가 나 역시 그럴지 모른다 걱정하듯이.

그 애는 아래를, 그다음에는 주변을 가득 메운 차분한 보통 사람들을 둘러보다가, 다시 나를 본다.

"하지 마." 나는 말한다. 그 애 앞에서 허공을 향해 팔을 휘두른다. "그냥, 하지 마."

레이시는 마지막으로 절벽 아래를 한번 내려다보고는 다시 내게로 걸어온다.

"우리가 뭘 할지 알려줄게." 그 애가 언니처럼 말한다. 그러더니 내 손을 잡고, 길을 건널 준비를 하려는 것처럼 손가락으로 내 손가락을 감싸 쥔다. 함께 앞으로 몇 발짝 걸어가자 서서히 절벽 가장자리 너머로 바다가 보인다. 그곳에서 레이시는 무릎을 꿇고, 나 역시 끌어 내려 앉힌다. 젖은 풀이 청바지 무릎을 적신다.

"잘했어." 레이시는 말하더니 아주 오래전부터 하던 습관대로 아랫입술을 깨문다. 레이시가 풀밭에 엎드리자 나도 그 애 옆에 엎드린다. 우리는 군인처럼, 고개를 숙인 채, 우리의 눈, 코, 입이 절벽 너머로 삐져 나갈 때까지 앞으로 기어간다. 우리 아래에서 갈매기 한 마리가 물 위를 날며 물고기가 첨벙 뛰는 모습을 살피고 있다. 그리고 그 순간 나는, 비록 우리가 단단한 땅 위에 있을지라도, 이 절벽이 허물어져 내려 서로 손가락을 단단히 얽은 이대로 우리를 허공으로 던져버릴 것만 같은 느낌이 든다.

마시는 자기 자신과
헤어진다

요즘 난 〈20 이하〉라는 프로그램에 홀딱 빠져 있다. 아네트와 스티브라는 캐나디안 부부 진행자가 신청자의 집을 찾아가서, 아내 아네트는 사람들의 물건 대부분을 내다 버리고, 남편 스티브는 스스로를 사랑해도 괜찮다고, 아버지를 미워해도 괜찮다고 말해주는 프로그램이다. 버려진 물건들은 굿윌스토어나 쓰레기장으로 가지만 거기까지는 보여주지 않고, 아버지도 보여주지 않지만, 보통 어머니는 등장하는데, 대부분 울면서 정말로 고맙다고 말한다. 에피소드가 끝날 때 집주인에게는 단 스무 개의 "꼭 필요하지 않은" 물건이 남고(〈20 이하〉라는 제목은 이 이상적인 개수를 가리키는 것인데, 내 생각엔 캐나다 북부의 추운 날씨가 화씨 20도 이하라는 뜻인 것 같기도 하다) 그들은 너무나 행복해한다. **새로 태어난 기분이에요**, 그들이 말한다. 그리고 나는 생각한다, 새로 태어난다면 나도 **멋지게** 해낼 수 있다고. 나는 남자 친구 조시에게 나를 추천해달라고 했지만 그는 거부한다. 이미 내가 집에서 텔레비전을 보느라 너무 많은 시간을 낭비하고 있다는 것이다.

"그래서 하는 소리야." 나는 말한다. "이 프로그램에 출연하면 더는 안 그럴 수 있잖아."

조시는 마치 전에도 했던 말, 내가 좀 더 주도적이어야 한다는 말, 내가 사소한 일에 너무 집착한다는 말, 몸에 멍이 들면 그 아픔을 즐기려고 자꾸 찔러대는 것이 소름 돋는다는 말을 하고 싶은 것처럼 입을 다문다.

"저 캐나다인들이 우리 텔레비전을 내다 버리는 꼴은 못 봐."
그는 그렇게 말한 뒤 접시를 개수대로 가져가서 음식물 쓰레기통에 스파게티를 긁어내 버린다. 배가 부르지만(배가 부르기 때문에 특히) 식료품 저장실에 있는 과자 생각이 나고, 앉은자리에서 전부 먹어치우고 싶지만, 속으로 **안 돼**라고, **안다고!** 생각한다. 내가 방송국에 편지를 쓰고 서명은 재니스더러 해달라고 해야겠다. 재니스는 뭐든지 다 해주니까. **마시에게는 엄청난 잠재력이 있어요.** 편지에 그렇게 쓰는 상상을 한다. **작은 도움의 손길만 있다면 마시도 달라질 수 있을 거예요. 새사람이 되면 더 나을 거예요. 마시는 여러분의 도움 없이는 새사람이 될 수 없어요. 마시가 새사람이 되는 데 그만한 가치가 있을까요?** 편지는 안 쓰는게 낫다고 결론 내린다.

나는 일어나서 설거지하고, 다른 방에 있는 조시를 향해 그가 일하러 간 동안 내가 쓰레기를 내다 버렸다고 고함을 지르고, 조시가 귀마개를 하고 있다는 사실이, 어떤 날에는 대단한 성취처럼 들릴 수도 있는 이런 말을 그가 들을 수 없다는 사실이 다행이라 생각한다.

일주일 뒤 조시는 집을 나가면서 텔레비전, 콘솔 게임기, 그의 옷, 수건 대부분, 그리고 내가 그에게 선물했지만 여태까지 나만 사용한 향기 나는 오일 디퓨저를 가져갔다. 나는 친구 재니스에게 전화해 이제 오일 디퓨저가 없어서 예전처럼 집 어딘가에서

습한 곰팡내가 풍긴다고 말한다.

"어디서 나는 건지 모르겠어." 나는 무릎을 꿇은 채 팔을 뻗어 소파 아래를 두들겨보지만 소파 아래엔 젖지 않은 카펫, 빵 부스러기, 코바늘 하나뿐이다.

"마음이 안 좋으면 내가 갈게." 재니스가 말한다.

나는 다시 발꿈치를 깔고 앉아 발의 아치 부분이 당기는 기분, 또 하나의 기분 좋은 아픔을 느낀다. "어쩌면 내가 완전히 잘못 생각하는 건지도 몰라." 내가 말한다.

"밤에 퇴근하고 나서 갈 수 있어." 재니스가 말한다. 재니스와 나는 하이웨이스트 반바지에 딱 붙는 티셔츠를 입고 일하는 곳 치고는 고급스러운 이름을 가진 '판의 궁전' 칵테일 접객원이다. 어젯밤 나는 이곳에서 술을 팔았고, 그 뒤에는 이런 곳에서 일하는 직원들이 쌓인 스트레스를 터뜨리기 위해 존재하는 그런 유의 쓰레기 술집에 가서 술을 마셨다. 집에 온 뒤에는 소파에 누워 곯아떨어졌다. 잠에서 깬 뒤에야 텔레비전이 사라진 걸 알았다.

"이건 징조일 수도 있어." 나는 디퓨저가 있었던 자리에 남은 먼지 없는 동그란 자국을 보며 말한다. "꼭 필요하지 않은 물건이 하나 줄어든 거지."

재니스는 징조 같은 걸 믿지 않는 사람이다. "내가 필요하면 연락해." 그렇게 말한 뒤 그는 전화를 끊는다.

조시가 남겨둔 쪽지에는 조용히 떠나고 싶었다느니 하는 헛소리와 함께 그래도 나중에, 곧, 전화하겠다는 약속이 쓰여 있고,

나는 쪽지를 음식물 쓰레기 처리기에 넣고 펄프가 될 때까지 갈아버린 뒤 그 뒤에 무지방 우유, **그가** 좋아하는, 지독하고, 묽고, 혈관을 덮은 피부처럼 푸르스름한 빛이 감도는 그 우유를 1갤런 부어버린다.

조시가 없으니 원룸 아파트는 텅 빈 것 같지만 그래도 한층 가벼워 보인다. 벽장 속 수건이 있던 자리에 빈 곳이 생겼고, 텔레비전이 있던 커피 테이블 위에도 빈 곳이 생겼고, 언젠가 일어날 거라 생각했던 나쁜 일이 이미 일어난 지금 내 가슴속에도 빈 곳이 있다. 나는 시나몬 슈거 토스트를 한 쪽 만들고 오래된 커피를 전자레인지로 데운다. 꼭 필요하지 않은 텔레비전이 없기에 노트북을 꺼내 〈20 이하〉를 보기 시작한다. 이번 에피소드의 주인공은 언니의 추천으로 출연한, 퀘벡의 방 두 개짜리 집을 소유한 여자다. 그 여자는 잘나가는 수의사지만 그의 집은 "불결한 난장판", "시커먼 구덩이" 그리고 "다른 가족들에게 끝없는 절망을 불러오는 근원"(남을 평가하길 좋아하는 언니의 표현이다)이다. 아네트와 스티브가 작업에 착수한다.

이 프로그램에는 내가 좋아하는 부분이 둘 있다. 첫 번째는 두 사람이 주택이나 아파트를 처음 찾았을 때 그 집에 사는 사람이 이들에게 방을 하나하나 보여주는 것이다. 출연자가 이 과정을 해나갈 준비가 얼마나 되어 있는지, 도움을 얼마나 간절히 바라는지, 그들의 상황이 얼마나 지독한지를 볼 수 있는 것이 바로 이 부분이다. 수의사는 아네트에게 침실을 보여주며, 부끄러워하면서도 유머러스하게 넘겨보려 애쓴다. 벽장 속이 텅 비어 있어서 옷걸이들이 딸깍딸깍 부딪치는데, 옷은 전부 의자 두 개에 무더기로 쌓여 있기 때문이다. 더러운 옷 의자, 깨끗한 옷 의자다. "적어도 시스템은 있는 거죠." 수의사가 긴장된 웃음을 터뜨리며 말하자 아네트가 입술을 꼭 다문 채 미소를 짓는다.

"부엌 의자군요." 아네트가 말한다. 아네트는 머리가 새까맣고, 곧은 앞머리가 새하얀 얼굴을 감싸고 있다. 늘 클립보드를 들고 다닌다. 수의사의 거실에는 작은 소스 팬이 캔들 홀더로 쓰이고 있다. 녹은 밀랍이 소스 팬에 절반이나 차 있다. 난 그게 마음에 든다. 아네트는 나와 생각이 다르다. 아네트는 수의사에게 자기 나름의 칭찬을 건넨다. "정리가 안 되어 있고 혼돈 그 자체네요. 하지만 더러운 건 아니에요." 나는 시나몬 토스트를 우적우적 씹는다. 그러면서 고개를 설레설레 젓는다. 물건을 스무 개 이하로 만들려면 할 일이 많을 것이다.

"할 수 있을지 모르겠어요." 수의사가 말한다. "도저히 엄두도 나지 않아요."

"당신이 수렵과 채집으로 살아가고, 등에 지고 돌아갈 수 있는 만큼의 물건만 가질 수 있다고 상상해보세요." 아네트가 말한다.

수의사는 고개를 끄덕이지만, 내가 아무리 이 프로그램을 좋아해도 방금 아네트가 한 말에 신빙성이 있는 것처럼 들리지는 않는다. 난 수렵과 채집으로 살아가지 않는다. 수렵과 채집으로 살아간다면 난 죽게 될 거다.

맞아요. 아네트가 말한다. **죽겠죠. 그래도 최소한 그 전에 체중은 좀 줄겠네요.**

스티브가 수의사에게 언니와의 사이가 어떤지 묻고 있는데 어머니가 안부 전화를 걸어온다.

"어떻게 지내니?" 어머니가 묻는다.

"잘 지내요. 물건들을 좀 많이 정리할까 생각 중이에요."

"다큐멘터리에서 보니까 굿윌스토어에서는 기부 물품 중 90퍼센트를 갖다 버린다더라."

"그럴 리가요." 나는 말한다. 그럴 수도 있을 것 같다. 하지만 싸움을 시작할 생각은 없다. "딱 스무 개의 물건만 지닐 수 있다면 어떤 물건을 간직하실 거예요?"

"여권." 어머니가 대답한다.

"아니, 그러니까 꼭 필요하지 않은 물건 중에서요."

"네 아빠."

어머니는 당신이 재미있는 농담을 했다고 생각하기에, 나는 어머니에 대한 벌이자, 나에 대한 상으로, 조시에게 차였다는 말을 하지 않는다.

전화를 끊자 〈20 이하〉가 여전히 일시 정지 상태인 집은 무척이나 고요하다. 젖은 곳이 나를 속에서부터 불편하게 하기 시작한다. 냄새가 난다. 방구석과 소파 밑을 또 한번 확인한다. **괜찮**

아 괜찮아 괜찮아, 나는 혼잣말로 중얼거린다. **다 괜찮아 괜찮아 괜찮아.** 식료품 저장실에 감자칩이 있지만 먹지는 않을 것이다. 머릿속에 온통 젖은 곳 생각뿐이다.

(분명 냄새의 근원이 어딘가 있다. 찾기만 하면 된다.)

나는 앞치마를 입고 분홍색 반다나를 두른 뒤 쓰레기봉투를 한 상자 사 온다. 술병이나 시체까지 숨길 수 있을 정도로 질기고 두꺼운 검은색 봉투다. 아네트와 스티브도 늘 부엌에서 시작하므로 나도 부엌에서 출발한다. 부엌에는 감상을 자극하는 물건들이 많지 않다. 게다가 아네트는 괴물이 아니다. 부엌에 있는 물건 중 다수는 **실제로** 꼭 필요한 것들이다. 작은 프라이팬, 큰 프라이팬, 큰 냄비, 모두 필수품이다. 접시 여섯 개, 대접, 숟가락, 포크, 나이프, 필수품이다. 착즙기, 이건 꼭 필요하지 않은 물건이다. 진지한 글을 쓸 때 누구나 사용하는 샤피 펜으로 **내 인생을 짓누르는 쓰레기들!!!**이라고 써놓은 상자에 착즙기를 집어넣는다. 사실 착즙기는 조시의 물건이기 때문에 기분이 좋다. 그 뒤에는 꼭 필요하지 않은 프라이팬 두 개가 뒤따른다. 어머니는 크리스마스 선물로 내가 요리를 배워야 한다며 만능 압력솥을 주었는데 문제는 만능 압력솥이 요리 배우는 데는 도움이 안 된다는 사실이다. 요리를 배우지 않고 요령을 부리는 데 도움이 되는 게 바로 만능 압력솥인데, 즉 내가 만능 압력솥을 갖기에 적임자인 이유가 바로 그것이다. 스티브는 요령 부리는 걸 좋아하지 않는다. 나는 만능 압력솥을 상자에 넣는다.

부엌 정리가 끝나자 꼭 필요하지 않은 물건이 딱 하나 남는다. 흰색 바탕에 파란색으로 오리 그림이 그려진 머그다. 오리의 눈은 겁에 질리거나 약에 취한 것처럼 완벽하게 동그랗고 반대쪽 면에는 '르 카나트Le Canard'라고 쓰여 있는데 프랑스어로 오리라는 뜻인 것 같지만 확인해보지는 않았다. 대학 시절 중고품 가게에서 이 컵을 보았을 때, 이 컵을 사기만 하면 학생 식당에서 훔친 컵을 쓰지 않아도 된다는 사실을 깨달았던 게 기억난다. 나는 이 머그잔을 집으로 가져와 책상 위쪽 선반 위에 소중하게 올린 뒤 오리가 동그란 눈으로 나를 바라보도록 돌려놓았다. 지금 나는 이 컵을 거실로 가져와 스무 개의 물건을 놓기 위해 비워둔 선반 위에 올린다.

"하나." 내가 말한다.

부엌으로 들어가 상자를 드는 순간 상자 밑바닥이 찢어진다. 쓰레기봉투가 있는데도 이렇게 많은 물건을 상자에 집어넣다니 대체 난 생각이 있는 걸까? 와인 잔이 부엌 타일에 떨어져 깨지고, 나는 깨진 유리의 바다로 둘러싸인 섬처럼 잠깐 꼼짝 못 하고 선 채로 이러다 유리에 베이겠다고, 내가 도와달라 외치면 그 소리를 들어줄 누군가가 있으면 하고 바란다.

좀 어때 친구야 아직 괜찮아?

재니스는 참 좋은 친구다.

228

완전 괜찮아! 나는 답장을 보낸다. 부엌 정리 끝냈고 이제 침실 시작. 젖은 곳 찾는 것도 그만둠‼

마지막 말은 거짓말에 가깝다. 재니스는 답장으로 머리 꼭대기에서 뇌가 폭발하는 이모티콘을 보낸다. 재니스는 내 거짓말을 금방 알아차린다. 그러더니 낼 출근해서 봐라는 메시지를 보내고, 나는 그 말을 곧바로 머릿속에서 끄집어내 버리는데, 내가 출근하기까지는 영원에 가까운 긴 시간이 남았기 때문이고, 그뿐 아니라, 그때쯤이면 난 아마도 일하는 걸 즐기는 새로운 사람이 되어 있을 것이라서다.

아니, 그럴 리 없다. 내가 판의 궁전에서 일하는 걸 즐길 날은 영영 오지 않을 거다.

솔직히 말하면, 침실에 들어서는 순간 의욕이 약간 사라진다. 침실은 더 어렵다. 아네트가 뭐라고 할지 귀에 선하다. 내가 이 과정에 진지하게 임한다는 걸 증명하려면 이런 감정들을 이겨내야 한다고 하겠지. 스티브는 내가 불완전하더라도 사랑받을 자격이 있다고 말할 텐데, 아네트의 말만큼 도움이 되지는 않지만 그래도 나는 그 말에 귀를 기울일 거다. 나는 옷 한 더미를 쓰레기봉투에 불완전하게 밀어 넣는다. 작아진 지 몇 년이나 지난 검은색 미니 드레스. 너무 짧아서 엉덩이 윗부분이 드러나는 티셔츠. 가게에서 써봤을 때부터 나한테 어울리지 않았는데 왜 샀는지 살 때조차도 몰랐던 발랄하게 생긴 모자. 입으면 가슴이 거대해 보이지만 **적어도 배가 나온 건 숨겨지는** 회색 터틀넥. 이거야 말로 내가 없애야 하는 쓰레기 그 자체다. 쓰레기봉투를 너무 세게 당겨 묶는 바람에 손잡이 부분이 끊어지고 만다.

아네트가 탐탁지 않은 눈길로 나를 쳐다본다. **이건 명상을 닮은 과정입니다**, 아네트가 말한다. **욱하면서 성질낼 일이 아닙니다.**

나는 벽장 속에서 버릴 물건들을 더 찾아본다. 아네트는 꼭 필요한 옷이 무엇인지는 사람마다 다르다고 한다. 사업가라면 간호사보다 필요한 신발 종류가 많을 것이다. 내가 종업원 일을 할 때 신는 신발은 굵은 끈과 두꺼운 밑창이 달린 검은 운동화인데, 그래도 밤 근무가 끝날 때면 발이 욱신거린다. 나는 운동화를 근무복과 함께 구석에 챙겨둔다. 검은 반바지 두 벌, 검은 발목 양말 두 켤레, 앞판에 판의 궁전 로고가 흩뿌려지듯 새겨진 딱 달라붙는 흰색 티셔츠 세 벌이다. 나는 티셔츠를 빨기 전마다 땀자국을 지우려고 겨드랑이 부분을 베이킹 소다로 문지른다.

아네트가 알려준 그 밖의 꼭 필요한 옷은 잠옷, 정장, 평상복이다. 나는 근무복 옆에 잠옷으로 입을 스포츠 브라, 탱크톱, 사각 팬티 세 장을 챙겨둔다.

그다음으로 해야 할 일은 알고 있다. 아네트가 하는 걸 여러 번 보았으니까. 옷을 하나씩 꺼내 입어본 뒤 정말 몸에 맞는지 확인하고, 지난 1년간 한 번도 입지 않았다는 사실을 인정하는 것이다. 나는 내가 좋아하는 드레스를 꺼낸다. 파란색에 작고 흰 꽃무늬가 있고, 목은 둥글게 파였으며 밑단이 팔랑거리는 드레스를 보자 내가 아직 준비되지 않았다는 걸 알겠다. 몸에 맞는지 아닌지 알고 싶지 않고, **안** 맞을 거라는 걸 문득 깨닫자, 또다시 간질간질한 감각이 다시금 밀려와서, 나는 나중에 처리하기로 마음먹고 드레스를 다시 집어넣는다. 또 나는 옷을 닥치는 대로 내다버릴 형편이 아니다. 그 수의사처럼 돈이 넘쳐나는 사람이 아니니까.

침실에 꼭 필요한 물건들만 남기기까지는 갈 길이 멀지만 나는 꼭 필요하지 않은 물건 선반에 물건 세 개를 추가한다. 첫째는 대학 시절 남자 친구가 도예 수업에서 만들어 선물한 푸른 꽃병으로, 한 번 깨졌다가 도로 붙인 것처럼 보이게 유약을 처리했다. 다른 하나는 외뿔고래 인형인 헤더인데, 조시와 헤어졌으니 또다시 내 품에서 잠들게 될 거다. 마지막 하나는 시내 빈티지 가게에서 슬쩍한 인어 모양 금속 병따개다. 언젠가 조시가 이 물건이 어디서 났냐고 물었을 때 나는 거짓으로 변명한 뒤 병따개를 속옷 서랍 안에 숨겨버렸다.

거실에는 전신 거울이 있다. 조시의 물건인데, 그가 그걸 두고 갔다는 사실이 놀랍다. 그는 출근 전 전신 거울을 확인하는 걸 좋아했다. 내가 거울을 보는 걸 싫어하는 걸 알면서도, 한번은 우리 둘 다 취했을 때 조시가 나를 자신과 함께 거울 앞에 앉게 한 적이 있었다.

"때로는 말이야." 조시는 말했다. "내가 존재하는지 확신할 수 없는 기분이 들어. 내가 여전히 여기에 있다는 사실을 확인하려면 거울에 비친 나를 봐야겠다는 기분 말이야."

나는 거울을 벽 쪽으로 뒤집어놓는다. 새로 태어난 나는 분명 거울을 들여다보길 좋아하는 사람일 거다.

자정에는 쓰레기봉투 여러 개가 가득 찬다. 나는 지쳤고 꼭 필요한 물건 스무 개만 남기기까지는 갈 길이 멀다. 대체 온 집 안을 정리할 수 있는 사람이 있기나 할까? 나는 〈20 이하〉의 또 다른 에피소드를 재생한다. 물론 이미 다 본 것들이지만 중요한 건 그게 아니다. 게다가 볼 때마다 매번 새로운 게 눈에 들어온다. 내가 아까 〈20 이하〉에서 내가 좋아하는 건 두 가지가 있다고 하지 않았나? 두 번째는 각 에피소드가 끝날 무렵 수의사(라든지 셰프라든지 교사라든지 도시기획자)가 새로운 사람이 된 지금 얼마나 더 행복해졌는지 깨달은 뒤 나오는 부분이다. 마지막 2분 동안, 아네트와 스티브 둘 중 하나가 자신들이 남긴 스무 개 이하의 물건 중 한 가지를 공개한다. 이번 에피소드에서는 아네트 차례다.

아네트는 실용성을 중시한다. 조각 도구 세트(정확히는 자잘한 물건들 한 묶음이지만 상자 하나에 들어 있으니 괜찮다). 어머니에게서 물려받은 옥 귀걸이 한 쌍. 낚싯대. 그리고 지금까지 보여준 아네트의 물건 중 가장 내 마음에 드는, 손바닥에 쏙 들어가는 크기의 플라스틱 미키마우스다. 귀를 하도 만지작거린 탓에 검은 칠이 벗겨져나가고 살색 플라스틱이 그대로 드러나 있다. 아네트는 수선을 떠는 성격이 아니지만 그 물건을 들고 있는 표정만 봐도 그가 이 물건을 정말 사랑한다는 게 느껴져서 나도 그 물건이 좋다.

〈20 이하〉는 여태 나온 시즌이 세 개에 불과하고, 시즌마다 에 피소드가 여섯 개씩이니, 지금까지 아네트와 스티브는 도합 마흔 개의 꼭 필요하지 않은 물건 중 열여덟 개를 보여준 것이 된다. 정말 짜릿하다. 예전에 나는 조시에게 이런 이야기를 하며 나머지 스물두 개의 물건은 무엇일까 고찰하기도 하고 그 물건들을 모두 보여주기 전에 이 프로그램이 종영될지 모른다는 걱정도 했다.

"다 사기인 거 몰라?" 조시가 말했다. "저 사람들, 이 프로그램으로 돈을 엄청 벌었잖아. 실제로 난방기 두 개와 컵케이크 깡통 하나만 갖고 살 리가 없다고."

나는 아무것도 모르는 주제에 함부로 말하지 말라고 하고는 자리를 떠났다.

관계가 잘 풀리지 않으리라는 것을 알려주는 신호는 여러 가지가 있다. 이 또한 그중 하나였다.

일찍 일어나 계속 정리를 하려 했지만 늦게 잠드는 바람에 간신히 차 안에 버릴 물건을 잔뜩 채운 뒤 어머니와 점심을 먹으러 간다. 우리는 피시 타코 식당에서 만나고, 식당 한쪽 벽에는 토르티야에 감싸인 채 웃고 있는 생선 그림이 걸려 있다.

"저 물고기는 산 채로 먹히리라는 사실을 알고 있을까요?" 나는 어머니에게 묻는다.

"여기서 식사할 때마다 매번 그 이야기를 해야겠니?" 어머니가 말한다. 우리가 각자의 타코를 베어 물자 타코 끄트머리로 양배추와 화이트소스가 질질 새어 나온다.

엄마는 침묵을 먼저 채워주는 법이 없다. 그건 엄마가 가진 초능력 같은 거라서, 결국 내가 불쑥 입을 연다. "조시가 저를 찼어요." 원래는 식사가 끝나고 엄마가 뭐라 말할 시간이 없을 때 하려던 이야기다. 난 늘 이런 식이다. 내가 바라기도 전에 말해버리고, 인정하기 싫은 걸 인정해버린다.

"아이고, 마시." 엄마가 그렇게 말하자, 그 속에 담긴 의도를 나는 정확히 알아듣는다.

"조시는 절 때렸어요." 내가 말한다.

"아니, 그렇지 않아."

"우린 잘 안 맞았어요. 조시는 요리 프로그램을 좋아했고 문신을 하는 사람은 이해가 안 간다고 하더라고요."

엄마는 고개를 설레설레 저은 뒤 타코를 한 입 더 베어 문다.

"제가 늦잠을 많이 자는 것도 싫어했어요. 하지만 접객원 일을 하면 어쩔 수 없잖아요."

"사실 오늘 너와 상의할 일이 하나 있었다." 엄마는 깨끗한 냅킨으로 입가를 톡톡 찍은 뒤 말한다. 내 냅킨은 가늘게 찢어져 끈끈한 덩어리로 뭉쳐져 있다. "네 아빠랑 내가 집을 팔기로 했어."

"집이요? 내 집이요?"

"우리 집이지. 네가 떠난 지 한참 된 우리 집 말이다. 매물로 내놓은 지 한참 됐는데 산다는 사람이 나타났어. 그래서 집을 팔고 라스크루시스로 이사하기로 했다. 네 아빠는 앞으로 그림을 그리겠단다."

"이 집을 좋아하시잖아요." 내가 말한다.

"집은 그냥 집이야." 어머니는 한숨을 쉰다. "얘야." 그러면서 엄마가 내 손을 잡는다. "네 아빠와 나는 변화할 준비를 마쳤단다." 나는 아네트와 스티브가 양손을 싹싹 비비자 집 하나가 통째로 사라지고 검은 쓰레기봉투 몇 개만 남는 모습을 상상한다. "네가 언짢아할 건 알고 있었어." 엄마가 말한다.

"집 때문에 언짢은 게 아니에요. **조시** 때문에 기분이 안 좋은 거라고요." 나는 그렇게 대답한다. 또, 지금 엄마가 내게 아무런 지지가 되어주지 않는다고도 말한다.

엄마는 차고에 있는 내 물건이 담긴 상자들을 치워야 하니 조만간 다시 이야기하자고 한다. "너랑 네 남동생들이 함께 창고를 대여하는 것도 괜찮겠다."

"전 제 인생의 잡동사니들을 치우는 중이라고요!" 내 목소리가 너무 크다. 나보다는 차라리 벽에 걸린 생선이 좀 더 존엄하게 죽음을 맞이하고 있는 것 같다. "만능 압력솥도 버릴 거예요."

"버리기 전에 조시한테 필요한지 물어보기라도 해라." 어머니가 말한다.

엄마는 때로 쌍년처럼 군다는 걸 엄마가 알고는 있었으면 좋겠다.

굿윌에 물건들을 부려놓으면 기분이 좋아질 줄 알았는데, 엄마와의 점심이 내 승리의 순간을 망쳐버렸다. 봉투 하나를 굿윌 입구로 가져가자, 나이 많은 직원이 안 된다고, 기부 물품은 뒷문으로 가져가라고 한다. 차를 돌려 뒷문 쪽으로 가자 잠긴 철문 앞에 잔뜩 쌓인 물건들이 보인다. 기부자들 대부분은 나만큼 깔끔하지 않다. 전등갓 안에 인형 하나가 누워 있다. 뚜껑도 없는 플라스틱 통 안에는 비디오테이프가 가득 들어 있다. 빵가루조차 비우지 않은 오븐 토스터도 있다. 나는 내가 가져온 물건 봉투들을 벽에 기대놓는다. 차에서 짐을 전부 부려놓고 나니 땀투성이다. 핸드백 안에서 핸드폰 알림음이 울린다.

이런 식으로 끝내서 미안해. 널 아낀단 걸 알아주면 좋겠다.

조시에게 답장은 하지 않는다.

엄마가 집을 팔고 라스크루시스에 가겠대. 나는 재니스에게 문자메시지를 보낸다.

라스크루시스 완전 별로임. 재니스가 답한다.

재니스는 아무것도 모른다. 나 역시 이해하는 건지 모르겠다. 그 집은 세 아이를 키우기에는 좁아터졌지만, 부모님 둘만 살기

에는 너무 크다. 2층 복도는 좁고 어두우며 계단에 깔린 불그스
레한 오렌지색 카펫은 양말을 물들였고 넘어지기라도 하면 무릎
이 쓸렸다. 뒷마당은 괜찮았지만, 아빠가 늘 마당을 파헤쳐 신종
잔디를 심어댔고 그렇게 심은 잔디는 매번 죽었다. 라스크루시
스로 가면 두 분은 바위 정원에 선인장 한두 개를 심을 거다. 내
가 방문하면 아마 야외에서 저녁 식사를 하게 될 거다. 사막은 해
가 지면 금세 추워진다. 솔직히, 아빠는 딱 이렇게 말할 게 분명
하다.

"해가 지면 얼마나 금세 추워지는지 믿기지 않는구나!"

그러면 우리는 고개를 끄덕이며 맞아요, 진짜 놀랍네요, 하게
될 거다.

"너희가 시간 내서 찾아오다니 정말 좋구나." 엄마는 이렇게
말할 거다.

엄마 말대로, 좋을 거다. 그때쯤이면 나는 다른 사람이 되어 있
을 테니까.

집에 돌아오니 오후 2시다. 오후 5시까지는 출근해야 한다. 나
는 맥주 캔을 따지만 마시지는 않는다. 카펫에 물을 한 컵 부어
젖은 곳을 만든 뒤 수건으로 물기를 전부 빨아들일 때까지, 애초
에 젖은 곳이 있었는지 구별하기 힘들 때까지 북북 문지른다. 냄
새를 맡아보니 젖은 카펫 냄새가 난다. 불길함이라고는 없는 냄
새다. 그렇게 열심히 치웠는데 어쩐지 내 아파트는 딱히 눈에 띄

게 텅 빈 것 같지도 않다. 난 청소를 조금 더 하고, 물건을 정리하기로 마음먹고는, 그 대신 소파에 누워 노트북컴퓨터를 열고 결국은 맥주를 한 모금 마신다. 유튜브에서 〈20 이하〉를 검색하니 새로운 인터뷰, 적어도 내가 전에 본 적 없는 인터뷰가 나온다. 스티브 혼자 등장하는 인터뷰였는데, 강렬한 개성을 가진 쪽은 아네트니 흔치 않은 일이다. 일을 처리하는 사람, 사람들이 만드는 밈의 소재가 되는 사람은 아네트다. 개털이 잔뜩 담긴 쓰레받기를 들고 **이게 당신 인생입니다** 하는 아네트. 벽장을 열다 굴러 떨어진 축구공에 머리를 맞는 아네트. 때로 나는 스티브가 함께 출연하는 건 아네트가 사람들을 울린 뒤에 어떻게 해야 할지 모르기 때문이라는 생각이 든다.

인터뷰에서 스티브는 자주 입는 푸른색 체크무늬 셔츠와 청바지 차림이다. 시청자들은 두 사람의 옷가지를 속속들이 알게 되는데, 그건 그들에게 옷이 많지 않기 때문이고, 그의 눈 색깔을 돋보이게 해주는 이 셔츠는 내가 좋아하는 옷이다. 어느 캐나다 방송인데 그를 인터뷰하는 여자는 고등학생쯤 되었을까 싶게 어려 보인다. 여자는 스티브에게 이제 막 시작하는, 처음 "집이라는 공간"을 만드는 젊은이들을 위한 조언을 부탁한다.

"멋진 질문이군요." 스티브가 말한다. 그는 무슨 말을 들어도 그런 대답을 했을 것이다. "나이가 들수록 우리가 사는 물건들의 의미는 줄어듭니다. 이제 막 시작하는 젊은이라면 정말, 진심으로 간직할 생각이 있는 물건만 사세요. 이사할 때도 기꺼이 이 물건을 가져갈까? 하고 자문해보세요. 그래야 하니까요. 앞으로도, 계속해서요. 하지만 한편으로는 사랑하는 물건, 사연이 담긴 물건이 있다면 다른 사람이 아무리 그 물건을 버리라고 해도, 쓰레기라고 해도 무시하라고 말하고 싶습니다. 그 물건을 꼭 간직하세요."

여자는 진지한 표정으로 고개를 끄덕이고, 당연히 따라올 그 질문은 하지 않는다. **아네트가 버리게 했던 물건 중 후회하는 건 무엇인가요?**

오후 4시 30분, 즉 이미 지각이다. 익숙하게 머리가 무거워져 온다. 침대에 누워 몸이 안 좋아 출근을 못 한다고 연락하는 건 무척 쉬운 일일 것이다. 침대에 누워서 아무 연락 하지 않는 것도 마찬가지다. 조시가 한 시간 뒤 퇴근한다는 걸 알고 있다면 집에 있는 게 너무 부끄러웠을 것이다. 이불 속으로 기어들면 조시가 침대 위 내 옆에 앉아 내 머리를 쓸어주며 괜찮냐고 물어보리라는 것을 알았으니까.

그래, 안 돼. 아니, 아니, 아니야. 머릿속에 빌어먹을 스티브, 리틀 리그 시절에 쓰던 글러브를 병에 걸린 아이에게 기부하기 전에 마지막으로 꺼내 기름을 먹이는 섬세한 스티브가 머릿속을 떠나지 않는다. 스티브, 그리고 그가 아주 오래전부터 상자 속에 간직했다가, 아네트가 어느 고아에게 그것을 줘버리게 하기 전에 꺼내 마지막으로 가지고 놀았던 액션 피규어. 스티브는 도움이 안 된다. 아네트가 필요하다.

정말 맞는 말입니다. 아네트가 말한다.

내 근무복은 아직도 침실 바닥에 있고, 나는 근무복을 집어 든 뒤 옷을 벗고 속옷 바람이 된다. 반바지와 티셔츠를 입기 전에는 늘 찌릿한 불안감이 찾아든다. 근무복은 매니저의 표현대로라면 의도적으로 "몸매를 드러내는" 형태다. 재니스의 표현대로라면 "싸 보인다."

아슬아슬한 상태라는 걸 당신도 알고 있을 겁니다, 아네트가 말한다.

나는 반바지를 입고 단추를 채운 뒤 지퍼를 올린다. 평소보다 더 꽉 끼나? 너무 꽉 끼는 기분이다.

아마 체중이 늘었을 겁니다. 아네트가 말한다.

하지만 내 체중은 그대로다. 48시간 전에도 이 바지를 입었다. 그렇게 빨리 바뀌는 건 아무것도 없다.

48시간 전에 당신한테는 남자 친구가 있었고 당신 부모님에겐 여전히 집이 있었지요.

단추가 배를 파고든다. 간지럽고, 확실히 뭔가 이상하다. 허리 밴드 위로 배가 약간 솟아 있다. 원래 이랬었나? 반바지를 벗어 던지고 여분의 다른 반바지를 입어보자, 이쪽은 더 심하다. 꼭 두 벌 다 건조기에 돌리다가 줄어든 것처럼. 반바지를 건조기에 넣었던 기억은 없는데, 나는 부엌에 가위를 가지러 가는데, 여전히 속옷 바람이고 블라인드도 훤히 열려 있지만 상관없다. 나는 반바지를 집어 들어 가위를 꽂은 뒤 바지의 양쪽 다리를 세로로 싹둑 잘라버리고, 나머지 한 벌의 바지에도 똑같이 한다. 힘이 필요한 일이다. 데님 천은 두껍고 질기다. 그다음에는 티셔츠도 갈기갈기 잘라버린다. 심지어 조그만 발목 양말까지 자른다. 검은 운동화에 가위를 찔러 넣으려다가 이 신발들이 나를 보호해준다는데, 적어도 그러려고 노력한다는 데 생각이 미친다. 나는 운동화를 다시 구석에 놓아둔다.

벽장에서 옷가지를 한 아름 끄집어낸다. 무늬 없는 검은 셔츠의 소매를 자른다. 셔츠에 뭔가 잘못된 게 있는 건 아니지만, 그렇다고 잘된 것도 없다. 나는 티셔츠와 러닝용 반바지와 어깨가 약간 끼는 스웨트 셔츠와 언제나 내 몸에 잘 맞는 스웨트 셔츠를 자른다. 옷장 안의 옷을 다 자르다 보니 작은 꽃무늬 파란 드레스만 남았고, 비록 스티브라면 그러지 말라고 하겠지만, 나는 드레스를 반으로 자르고, 잘린 반쪽이 바닥으로 힘없이 떨어진다. 아직 내 손에 남아 있는 반쪽은 맥없이 늘어져 있는데, 어쩐지 지금이 더 인간다워 보인다. 왜 이걸 겁냈지? 나는 남은 반쪽도 바닥에 던져버린다.

나는 내가 입고 있는 팬티를 자른다. 브라 컵 두 개를 맞물리게 해주는 부분을 자른다. 좋다. 나는 발가벗었다. 간질거리는 느낌이 사라지기를 기다린다. 어쩌면 옷을 다 태워야 하는 건지도 모르겠다. 하지만 태우는 건 보기보다 어렵다. 불이 나면 사람들이 죽고 도시가 폐허가 된다. 한편으로는 불이 안 붙는 물질도 생각보다 많다. 이제 이 옷들을 기부할 방법이 없으니 잘라버리는 게 낫다. 이 옷들을 보존하려고, 쓰레기로부터, 흙으로부터, 비로부터, 부패로부터 구하려고 그 어떤 노력도 해서는 안 된다. 이 난 장판 한가운데 내 몸만 아무런 흔적 없이 멀쩡한 게 잘못인 것 같다. 내가 내 몸을 깎아 없애고, 깎아서 정말로 좋고 새로운 무언가로 만들 수 있는 지금, 아직도 잘못된 점이 이렇게 많은 내 몸을 훤히 내놓고 있다는 게 잘못인 것 같다.

나는 가위를 침대 위에 내려놓고 다시 거실로 간다. 핸드폰은 탁자 위에 놓여 있다. 재니스에게서 문자메시지가 와 있다. 어디야???? 나는 핸드폰을 꺼버린다.

당신을 앞으로 나가지 못하게 얽매는 게 무엇인지 아십니까? 아네트가 묻는다. 나는 아름답게 금이 간, 유약을 바른 꽃병을 집어 들어 바닥에 그대로 떨어뜨린다. 산산이 조각나기를 기대했지만 그렇지 않다. 꽃병은 세 조각으로 부서지고, 나는 제일 작은 조각을, 두 개의 날카로운 모서리가 있고, 나머지 한쪽은 꽃병 입구 부분인 삼각형 조각을 집는다. 나는 그 조각으로 찬장 속 감자칩 봉지를 찢어 연 다음 둘 다 전신 거울 앞으로 가져와서 거울을 똑바로 돌려놓고 그 앞에 앉는다.

추함은 어쩐지 더 추해질 것을 요구한다. 늑대 인간이 될 수 있는데 뭐 하러 평범하게 생긴 여자로 살아야 하나? 시커먼 석호에서 탄생한 괴물이 될 수 있는데? 나는 감자칩을 하나 먹는다. 억지로 눈을 돌려 아직은 처졌다고 보기 어렵지만 언젠가는 축 늘

242

어질 내 묵직한 가슴을 쳐다본다. 또, 힘을 주어 살짝 집어넣고 등을 뒤로 휘면 특정 각도에서는 괜찮아 보이는 내 허리를 바라보며 몸을 휘고 꿈틀거린다. 깊은 한숨을 내쉬어 이완되고 싶어 하지 않는 근육들을 이완시킨다. 배가 둥글어진다. 허벅지에 움푹 들어간 자국이 생긴다. 감자칩을 또 한 개 먹자, 이제는 죄책감조차 들지 않는데, 내가 한 봉지를 전부 먹어치우리라는 것을 알기 때문이다. 그건 감자칩 봉지를 연 순간부터 정해진 것이다. 나는 침대용 먼지떨이처럼 주름진 음순이 달린 나의 이상하게 생긴 보지를 바라본다. 우아한 목과 튼튼한 팔, 굳은살 박인 발과 큼직한 젖꼭지를 본다. 엄마를 닮은 코와 아빠를 닮은 턱, 그리고 잠깐이라도 시선을 돌렸다가는 앞으로 한 달을, 1년을, 일생을 외면할 것 같아 깜빡이지조차 않고 있는 갈색과 초록색이 섞여 흐리멍덩한 눈동자를 본다. 외면하는 대신 나는 감자칩을 하나 더 먹고, 손가락에 묻은 기름기를 내 옆 카펫에 문질러 닦는다. 카펫이 축축해진다.

이 젖은 곳은 내가 만든 걸까 아니면, 내가 여태 찾아다니던 그것일까?

나는 깨진 꽃병 조각을 손에 쥐고 바닥에 누워 이제는 단 세 개의 꼭 필요하지 않은 물건만 남은, 딱히 뭔가 남아 있다고 볼 수도 없는 선반을 바라본다. 아마 사진 몇 장을 더할 수 있을 것이다. 아니면 내가 캠프에 가 있는 동안 어린 남동생들이 보냈던, 엄마가 이상하게도, 당신답지 않게도 코팅까지 해서 간직해준 편지라든가. 집 차고에 있다는 상자들엔 무엇이 들어 있을지, 어쩌면 내게 꼭 필요한 어떤 부분이 그 속에 묻혀 있는 것이 아닌지 궁금하다. 왜냐하면 나는 꼭 필요한 것은 그 스무 개의 물건이라는 것을, 그것을 뺀 나머지들, 다른 것으로 교체할 수 있는 프라이팬이라든지 조시가 영영 쓰지 않을, 마침내 버릴 때까지 강제로 나를 떠올리게 만들 오일 디퓨저가 아니라는 사실을 깨닫고 있으니까.

꽃병 조각의 날카로운 모서리를 배에 대고 누르다가, 얼마나 세게 눌러야 하는지 모른다는 사실을 깨닫는다. 어느 정도여야 충분할까? 지금 하는 생각을 잊어버릴 정도로는 충분하되, 절대 보이지 않을 정도로, 정확히 딱 알맞을 만큼만 아프려면 어떻게 해야 할까?

그냥 그렇게 누워 있으실 겁니까? 아네트가 묻고, 나는 그 질문의 의미를 모르겠다. 하던 일을 계속하라는 건지. 일어나라는 건지. 스티브가 여기 있었으면 좋겠다고 생각하지만, 그것도 딱히 제대로 된 생각은 아니다. 나는 꽃병 조각을 내려놓는다. 접착제로 꽃병을 도로 붙일 수 있을지도 모른다. 다행인 건 꽃병이 원래부터 부서진 것처럼 생겼다는 점이다.

자정쯤 재니스가 도착한다. 열쇠를 가지고 있는 재니스는 직접 문을 열고 들어온다.

"아직 근무시간이잖아." 내가 말한다.

"오늘은 손님이 별로 없었어. 그래서 1등으로 퇴근했지."

재니스는 1등으로 퇴근하는 일이 절대 없다. 재니스에게는 돈이 필요하다. 우리 모두 그렇다.

재니스는 잠시 가만히 서 있다가 핸드백을 내려놓더니 와인 한 병을 부엌으로 가져간다. 돌려서 여는 와인이라 다행이다. "대체 와인 잔은 어디 있는 거야?" 재니스의 목소리가 들리더니, 그 애가 잔 대신 시리얼 그릇 두 개를 들고 돌아온다. 재니스는 와인을 그릇 두 개에 따라 내 옆에 놓는다. 그 뒤에는 옷을 전부 벗는다. 옷을 벗는 내내 그는 나를 똑바로 바라본다. 재니스의 허벅지에도 움푹 들어간 자국이 있다. 허리는 가늘고 가슴은 작고 오른쪽 가슴에는 태어날 때부터 있었던 모반이 분명할 불그레한 갈색 얼룩이 있다. 재니스가 내 옆에 앉는다. 나는 팔꿈치로 몸을 지탱하고 일어나 와인을 마시려 하지만 각도가 이상해서 사레가 들리고 만다. 와인이 턱을 타고, 가슴을 타고 흘러내려 배꼽에 고이자, 재니스가 몸을 뻗어 내 목에 묻은 와인 한 방울을 핥는다.

재니스가 씩 웃는다. 그 애도 와인을 마시고, 한 방울도 흘리지 않는다. 내 옆에 놓인 꽃병 조각을 집어 들더니 저쪽으로 던져버린다. 재니스가 나를 바라본다. 재니스가 젖은 곳에 앉았을까 봐 걱정되지만 묻지는 않는다. 내가 잘렸느냐고 묻지 않는다. 내가 한 짓을 보았느냐고, 얼마나 엄청난 난장판을 만들어놓았는지 보았느냐고 묻지 않는다. 다시는 아무 말도 하고 싶지 않다. 그저 그 애가 지금과 똑같이 나를 계속 바라봐주었으면 좋겠다. 차분하게, 거칠게, 마치 숨은 부분들까지 속속들이 바라보는 것처럼. 그 애가 나를 바라보기를, 내 눈이 되어주기를, 그리고 영영, 영영 계속해주었으면 좋겠다.

1886년 파타고니아
쿰허브리드
최고이자 유일한 창녀

>

웨일스인들은 수차례 아메리카 대륙에 정착을 시도해
왔다. 특히 파타고니아 지방에 속하는 아르헨티나의 추
부트주에는 1875년부터 웨일스인들이 이주해 척박한
땅을 개척하기 시작하며 안데스산맥 기슭의 쿰허브리
드Cwn Hyfryd라는 이름의 정착지까지 영토를 늘렸다.

나는 쿰허브리드의 남자들과 섹스한다, 그 아내들이 안 해도 되도록. 여자들은 대체로 고마워한다. 여기는 새로운 삶을 살기에는 험한 곳이니까. 마을은 마을이라기보다는 몇 킬로미터씩 거리를 두고 오두막들이 드문드문 흩어져 있는 것에 지나지 않는, 잡화점도 산파도 없는 곳이다. 남자들도 고마워한다. 내가 그들의 비밀을 지켜주기 때문이다. 내가 믿을 만한 여자냐고 아무한테나 물어보아도 좋다. 어떤 남자가 나와 좋은 시간을 보낸 뒤, 다른 남자가 우리 사이에 있었던 일을 궁금해한다면, 나는 이렇게 말할 것이다. 그 남자요? 저기 서 있는 저 남자? 어린애처럼 금세 물건을 세우더니, 밭장다리를 하고 나와 교접한 다음에, 끝난 뒤엔 엉덩이를 때렸죠. 기분이 하도 좋아서 팁도 더 줬고, 일주일 뒤에 또 와서는 제 덕분에 통풍도 나았다던데요. 이런 이야기를 들으면 어떤 남자건 미소를 지으면서 나를 찾아오면 자기에 대해서도 내가 이런 말을 해줄 거라 상상하며 좋아한다.

남자가 우리 집을 찾아올 때는 음식이 든 봉투나 육포를 조금 가져온다. 운이 좋으면 밀주 한 병이나 빵 구울 때 쓸 설탕을 가져오기도 한다. 돈은 이곳에서 별로 쓸모가 없지만 그래도 주면 받는다. 돈은 있으면 늘 좋으니까. 섹스할 때는 남자의 취향에 맞추지만 그래도 두들겨 패거나 너무 거칠게 다루는 걸 참아주지는 않는데, 그러지 못하게 하는 건 웨일스에서보다 여기서가 더 쉽다. 여자, 특히 창녀는 희귀할수록 오래오래 써야 하니까. 상대가 착한 남자라면, 내가 그 사람을 친구로 생각한다면, 그의 고추를 기꺼이 빨아줄 수 있는데, 착한 남자는 고마워하지만 나쁜 남자는 내가 고추를 빨아준다는 게 자기가 날 소유하고 있다는 뜻이라 생각할 것이기 때문이다. 이 남자들은 이제 낯선 사람들이 아니니 때로는 나도 섹스를 즐길 때가 있지만 대체로는 그저 참는 것뿐이다. 먼저 밀주를 조금 마셔두면 참을 만하다.

섹스하든, 하지 않든, 보통 저녁은 남자가 우리 집 난롯불 앞에서 눈을 붙이며 끝이 난다. 나는 그들이 잠자는 모습을 바라보며 고향 꿈을 꾸는 걸까 생각하고는 한다. 잠에서 깬 남자에게 그렇게 묻지는 않는데, 누가 나에게 같은 질문을 하면 난 대답하지 않을 것이기 때문이다.

남자들은 제각기 다르지만 쿰허브리드의 모든 남자에게 공통점이 있다면 모두 지쳤다는 것이다. 봄이면 산에서 눈 녹은 물이 흘러와 밭이, 때로는 집까지 잠겨버린다. 길이 진창이 되어 다닐 수 없기에 겨울보다 더 힘들다. 망가진 걸 다 고치기에 여름은 너무 짧고, 작물을 다 거두자마자, 때로는 수확이 끝나기도 전에 가을이 끝나고 만다. 우리는 감자와 당근을 키우고, 사냥해서 고기를 훈연한 뒤 우리 오두막이 집보다는 식품 창고에 가까워질 때까지 가득 쟁인다. 웨일스에 있는 오빠에게 편지를 쓸 때면, 나는 11월이 오면 치즈 구멍에 파고든 쥐처럼 지낸다고 쓴다. 긴 겨울 내내 집 안에 틀어박혀 살을 포동포동 찌운다고. 오빠는 답장에 어린 아들이 이제는 그림을 그릴 때 파타고니아에 있는 집들을 전부 질 좋은 체더치즈 덩어리 모양으로 그리고 제발 그곳에 가자고 애원한다고 한다. 조카는 우리가 영영 만날 수 없다는 걸, 내가 돌아가기엔 너무 멀리 왔다는 걸 알기엔 몹시 어리다. 또, 나는 오빠에게 쓰는 편지에 믿음직한 남편 이야기도 담는다. 쟁기로 밭을 갈고 헛간에 땔감을 채워놓는 걸 좋아하는 튼튼한 남자다. 진실을 알려 걱정시키기에 오빠는 너무 착하고 정직한 남자다. 이미 나를 걱정하고 있고, 내가 왜 다른 웨일스 이주민들이 정착했으며 관개시설이 있어 농사짓기도 더 좋은 로슨을 떠났는지 이해하지 못한다.

나는 편지에 쓴다. **안데스산맥 기슭으로 온 건 내가 멍청해서, 또 교회에 다니기 싫어서야.** 또 이렇게 쓴다. **자갈 깔린 보도를 걸어가 애프터눈 티를 마시며 살고 싶었더라면 애초 이렇게 먼 여행을 안 떠났겠지.** 로슨에는 자갈 깔린 보도도, 직접 만들지 않는 한 애프터눈 티도 존재하지 않지만, 그래도 거리와 홍차가 그렇게 가까운 데 있다고, 내가 그런 호사를 포기했다고 상상하면 기분이 좋다.

나는 편지에 쓴다. **걱정하지 마. 난 정말 잘 지내. 이곳은 오래 가기 힘든 곳이야. 사람들이 자꾸 찾아오고, 그다음으로 찾아온 사람들한테 밀려나거든. 이런 식으로 계속되면 우리 모두 출발한 곳으로 되돌아가게 될 거야.**

나는 혼자 있는 게 좋고, 남자가 떠난 뒤야말로 가장 혼자라는 기분이 든다. 남자는 온 공간을 차지했지만(의자, 컵, 내가 무슨 생각을 하는지 묻는 듯 나를 바라보는 눈길, 내 몸을 쓰다듬는 손길, 내가 대답해야 하는 또 하나의 질문) 별안간, 그가 문을 나서는 순간, 의자는 다시 내 차지가 되어 앉을 수 있게 된다. 하지만 내가 언제나 혼자라면, 내가 나를 바라보고 어리석은 질문들로 나를 괴롭히리라. 예를 들면, 때로 장작을 패다가 예쁘지 않은 **창녀**라는 단어 말고 다른 표현이 없을까 생각해보려 한다. 나도 예쁘지 않고 섹스도 예쁘지 않으니 나쁜 일은 아니다. 자연의 세계도 예쁘지 않은 건 마찬가지다. 자연은 그런 연약한 것이 아니며 나도 그렇다. 지난겨울엔 총으로 늑대를 잡았다. 열 살 때부터 방적 공장에서 일했다. 열세 살 때는 기계에 중지가 잘렸다.

때로는 이런 생각이 든다. 내가 신경 쓰이는 건 **창녀**라는 단어 자체는 아니라고. 하지만 내게는 다른 직업도 있다. 나는 농부다. 중지를 잃었는데도 실과 바늘을 능숙하게 다룬다. 옷도 상처도 잘 꿰맨다. 글을 읽을 줄 알며 성경 책도 한 권 갖고 있다. 나를 외과 의사, 목사, 친구라고도 불러줄 거라면 나를 창녀라 불러도 좋겠다.

타고난 기질대로 기분이 좋을 때면 오빠에게 편지를 써서 여름 안데스산맥의 모습을, 고향의 언덕들만큼 초록은 아니지만 너무 높아서 늘 하느님을 올려다보게 된다고 쓴다. 팜파스는 그들이 장담한 것처럼 비옥하지 않지만 그래도 웨일스인들의 노동 덕분에 개선되었다고 쓴다. 레이철 젠킨스라는 선한 웨일스 여자가 로슨의 관개시설을 상상했고, 거기서 그치지 않고 그것이 실현될 수 있도록 열심히, 잘 상상했다고도 쓴다. 지금은 명령만 내리면 케무아이강이 흘러와 땅에 풍요를 가져다준다. 그런 이야기를 쓰고 있으면 자랑스럽고, 오빠가 난롯가에서 이 편지를 읽다가 곁에 있는 아내와 아들에게 한 여성이 이토록 위대한 일을 해낼 수 있다고 이야기하는 상상을 하면 기분이 좋다. 오빠가 보고 싶어서, **사랑해**라는 말로 편지를 끝맺으며 내 편지 한 통 한 통이 전부 오빠에게 무사히 도착하기를 바란다.

울적할 때면 죽은 언니에게 편지를 쓰고, 편지를 불에 태워버린다. 언니는 오빠처럼 안데스산맥을 상상하는 걸 좋아하지 않았을 것이다. 너무 크다고. 고향과는 너무 다르다고. 언니는 이렇게 말했을 것이다. **카리아드**(웨일스어로 사랑하는 이를 부르는 애칭—옮긴이), **어서 자자. 아침부터 할 일이 있잖아. 왜 자꾸 인생을 힘들게 만들려고 하니? 지금도 이미 힘든데.**

어렸을 때 북웨일스에 있는 우리 동네에 어떤 남자가 찾아와 새로운 파타고니아 정착지를 알리는 광고지를 나누어주었다. 더 나은 곳을 약속하는 그의 목소리는 사람들의 이목을 끌어야 하니 컸고, 목사의 말투처럼 엄격했다. "우리가 살 새로운 집입니다." 그는 말했다. "아무런 방해도 받지 않고 번성할 수 있을 겁니다." 옆에 있던 언니가 날 잡아끌었지만, 나는 발꿈치에 힘을 단단히 주고 버텼다. 그를 쳐다보고 싶었다. 우리 동네에는 신나는 일이라곤 거의 없었으니까.

"진짜일까?" 나는 물었다. 파릇파릇한 비옥한 땅. 열심히 일하면 정직한 삶으로 보답받을 수 있는 곳. 모두에게 충분한 곳.

언니는 고개를 저었다. "진짜건 아니건 우리하고는 아무 상관도 없잖아."

나는 성이 나서 언니에게 붙들린 팔을 빼고는 광고지를 받겠다고 사람들 사이를 뚫고 앞으로 나갔다. 남자는 내게 광고지를 주기 전 글을 읽을 줄 아는지부터 확인했다. "좋다." 그가 말했다. "우리한테는 너 같은 여자들이 필요하거든." 난 기분이 좋아 얼굴이 발그레해졌다.

"이분의 종이를 낭비하지 마." 언니는 나에게, 동시에 그 남자에게 말했다. "이미 이런 걸 만드느라 낭비한 것만으로도 충분해."

언니는 내가 쓴 편지도 종이 낭비라고 생각할까? 틀림없이 그럴 것이다. 그해 여름 언니는 폐병 초기여서, 밤에는 잔기침했고, 가슴이 답답한 바람에 늘 심술이 나 있고 겁에 질려 있었다. 내 머리를 곱게 빗겨주고, 빵이 잘 부풀게 하려면 불러야 하는 노래들을 알려주었던, 내가 아는 언니와는 달랐다. 언니가 자신의 숨에 질식하는 과정은 이로부터 4년이 지나서야 끝났다. 너무 많은 보푸라기를 들이마신 언니의 폐가 베개가 된 모습을 나는 상상했다.

공장 안은 실이 끊어지지 않도록 늘 습하게 유지되었다. 이곳은 공기가 희박하다. 큰 숨을 들이마셔도 성에 차지 않았다. 얼마나 많은 숨을 들이쉴 수 있을지 느껴보고 싶다.

로슨에 살 수는 있었겠지만, 웨일스에 살 수는 없었을 것이다. 그곳에는 언제나 우리가 살기 위해 해서는 안 되는 일들이, 몸을 팔거나 팔지 않는 방법들이 있다. 그 느린 죽음을 다시 보고 싶지도, 그렇게 죽고 싶지도 않다.

파타고니아는 땅보다 하늘이 많은 곳이다. **보여주고 싶어.** 언니와 오빠에게 이렇게 편지를 쓴다. 팜파스의 수풀은 공기가 두려워 바닥에 옹송그리는데 그리해 마땅하다. 공기는 벌하므로. 때로 나는 뽑혀 굴러다니기 직전 덤불의 기분을 느끼려고 덤불과 나란히 바닥에 누워본다. 나는 아이를 갖지 않으려고 신경 써서 노력하고 매년 그 가능성은 점점 줄어든다. 고향에서 이토록 멀어진 것은 기적이고, 이것을 받아들여야 한다는 걸 기억한다면 축복이기도 할 것이다.

적어도 쿰허브리드의 남자들이 나를 찾아올 때면 나는 내가 어디에 있는지 정확히 안다. 나는 온전하고 따뜻하며 대화로 가득하다. 나는 방 건너편에 있다. 그들의 옆에 있다. 아래에 있다. 위에 있다. 나는 세심하게 차를 끓여 두 개의 잔에 따른다. 마침내 나는 다시 빈 의자에 앉고, 그때마저도 그들은 나를 제자리에 붙들어둔다. 나는 얼마 전까지 그들이 있던 자리에 있다. 여전히

255

그들의 몸이 뿜어내던 온기 속에 있고, 이렇게, 나는 실용적인 삶을 살아가고, 내가 정말로 누구에게도 얽매이지 않는 순간을, 내가 건너편에, 아래에, 위에 있는 순간을, 내가 뽑혀서 굴러다니는 순간을, 실이 끊어져 날아가는 작은 연이 된 기분을 만끽한다. 그러다 나는 안데스산맥 위로 둥실 떠올라 콘도르와 함께 날면서 풀을 뜯는 비쿠냐들을 향해 소리 높여 인사를 건넨다. **폽 루크! 슈르네 디오겔!**(Pob lwc! Siwrne ddiogel!, 행운을 빌어! 무사히 여행하기를!—옮긴이) 나는 높이높이 날아 하느님의 품에 다가가고, 하느님은 잠시 나와 함께 고요한 시간을 보내다가 기운을 되찾아 할 일을 계속할 수 있게 된 나를 도로 땅 위에 내려놓으신다.

그러니 나는 만족한다. 잃어버린 중지가 욱신거리고 아파오는 밤이면 잘려나가고 남은 밑동을 꼭 쥔 채로 내 몸에게 손가락은 이제 없다고, 아무리 항의한들 돌아오지 않을 것이라고 말해준다.

단편소설에
등장하는 데 질려버린
중서부 여자

중서부 여자는 뉴욕으로 가서, 주인공(당연히 그녀가 주인공일 리가 없다)에게 그가 두고 온 모든 것을 상기시켜준다. 그는 그녀의 순수함을 갈망하는 동시에 경멸한다. 그녀가 포기하고 고향으로 돌아가면 그는 슬퍼하면서도 놀라지는 않는다.

손목을 홱 비튼다. 누군가의 집에서 열린 파티에서, 중서부 여자가 혼자 서 있다. 주인공은 마치 **기운 내요** 그리고 **전 미묘한 것들을 잘 알아차리죠** 하고 말하듯 그녀를 향해 미소를 짓는데, 이 모습은 독자들에게 주인공이 여태 저질렀거나 앞으로 저지를 끔찍한 일들에도 불구하고 알고 보면 섬세하다는 사실을 상기시킨다. 그와 중서부 여자는 아무런 대화도 나누지 않고, 이야기는 그녀가 구석에서 혼자 맥주를 홀짝이게 내버려둔다. 거실에서, 주인공은 제일 친한 친구에게 주먹질을 한다. 그는 결국 자기 아버지를 닮아버릴 운명인가? 그날 밤은 주인공이 낯선 사람 둘과 어울리는 장면으로 끝난다. 그들은 이스트리버까지 걸어가 바닥을 알 수 없는 깊은 물에 돌멩이를 집어 던진다.

손마디를 꺾어 우둑 소리를 낸다. 중서부 여자는 가슴이 깊이 파인 초록 블라우스를 입고 길을 걷는다. 옆을 지나치는 주인공은 잠시 그녀의 풍만한 가슴을 감상하다가 다시 그의 주된 고민으로 돌아온다. **리키가 돈을 받으러 올 때까지 이 이국적인 마코 앵무새를 팔지 못하면 난 무슨 짓을 당하게 될까?** 소나기가 쏟아지자, 주인공은 고개를 수그리고 눈앞에 보이는 첫 번째 가게로 들어가는데, 들어가보니 그곳은 섹스 용품 가게다. 안에 이미 여자 한 명이 있다. 방금 들어온 걸까, 그와 마찬가지로? 그러나 그렇지 않다. 주인공의 앞머리에서 눈을 향해 빗물이 뚝뚝 떨어지는 반면 그 여자의 밋밋한 베이지 색 코트에는 물기 한 점 없다. (중서부 여자가 고개를 숙이자 방금까지 입고 있던 가슴 파인 블라우스는 온데간데없고 바지도 허리까지 올라오는 까끌까끌한 소재로 바뀌어 있다.) **갑작스런 소나기네요**, 그가 말하자 그녀는 **오하이오의 비와는 다르네요**, 한다. 보라색 항문 플러그가 담긴 통을 뒤지던 모습을 들킨 걸 부끄러워하는 게 틀림없다고 그는 생각한다. **조카의 신부 파티 선물이에요**, 여자는 변명한다.

그것이 중서부 여자의 삶이다. 그녀는 실에 매달린 사과를 입으로 먹는 게임을 한다. 솔직 담백한 웃음을 터뜨린다. 셀프 서비스 프로즌 요거트 가격을 보고 경악한다(6달러라니! 그녀가 외치면, 뒤에 줄을 서 있던 뉴욕 사람들이 그녀의 무식함을 알고 눈을 굴려댄다). 그녀는 장면의 언저리에 살면서 날씨 이야기를 하는 사람이다. 예쁘지만 아름답지는 않다. 말이 없지만 그렇다고 신비스럽지는 않다. 때때로, 사람으로 득실거리는 방 한쪽에 비켜선 채, 이야기가 자신으로부터 떠나가는 사이, 그녀는 중서부를 생각한다. 깨물면 빠작 소리가 나는 치즈 커드가, 무더기로 쌓이는 눈이, 중서부 특유의 착한 사람들이 그립다는 말이 자신도 모르게 나온다. 그곳 출신인데도 한 번도 그곳에 가본 적이 없다.

중서부 여자로서는 도저히 알 수 없는 이유로, 당신은 로드 트립에 집착한다.

한 남자가 뉴욕에서 샌프란시스코까지 로드 트립을 떠난다. 그가 골동품 가게에 들르자, 중서부 여자가 녹슨 말편자를 사라고 설득한다. **새집에 갈 때는 약간의 행운이 필요한 법이잖아요,** 하면서 그녀는 눈을 찡긋한다. 그는 라스베이거스에서 술에 잔뜩 취하고, 말편자를 도박에 걸었다가 잃고 만다.

한 남자가 뉴욕에서 플로리다로 로드 트립을 떠난다. 이 이야기에는 중서부 여자가 등장할 이유가 없는데도, 그녀는 버지니아의 어느 휴게소에서 주유기를 손에 들고 서 있다. **아이오와,** 남자가 그녀의 차 번호판을 보고 말한다. **멀리도 오셨네요.**

그런가요? 그녀가 놀란 듯 반문한다.

한 남자가 뉴욕에서 여기 아닌 어딘가로 로드 트립을 떠난다. 아내와 아내의 온갖 기대를 저버린 채로 말이다. 그는 모텔 8 근처 어느 바에서 중서부 여자를 만난다. 그와 중서부 여자는 맥주를 마시며 이야기를 나누고, 그녀의 순수한 재치가, 진지한 조언이 인류에 대한 그의 신뢰를 회복시켜준다. 그는 아내에게로 돌아간다.

되감기. 남자와 중서부 여자는 위스키를 마시며 이야기를 나누고, 함께 그녀의 집으로 간다. 복도에서 두 사람은 키스를 시작하고 그녀는 가방 속을 더듬어 열쇠를 찾는다. 그녀는 이미 키스 경험이 있는데도(지난밤 내내 보여준 당돌한 눈빛, 도발적인 옷차림을 보면 확실한데도) 지금은 그 경험을 까맣게 잊었다. 키스라는 게 원래 이렇게 무성의한 맛이 나는 건가? 그녀가 그에게 몸을 기댄 채 손가락으로 그의 턱선을 덧그린다. 그가 그녀의 몸에 손을 대기도 전에, 문이 아주 살짝 삐걱하기만 해도 그가 멈추리라는 사실을 그녀는 안다. **아내에게 돌아가요**, 그녀는 말하지만, 정말 하고 싶은 말은 이것이다. **한 번 더 해요, 하지만 이번에는 진심으로요.**

되감기. 중서부 여자는 바텐더고, 남자는 그녀의 존재를 의식하지 못한다(물론 그녀의 풍만한 가슴을 시간을 들여 감상하기는 하지만). 그는 몸에 타투가 있고 중력처럼 남자를 끌어들이는 마음의 상처를 가진 포틀랜드 출신 여자에게 작업을 건다. 두 사람은 주차장으로 나가 별들을 향해 빈 술병을 집어 던진다. 중서부 여자는 커다란 원을 그리며 바 위를 훔친다. 계속, 계속, 계속. 그녀는 이 이야기의 언저리에 앉아 있는 지금이 거의 만족스럽지만, 그럼에도 이 모텔 바에서 했던 대화를, 남자가 했던 키스를 기억하고, 그 포틀랜드 여자가 열정적인 키스를 퍼부은 다음 그를 버릴 것이라는 사실이 분하다. 바깥으로 나가고 싶지만, 두 사람을 지켜보기 위해서만은 아니다. 그녀는 자신이 어디 있는지, 한 지점과 다른 지점의 사이에 있다는 것보다 더 정확한 위치를 알고 싶다.

주인공과 포틀랜드 여자가 돌아오고, 남자는 팁 넣는 단지에 결혼반지를 집어넣는다. 되감기. 주인공은 혼자 돌아온다.

아직 안 닫았을 줄이야. 그가 중서부 여자에게 말한다. **악덕 사장한테 걸렸나 봅니다.**

피곤하네요. 그녀는 대답한다. 진심이다.

한 남자가 뉴욕에서 리노로 로드 트립을 떠났다가, 중서부 여자가 오마하 서쪽에서 히치하이크하는 모습을 본다. (그녀의 가슴이 뿌듯하게 부풀어 오른다! 정말 멋진 일이다! 갓길의 자갈 때문에 발에는 멍이 든다. 메고 있는 지나치게 큰 배낭에 끈으로 매달아놓은 하이킹 부츠가 있는데 어째서 플립 플롭을 신고 있는 걸까?) 남자는 2차선 고속도로 갓길에 차를 세우고 그녀를 태워준다. (타야 할까? 뜨거운 아스팔트를 밟고 있는 그녀의 두 발은 어서 타라고 재촉한다.) 그녀가 안전벨트를 채우자마자 차는 속도를 내어 달리기 시작하고, 남자는 그녀에게 히치하이크해서는 안 된다고 말한다. 위험한 줄 모르느냐고, 특히 당신처럼 아름다운 여자에게는 말이다. (그건 그가 위험하다는 뜻일까, 아니면 자기 빼고 온 세상이 위험하다는 뜻일까?) 그녀는 수줍게 웃고, 말한다. **그렇다면 당신을 만난 게 다행이네요.** 그들은 링컨, 키어니, 코자드, 노스플랫, 오갈랄라를 지난다. 남자는 예전에도 이곳을 달린 적 있는데도, 이번에는 그녀의 눈으로 보는 이곳이 너무나 밝고 희망차 보인다. 시간이 지날수록 그녀는 긴장을 늦추지만, 그러면서도 줄곧 그를 의식하고, 그러다 창밖을 내다보았을 때, 그녀의 얼굴에 떠오른 순수한 흥분감은 가면이 아니다. 그녀는 여행이 처음이고, 사방으로 이렇게 널찍한 풍경이 펼쳐져 있는 모습은 처음 본다. 그들은 시시한 대화를 나눈다. **바깥 날씨가 근사하네요.** 그녀가 말하지만, 실은 하고 싶은 말은 그것이 아니다. 그녀가 하고 싶은 말은 자신이 햇살만큼 비도 사랑한다는 것,

눈이 와 지형의 윤곽이 흐려지는 것을 사랑한다는 말이다. 나무들이 데이지처럼 땅에서 뽑혀나가는 태풍에 대한 열망을 소리질러 외치고 싶다. 마침내 로키산맥이 모습을 드러내자 그녀는 헉, 하고 잠깐 숨을 멈춘다. **평원이, 평원이 갑자기 사라졌어요,** 그러면서 중서부 여자는 처음으로 생각과 말이 충돌하는 기쁨을 느끼고, **당신은** 그녀의 환희를 손끝으로 만져질 것처럼 생생하게 느낄 수 있다. 당신은 조금 더 그녀와 함께할 수 있도록 잠시 기다린다. 그러나 그녀는 이 이야기의 작은 부분에 불과하다. 남자는 그녀를 볼더에 내려준 뒤 혹시라도 돌아설까 하는 마음으로 백미러 속 그녀를 지켜본다. 그녀는 돌아서지 않는다. 길을 걸으며 그녀는 생각한다, 여기서 길을 잃을지도 모른다고. 그러나 손가락을 딱 튕기면, 그녀는 사라진다.

아버지와 아들이 장례식에 가던 길에 차에 연료를 넣으려 네브래스카의 휴게소에 들른다. 중서부 여자가 커피를 내어주면 두 남자는 간이식당의 바에 앉아 커피를 마시며 머그잔에 찬 손을 녹인다. 그렇다, 이 여자의 가슴도 풍만하지만, 그것은 베개처럼 편안한 쉴 곳이다. 그녀는 네브래스카 사람이라면 절대 쓰지 않는 사투리로 "오메, 세상에나" 말하는데, 이 이야기에서 그런 건 중요하지 않다. 여기서 사투리는 강조를 위해 쓰인 것이니까. 미국엔 아직도 자신들의 흔적을 남길 곳이 남아 있다고 아버지는 생각한다. 사람들이 눈으로 보고, 귀로 듣는, 순수한 낙인 같은 그런 흔적이다. 아버지에게도 깊은 낙인이 찍혔지만, 그 흉터는 내면에 있다. 흉터는 곪는다. 입 밖에도 낼 수 없고, 극적이며, 흥미롭기 짝이 없는 흉터다. 그 흉터를 표현할 말을 찾아내는 순간, 상처에서 콸콸 흐르는 피처럼 쏟아져 나올 것이다. 그는 옛 친구의 장례식에 가고 싶지 않고, 아들을 데려온 게 후회스럽다. 이 여행을 통해 유대감을 쌓을 작정이었지만 이제는 아들과 자신 사이에 아무런 공통점도 없다는 걸 알겠다.

시점이 전환된다. 아들은 아버지가 줄곧 입을 다물고 있는 것이 불편하다. 그는 아버지가 자신에게 속내를 털어놓아주었으면 한다. 아들은 아버지의 죽은 친구 이야기를 한 번도 들은 적이 없는데도, 그 사람의 장례식에 가겠다며 열네 시간을 운전해 가는 중이다. 아버지에게 죽은 친구와의 사연을 묻자 아버지는 고개를 젓는다. 어째서 아버지는 여자 종업원과는 그렇게 술술 이야기를 주고받나? 아버지와 중서부 여자는 날씨 이야기를 한다. **장례식에 딱 어울리는 날씨**, 라고 두 사람은 이구동성으로 말한다. 그러다가 부지불식간에 대화의 주제는 아들로 넘어간다.

이 녀석은 영영 모를 겁니다. 아버지가 말한다. **원하는 걸 다 할 수는 없다는 사실 말입니다.**

그래요, 모르죠. 중서부 여자가 말한다. 그녀는 그의 의견에 전적으로 동의한다.

아들은 고함을 지르려 하지만, 아무 소리도 나오지 않는다. 일어서려고 하지만, 꼼짝도 할 수 없다.

하, 중서부 여자는 생각한다.

전 열일곱 살에 해군에 입대했습니다. 아버지가 말한다. 사랑하는 여자와 결혼했지만 그렇다고 행복해지지는 않더군요. 늘 피곤해서 아버지 노릇이 싫었습니다. 전 이국적인 의상을 걸친 통통한 여자가 취향인 남자들을 위해 특별히 고안된 잡지들을 잔뜩 갖고 있는데, 어느 날 아들이 그 잡지를 발견했고, 이후로 영영 그 기억이 뇌리에서 떠나지 않는 바람에, 매년 핼러윈이 찾아오면 마녀며 헬로키티, 무당벌레, 간호사로 분장한 여자들을 볼 때마다 제가 고개를 숙이고 잡지를 빤히 들여다보고 있는 모습을 상상하고, 또 처음으로 본 이미지를 도저히 잊지 못하지요. 셜록 홈스 모자를 쓰고 입술에는 도발적인 파이프를 문 거대한 가슴을 가진 여자가 트렌치코트 앞섶을 열고 안에 입은 뷔스티에를 드러내 보이는 사진 말입니다.

되감기.

당신 아버지와의 로드 트립은 재앙이나 마찬가지다. 당신은 자라서 당신 아버지처럼 될까 봐 두렵다. 하지만 아니다. 이야기 속 **아들**은 자라서 자기 아버지처럼 될까 봐 두렵다. **주인공**은 수천 킬로미터 떨어진 곳으로 떠나더라도 이 간이식당에 영영 갇혀 있을까 봐 두렵다. 캘리포니아 여자가 당신에게 이 순간을 살아야 한다는 가르침을 줄 날씨 좋은 곳에서 새 삶을 시작한 뒤에도 마찬가지일까 봐. 그녀의 가슴은 작고, 단단하고, 처지지 않고 올라붙어 있을 것이다. 손목을 휙 움직인다. 손마디를 우둑 꺾는다. 그러나 장면은 바뀌지 않는다. 캘리포니아 여자는 나타나지 않을 것이다. 간이식당 바닥에는 리놀륨이 깔려 있다. 웃는 팬케이크가 공중에서 한 바퀴 돌아 뜨겁게 달아오른 프라이팬 속으로 다시 착지하는 벽화가 오른쪽 벽 전체를 차지하고 있다. 이렇게 공포스러운 아침 식사는 처음이다. 바 너머에 서 있는 여자는 당신보다 어리고, 팔에는 주근깨가 있고, 흐트러진 금발은 집게핀으로 틀어 올렸으며, 가슴에는 이름표를 달고 있다는 사실을 당신은 알아차린다. 캐럴린.

있잖아. 아버지가 화장실에 간 사이 캐럴린이 말한다. **넌 날 오해하고 있어.** 당신은 그녀가 미소를 지어야 한다고 생각하지만 (여자가 미소를 지어야 하는 순간 아닌가?) 그녀는 그러지 않는다. **난 애초에 이 동네 사람도 아니야. 난 미니애폴리스 출신이야. 지금 하는 일은 여름방학 동안 하는 아르바이트야. 여기 오마하의 새들크릭 음반사 인턴으로 일하고 있거든.**

당신은 미니애폴리스는 미네소타주에 있고, 오마하는 네브라스카주에 있다는 걸 알지만, 그건 당신에게 아무 의미도 없다. 사우스다코타와 노스다코타. 평원. 대초원. 배드랜드(특히 미국 중서부에서, 침식의 영향으로 기암괴석이 관찰되며 초목이 거의 자라지 않는 지대—옮긴이). 부동 지역(역시 미국 중서부 지역에서, 마지막 빙하기에 빙하에 의한 반복적 침식과 퇴적작용을 겪지 않아 구분되는, 가파른 지형과 대호수가 특징인 지대—옮긴이). 당신은 중서부가 펼쳐지며 낯선, 마음 가는 대로 다루기 힘든 별자리를 이루는 것을 느낀다.

당신이 캐럴린에게 질문할 만한 음악이나 즉석조리 케이크 따위에 관한 것을 채 떠올리기도 전에 그녀가 눈앞에 계산서를 내려놓는다. 그녀가 당신에게서 돌아서서 다른 손님들의 주문을 받기 시작한다. 당연한 일이군. 당신은 주변을 돌아보며 생각한다. 여기에는 우리만 있는 게 아니니까.

한동안 당신은 또다시 뉴욕에 관한 단편소설들을 쓰지만 당신의 마음은 그곳에 없다.

주인공은 파티에 가서 아무도 만나지 않는다. 택시를 잡아타고 업타운으로 가서 딱히 기억에 남지 않는 경험을 한다. 이스트 리버는 여전히 그 자리에 있지만 그 무심한 강에 대고 고함을 지를 만한 야성적 충동은 느껴지지 않는다. 그는 목적 없이 거리를 거닐다가 언젠가 비를 피해 들어갔던 섹스 용품 가게 앞에 도착했음을 알아차린다. 안으로 들어가니 여자는 아직도 물기 하나 묻지 않은 채 그곳에 서 있다. 그녀는 이번에도 안녕하세요, 하고 웃으며 보라색 항문 플러그가 든 통을 뒤적이고 있다. 그러나 그녀는 수줍음이 없다. 미안해하는 기색도 없다. 신부 파티도 없다. 그녀는 자기가 쓸 보라색 항문 플러그를 사러 왔다. 여자 조카도 없다. 유일한 형제인 제이슨은 그녀가 열 살 때 교통사고로 죽었다. 여자의 이름은 카라고 어머니는 그녀를 키타라고 부른다.

전광석화처럼 만들어진 캐럴린과 카라는 그림자가 어둠에 묻히듯 빠르게 사라진다. 지금까지 그녀가 담당한 모든 여자에게 이름이 주어졌다면, 애초에 중서부 여자라는 것이 존재했겠는가?

한 남자가 필라델피아 교외로 회사 야유회를 간다. 중서부 여자는 주인공의 경쟁자인, 키가 훤칠한 금발의 임원과 손을 잡는다. 두 사람은 서로의 눈을 바라보지만, 주인공이 그들의 대화를 엿듣기 시작한 뒤에야 말을 시작한다. 그는 오후 내내 저항하려고, 회계부의 친한 동료들과 대화를 나누려고, 생산부 여자 직원들과 수다를 떨려고 애쓰지만, 결국 이 커플은 그를 자신들의 궤도 속으로 끌어들인다. 이 결정적인 순간에조차 라이벌에게는 대사 한 줄 주어지지 않는다. 중서부 여자가 라이벌의 팔을 쓰다듬자, 그 동작을 본 주인공은 애를 끓인다. 그녀는 예쁘장하게 생겼고, 생각할 때와 미소 지을 때 사이에는, 아름답다. 그녀는 말이 없는 **동시에** 신비스럽다. 그녀는 입술을 열고 말한다. **나를 집으로 데려가 사랑해줘요.**

그녀가 입술을 열고 말한다. **당신은 이 남자보다 두 배는 나은 사람이에요.**

점점 이야기가 터무니없는 쪽으로 변해간다.

그녀가 입술을 열고 말한다. **난 물리학과를 졸업했고, 훨씬 낮고 중요한 직업을 갖기 위한 디딤돌로 이 회사를 이용하고 있을 뿐이에요. 난 당신들 모두를 남겨두고 떠날 거예요.**

주인공은 생산부 여자 직원 중 한 명과 수작을 주고받는다. 생산부 여자 직원은 고객서비스부의 제이슨이 자신에게 관심을 보였더라면 하고 생각한다. 주인공은 중서부 여자를, 마지막으로 한 번, 흘끗 보는데, 놀랍게도 그녀는 연인을 끌어안은 채로도,

자신이 하는 짓이 무엇인지 정확히 안다는 태도로, 그를 똑바로 바라보고 있다. 그녀가 손목을 홱 비튼다. 손마디를 우둑 꺾는다. 그녀가 배경을 만들어낸다.

주인공은 뉴욕으로 가지만(주인공이라면 반드시 그래야 한다는 걸 그녀도 안다), 이번에는 주인공이 중서부 여자다. 아이라인을 짙게 그리고, 짧은 치마를 입고, '독수리가 높이 날지는 몰라도 족제비는 비행기 엔진에 빨려 들어갈 일이 없다'라고 쓰인 티셔츠를 입고 있다.

그녀는 길에서 당신을 스쳐 지나가다가 말을 건다. 어디서 본 적 있지 않아요? 둘 다 서로를 어떻게 아는 사이인지 꼬집어 말할 수는 없지만, 마치 오래된 친구 같은 기분이다. 당신은 마치 그녀를 실망시키겠다는 듯이 여자 친구가 있다고 말하지만 그녀는 그저 미소만 짓는다. 중서부 여자가 당신과 당신 여자 친구 비슷한 사람과 함께 술을 마시자고 불러내고, 잠시 뒤 세 사람 모두 브루클린의 지하 술집에서 웃고, 술을 마시고, 서로 수작을 주고받는다. 술집 안이 시끄러워지자, 당신은 다 함께 당신 집으로 가자고 제안하고, 중서부 여자도 그러자고 한다. 당신과 당신 여자 친구 비슷한 사람은 손을 잡고 걷는다. 중서부 여자는 양팔이 거침없이 흔들리는 것을 느낀다. 저녁 공기는 상쾌하면서도 쌀쌀하고, 첫 서리와 함께 여름내 진동하던 쓰레기의 악취도 사라졌다. 중서부 여자는 당신이 따라주는 와인을 받아 들고(집이 참 예뻐요, 공간을 창의적으로 활용했군요) 당신과 그녀와 당신 여자 친구 비슷한 사람은 스리섬을 한다.

당신이 원하는 게 이거 아닌가? 스리섬이 끝난 뒤, 잠이 오지 않는 당신은 창밖을 내다보며 버번을 홀짝인다. 당신이 이런 식의 이야기 속에 살고 있다면 버번일 테고, 버번이 다 떨어졌다면 싸구려 맥주일 것이다. 당신은 생각할 것이다, 중서부 여자가 다 망쳤다고. 양심의 가책이라곤 없는 그녀의 태도가, 그녀의 건강한 허벅지가, 알고 보니 전혀 풍만하지 않았고 패드와 낙관주의와 저녁 빛이 이루어낸 착시였던 그녀의 풍만한 가슴이. 당신은 생각할 것이다, 당신 침대에 있는 그 여자에게 돌아가고 싶지 않다고. 왜냐하면 중서부 여자는 이미 떠났으니까. 그녀는 두 번 절정에 도달했고 고맙다는 말도 없이 떠났다. 그 기억을 반추하는 것은 그녀가 아니라 당신이다. 알고 보니 모두 낯선 사람이던 두 여자에게 손을 뻗은 순간 이름할 수 없는 무언가를 상실한 것이 아닌가 생각하는 것은 그녀가 아니라 당신이다.

당신이 창밖을 내다보는 사이, 중서부 여자는 그레이하운드 버스 터미널에서 고향으로 돌아가는 차표를 사고 있다. 부서진 플라스틱 의자에 앉아 세운 무릎을 가슴 앞에서 끌어안은 채로 맛없는 피자 한 조각을 먹는다. 그녀가 벼락같은 깨달음의 순간을 기다리는 것이 아니라 그저 고속도로를 달리는 버스의 덜컹거림을, 그리고 불편하게 얼굴을 기대는 차갑고 단단한 유리의 감각을 기대하고 있는 것이 다행한 일이다.

1892년 새벽
공원에서
벌어진 장면

두 숙녀가 결투를 벌였다는 보고는 세상을 떠들썩하게 했다……. [다툼]이 오로지 피로써만 중재될 수 있을 만큼 심각한 것으로 여겨졌던 것이다.

―《폴 몰 가제트Pall Mall Gazette》, 1892년 8월 23일 자.

우리는 그것을 해방된 결투라고 부른다. 결투하는 이들도, 입회인들도, 의사도 모두 여성이었으므로. 하지만 우리는 남성들의 어리석음으로부터 영영 해방되지 못하리라.

내가 그 의사다. 내 마차 안에는 출혈을 멎게 하기 위한 헝겊 조각이 여럿 준비되어 있고, 싸움이 시작되기 전, 나는 그들이 윗옷을 벗어야 한다고 강력히 주장한다. 가느다란 양날 칼이 근육을 관통하더라도 더러운 리넨 천이 살에 박히지 않을 테니까. 결투자들은 블라우스의 걸쇠를 끄르고, 언더 보디스(드레스 상의 안에 입는 여성 속옷―옮긴이)를 풀고, 속치마를 치마 바깥으로 접어 올린다. 증기를 쬐여 형태를 잡은 코르셋을 잔디 위에 벗어 던져둔 모습이 뼈만 남은 고래처럼 섬뜩하다. 그들의 사랑스러운 갈비뼈에 남은 것이라고는 결박된 자리마다 남은 불긋하게 벗겨진 흔적들뿐이다.

그들은 결투의 쾌락을 한껏 들이마신다. 악수한다. 으스대며 걷는다. 말한다. 그 말들은 모두 우리가 소설에서 읽었거나 연극에서 보았던 허세다. 남자들은 이런 식으로 말하던가? **감히 어떻**

게 이런 말을. 억측하지 마시오. 그대의 방약무인을 피로 대갚음하겠소. 여자들은 누가 누구의 꽃꽂이 장식을 베꼈는가를 두고 결투를 벌이는 중인데 그것이 우스꽝스럽다 생각하기 쉬우리라. 그러나 나는 그렇게 생각지 않는다. 말이 그저 말뿐만은 아니듯이 꽃도 그저 꽃인 것은 아니지 않은가. 우리들의 다리 사이 상상의 꽃을 놓고 서로에게 총질하는 남자들도 그리 더 대단한 이유로 결투를 벌이는 것은 아니지 않은가. 여자들은 세 발짝 떨어져 선다. 두 여자 중 한 사람은 이 결투가 마침내 현실이 된다는 사실에 얼굴이 약간 창백해 보인다. 그 여자는 마치 누군가가 자신들을 말려주기를 바라는 듯 무언가를 찾는 눈길로 옆을 본다. 결투자들이 검을 높이 치켜든다. 앙 가르드(심판이 외치는, 경기 준비 자세를 갖추라는 신호—옮긴이)는 누가 외쳐야 하나?

살갗을 뚫는 칼날은 손가락을 찌르는 바늘과는 완전히 다르다. 처음 해부용 시체를 칼로 갈라 열었을 때 나는 절개만으로도 가슴이 활짝 벌어져 죽은 이를 찬장처럼 열 수 있을 거라 생각했다. 그러나 흉골을 부수는 데는 힘이, 그 속으로 들어가는 데는 의지가 필요하다.

결투는 빠르게 진행된다. 창백한 여자가 공황에 질린 채 멋대로 검을 휘둘러 결투 상대의 코를 벤다. 자신이 저지른 것에 충격을 받는다. 상대 여자는 피투성이가 된 이를 보이며 씩 웃더니 춤추듯 앞으로 나와 창백한 여자의 팔을 날렵하게 벤다. 먼저 피를 보인 건 한쪽이지만, 더 효과적인 공격을 하는 건 다른 쪽이다. 내가 결투 종료를 외치자 둘 다 행복해 보인다. 여자들은 자신의 상처를 어루만지고 짭짤한 손가락을 핥고 입회인 중 한 여자가 기절하지만 피를 보아서는 아니다. 신문에는 그렇게 실리겠지만, 그 여자는 결투자들의 얼굴에 떠오른 기쁨 때문에, 윗가슴에 불그레하게 번진 홍조 때문에, 그들의 팔에 실린 힘 때문에, 자신도 옷을 벗어 던지고 결투에 뛰어들고 싶은 욕망 때문에 기절한 것이다.

지고 싶지 않은 다른 한 입회인도 졸도하는 척한다. 그러나 그 여자도 예전에 육욕을 느낀 적이 있고, 월경용 천에 묻은 피를, 출산 중에 죽은 언니가 쏟아내던 피를 본 적 있다. 피 얼룩이 빠지지 않아 매트리스를 불태워야 했다. 나는 잔디 위에 쓰러진 그 여자의 맥박을 확인하고, 내 눈과 언뜻 마주친 그 여자는 스스로를 부끄러워하는 표정이다.

명예가 충족되었도다. 내가 선언하자 다른 여자들도 고개를 끄덕인다. 팔에 붕대를 감고 코르셋을 다시 제자리에 꼭 동여매어주면서 나는 만약 내가 결투를 마련한다면 남자들을 모방하지 않으리라 생각한다. 검술이나 사격술이 진실이나 권리를 증명하는 데 무슨 역할을 하겠는가? 어째서 우리 중 절반은 반드시 패배해야 하는가? 결투자들을 이웃하는 방에 각각 들어가게 하고 가만히 내버려두자. 그들이 지루해하기를 기다리자. 할 일이라고는 자수만, 마실 것이라고는 차만 주면서. 그들이 침묵을 얼마나 견딜 수 있는지 지켜보자. 그들이 벽을 사이에 두고 서로 속삭이며 다른 이의 목소리가 있음에 감사하게 될 때까지, 우리 둘 다 잘못했다고 기꺼이 인정할 때까지, 자유로워질 수만 있다면 무엇이건 기꺼이 인정할 때까지 얼마나 오래 걸리는가 지켜보자.

여섯 단계로
쉽게 욕실 타일
교체하기!

1단계: 사전에 계획을 세우세요. 잊지 마세요, 욕실을 며칠간 사용할 수 없을 겁니다.

드라이버 손잡이를 잡고 날을 타일 밑에 끼운 다음 찌르면서 비틀고, 딱 소리가 날 때까지, 타일이 반으로 쪼개져 가장자리가 벨 정도로 날카로워질 때까지 힘주어 누르세요. 물론 그걸로 몸을 베어선 안 됩니다. 극적인 일은 일어나지 않아요. 작업용 노란 고무장갑을 낀 당신의 손가락은 강인하고, 손놀림은 안정적이며, 당신의 정신은 청정합니다. 당신은 준비되어 있습니다. 흉측하게 생긴 망할 놈의 타일은 당신이 이루어낼 일들의 시작에 불과합니다. 근들거리는 욕조, 때가 낀 세면대, 변기 위에 걸린 기만적인 돛단배 그림도 없애버릴 테니까요. 당신은 저 그림이 싫습니다. 바다를 연상시키는 욕실 인테리어도, 그것이 자꾸만 변기에서 바다를 연상하게 만드는 것도 싫습니다. 자식들이 키우던 물고기에게 자유를 주겠다며 변기에 넣고 물을 내리려 한 것도 그것 때문이라고 당신은 확신합니다.

심호흡하세요. 일어서서 이마에 맺힌 땀을 손목으로 훔치세요. 벽에서 그림을 떼어내 다른 쓰레기들과 함께 복도로 집어 던지세요. 말하세요, "수리 끝." 그림의 유령은 고집스럽고 짙은 녹색 사각형 모양으로 남아 있습니다. 걱정 마세요. 페인트를 새로 칠할 테니까요. 여기까지 오는 데 오랜 시간이 걸렸으니, 준비된 것과 별반 차이가 없는 셈입니다.

비닐 시트. 마스킹 테이프. 만능 칼. 정. 망치. 어딘가에 망치가 분명히 있겠지만 그걸 찾아보겠다고 차고에 들어가지는 마세요. 당신은 당신만의 망치를 원합니다. 먹줄 공구. 타일용 시멘트. 줄눈 간격제. 수평계. 습식 타일 절단기. 타일용 니퍼. 타일용 절단 공구. 방수 실리콘 코크.

이런 재료들을 사기 위해 가게를 찾지 마세요. 이런 심부름을 시키려고 자식을 낳은 것 아닙니까. 막내아들은 전날 밤을 같이 보낸 여자 친구와 제 방에서 노닥거리는 중입니다. 그 사실을 모르는 척하세요. 큰아들에게 심부름을 시키는 건 1층에서 아침을 다 먹어가는 그 녀석이 누가 봐도 할 일이 없어 보이기 때문이지, 막내아들이 심부름 가는 걸 거절할 수도 있기 때문은 아닌 척하세요. 큰아들은 불공평하다고 불만을 토로합니다. 그 녀석 말이 맞습니다. 당신 남편이 당신을 버리고 치과 교정 전문의에게로 간 것도 불공평합니다. 당신에게 섹스하고 싶은 남자들이 여전히 많았고, 항공사 마일리지도 많이 남아 있던 오래전에 당신을 떠나주지 않은 것도 불공평합니다. 당신이 하이힐을 신고 걸을 줄 모른다는 것도 불공평하고, 이제라도 배워야 할 것 같다는 것도 불공평합니다. 대학 시절 미술 수업에서 C학점을 받고 그림을 그만둔 것도 불공평하고, 당신이 그 여자에게 쌍년이라고 하는 걸 직장 동료가 우연히 들은 것도 불공평하고, 북극곰들이 녹아가는 부빙 위에서 오도 가도 못 하는 것도 불공평하고, 모기가 말라리아를 옮기는 것도 불공평하고, 모든 게 불공평하고 또 불공평한데, 당신의 표정을 본 아들은 당신이 무슨 생각을 하는지 알고 싶지 않다고 생각합니다. 녀석은 말대꾸 없이 철물점으로 갑니다. 당신은 자식들한테는 고민을 말해서는 안 된다는 주의입니다. 이 모든 걸 마음속에만 담은 당신, 참 잘했어요. 당신은 좋은 어머니입니다. 이 욕실을 아름답게 꾸미는 데 성공하고 나면, 더 좋은 어머니가 될 거예요.

아들이 재료를 사는 동안 손이 비어 잠깐의 소강상태가 올 겁니다. 그렇다고 주택 개조를 향한 열정이 흔들려서는 안 됩니다. 냉장고에 맥주가 있습니다. 맥주 한 병을 들고 뒷마당으로 나가 한 모금 마시세요. 아침입니다. 봄입니다. 토요일입니다. 나무 울타리를 타고 올라간 덩굴에 보랏빛 꽃이 피고 있고, 당신이 관리하지 않으면 울타리가 무너지고 말겠네요. 맥주를 마시기에는 너무 이른 시간이지만, 드라마에 빠지기에도 너무 이른 시간이고, 그렇기에 당신은 울지 않고, 어느 버려진 여자의 캐리커처처럼 슬픔을 가누지 못하지도 않은 채, 햇살 아래 서서, 세 번째 단계가 당신의 삶을 떠맡아줄 때까지 기다립니다.

3단계: 먹줄 공구를 사용해 타일을 놓을 줄을 그으세요. 욕조, 변기, 세면대는 특히 타일 절단에 있어 아마추어인 당신에게 어려움을 안기겠지만, 그래도 의욕을 잃지 마세요!

아들이 가져온 타일은 당신이 생각한 것보다 크고 덜 **파란** 색입니다.

"파란색 맞잖아요." 아들은 말합니다. 아들은 머리 자를 때가 지났고, 당신은 아들의 찌푸린 얼굴을 더 잘 보려고 눈을 가린 앞머리를 걷어줍니다.

파란 타일은 욕실로 가져와보니 더 보기 흉합니다. 초록 페인트가 문제죠. 아들은 철물점에 먹줄 공구가 없었다고 합니다. 그 대신 한때 손님방이었다가 지금은 창고가 된 방에서 긴 자와 분필 한 상자를 가져다줍니다. 이걸로도 충분할 겁니다. 당신의 노르웨이 출신 여자 조상들에게 역시 고급스러운 먹줄 공구 같은 건 없었으니까요. 그들은 눈대중과 예리한 공간지각 능력으로 타일을 놓았습니다. 별을 보며 배를 몰았어요. 아무리 반죽하고 남편의 수음을 도와도 그분들의 팔뚝은 지칠 줄 몰랐습니다. 남편이 치과 교정의와 바람을 피우면 그분들은 남편을 죽였죠.

그 치과 교정의가 당신 아들들의 입안에 손을 집어넣고, 아이들의 입술을 배고픈 아기 새처럼 쫙쫙 벌린 횟수가 몇 번인가 떠올리지 마세요. 그 손이 당신 남편의 몸에 놓인 모습을 상상하지 마세요. 두 사람이 침대에 누운 채 당신이 혐오하는 행위인, 굳이 느리고 힘들게 어딘가로 가는 방법일 뿐인 사이클링을 하는 주말 계획을 세우는 모습을 상상하지 마세요. 한발 나아가, 두 사람이 당신 이야기를 하는 모습, 당신이 이 소식을 어떻게 받아들였는지 논의하고, 죄책감에 흠뻑 젖어들고, 당신에게 미안해하는 스스로에게 만족하는 모습을 상상하지 마세요. 무엇보다, 그 무엇보다도 최악인 건 당신 남편이 대체로 좋은 남자고 당신 역시 대체로 좋은 여자라는 사실입니다. 당신은 그에게 전화해 그쪽이 떠나서 잘됐다고, 자식들을 다 키워 집에서 내보내자마자 **그를** 떠날 거라 늘 생각해왔다고 말하고 싶습니다. 그에게 전화해 꺼져버리라고 고함치고 비명 지르면서 겁을 주고 싶습니다. 남편이 집으로 돌아올 정도는 아니지만, 어쩌면 그런 일도 있을지 모르고, 그저 당신이 어떤 짓까지 할 수 있는지, 이렇게 오랜 세월이 흐르도록 몰랐던 당신에게 숨겨진 내면의 깊이가 있을지도 모른다고 상상할 정도로요.

이런 짓은 하지 마세요. 당신 남편은 숨겨진 내면의 깊이 같은 건 믿지 않는 사람일 겁니다. 당신 역시 애를 써야 그런 걸 믿을 수 있습니다.

그 대신 자를 타일 옆에 놓고 길이를 재세요. 한 번 더 재세요. 실수하지 않도록 치수를 적어두세요. 이제 방금 치수를 적은 종이를 들어 구깃구깃 뭉친 다음 변기에 넣고 물을 내리세요. 당신은 자신감이 넘칩니다. 실수가 두렵지 않습니다. 당신은 미지의 것들을 성공적으로 해냅니다. 분필 토막을 집어 들어 욕실 바닥에 흰 선을 길게 그으세요. 그렇게 또 하나, 또 하나 그으세요. 당신은 이 체스 판의 여왕입니다. 여기서부터가 까다로운 부분인데, 선 긋기가 끝나면 방금 당신이 그려놓은 기묘한 형상을, 당신의 완벽한 사각형이 장해물을 만나면서 퍼즐 조각처럼 된 부분들을 바라보세요.

큼직한 공작도 같은 칼날을 가진 타일 절단기의 묵직한 무게를 느끼세요. 타일 뒷면에 자를 위치를 그려 넣으세요. 최대한 잘 측정하세요. 섬세한 작업이 될 수 있습니다. 칼날을 누를 땐 힘을 주되 급작스럽게는 안 됩니다. 끝만 잘라내야 하는 타일을 다 깨뜨려버리지는 마세요.

4단계: 바닥에 타일용 시멘트를 바르세요. 시멘트의 두께는 놓으려는 타일의 두께와 비슷해야 합니다.

혼란스럽겠지만, 놀라지 마세요. 맞습니다, 타일용 시멘트는 당신이 두 시간 걸려 그린 분필 선을 가려버리는 것처럼 보일 겁니다. 어쩌면 이 설명서는 인터넷에서 찾을 수 있는 최고의 설명서는 아닐지도 모릅니다. 어쩌면 조금 더 찾아보는 게 좋았을지도 모릅니다. 중요한 건 머릿속에 아까 그린 선을 기억하는 겁니다. 분명 어려운 일이 아닐 겁니다. 머릿속에 들어 있는 선을 보기만 하면 됩니다. 이미 머릿속에 들어 있는 것들, 기억하기 더 어려운 것들을 전부 떠올려보세요. 파이π의 첫 다섯 자리 숫자. 게티즈버그 연설Gettysburg Address. 당신의 첫 아파트 주소address. 공작이나 자작, 여왕을 일컫는address 각하, 폐하, 전하 같은 경칭. 막내아들의 책가방 안에서 나던 대마초 냄새와 그 속에서 당신이 꺼내 피운 조인트의 맛. 처음 클리토리스를 만졌을 때 느낀 혼란, 그곳을 누르고 찔러보며 혹시 당신이 고장 난 것은 아닌지 생각하던 것. 처음 오르가슴을 느꼈던 때, 그리 대단치 않았고, 강렬하지만 짧았으며, 그 감각은 얄팍했으나, 자신을 상대로 거둔 승리가 달콤했던 것. 달 위로 솟아오르는 지구의 이미지. 갓 태어난, 역겹고도 아름답던 당신 아들들. 상미 기간이 하루 지난 우유의 톡 쏘는 맛. 3천 킬로미터 떨어진 곳에서 갑자기 돌아가신 당신 아버지. 공황을 덜어준다는 수의사의 조언대로 당신의 품에 안긴 채 죽어가던 당신 강아지. 행복해지고 싶다고 말하던 당신 남편이 도전적이면서도 죄책감에 젖어 서 있던 자세. **사랑에 빠졌다고** 말하던 그의 말투, 당신 남편이 그 말을 자랑스럽게 구해 낸 새끼 고양이처럼 꼭 끌어안았던 것, 마치 당신이 그 고양이들이 못 내려가고 있던 나무이기라도 한 것처럼 굴었던 것. 당신이 잠들지 못할 때면 그가 당신 허리를 끌어안고 당신 어머니가 했던 것처럼 머리를 쓰다듬어주었던 것. 당신 어머니가 당신 머리를 너무 세게 땋았던 것. **꿈지럭거리지 좀 말아라, 미란다.** 당신이 자식들의 신발 끈을 너무 꽁꽁 묶어주었던 것. **꿈지럭거리지 좀 말아라.** 아이들이 넘어지기라도 할세라 늘 걱정이 많은 당신이 묶어준 이중 매듭. 그 모든 것들에 비하면 분필 선이라든가 욕실 타일 같은 건 아무것도 아닙니다. 그것들이 당신을 안아줄 겁니다. 그것들이 당신의 공황을 덜어줄 겁니다.

5단계: 타일을 놓으세요. 참을성을 가지고, 조심스럽게 작업하세요. 타일을 제자리에서 굳히세요.

　욕실 바닥 전체에 타일용 시멘트를 바르지 말 걸 그랬습니다. 설명서를 다시 한번 쳐다보세요. 설명이 구체적이지 않다면, 당신은 몇 단계 뒤까지 내다보며 직접 생각했어야 마땅합니다. 당신이 다 망치고 있습니다. 당신은 뭐든 망칩니다. 창피하기 짝이 없는 일입니다. 당신 친구들도 각자의 집에서 당신을 창피해하고 있습니다. 바깥은 어두워지고 있습니다. 당신 남편은 오늘 밤에도, 앞으로도 남동생 집에서 돌아오지 않습니다. 당신 남편이 남동생 집에 있을 리가 없겠지요. 당신은 혼자 잡니다.

　신발과 양말을 벗고, 타일을 한 아름 품에 안으세요. 까치발을 들고 시멘트 바른 바닥 위를 최대한 빠른 속도로 가로질러 욕조 안으로 들어가세요. 타일들을 옆에 내려놓은 뒤 욕조 바깥으로 몸을 뻗어 손 닿는 데까지 타일을 놓으세요. 아시겠어요? 그렇게 어려운 일이 아닙니다. 괜찮습니다. 당신 집 욕실이 작고 당신 팔이 길다는 걸 다행으로 생각하세요. 포기하고 이 욕조 속에서 영원히 나가지 말까 하고 생각하세요. 이제 욕조 바깥으로 나가세요. 바로 지금이요. 이미 놓은 타일 위에 올라가 작업을 망치지 마세요. 시멘트 위에 앞꿈치를 딛고 선 채로 당신이 그토록 신중을 기울여 자른 타일을 변기 주변에 놓으세요. 딱 맞습니다. 어마어마한 성취입니다. 당신의 상상과 거의 비슷할 정도로 딱 맞습니다. 최대한 빠른 속도로 타일을 꾹 누른 다음, 타일이 제자리에 들어맞으면 그 욕실을 나오세요. 문간에 발라놓은 시멘트는 작은 짐승들이 그 위로 뛰어다닌 것처럼 되어버렸습니다. 당신 발가락은 서로 붙어버렸고 발이 카펫 위에 쩍쩍 들러붙습니다. 발뒤꿈치에 박힌 타일 조각을 빼내고 그 자리에서 아주 조금, 아주 잠깐 피가 나는 모습을 보세요. 한가득 쌓인 찌꺼기들에 주의하며 무릎을 꿇은 다음 마지막 타일을 놓으세요. 그 타일을 바라보세요.

이제 기다리세요. 이것이 가장 어려운 부분입니다. 집중력을 잃지 말고, 이게 좋은 생각이었나 의문을 품지 말고, 너무 많은 감정을 느끼지 말고 기다리세요. 당신은 이런 종류의 기다림에 이미 익숙합니다. 기다리는 것과 계속 살아가는 것은 얼마나 다른 일일까요, 그리고 당신 남편이 기다림을 끝내기로 했다면, 그게 남편에게 잘된 일이라 생각하면서, 당신은 무척, 무척, 화가납니다.

기다리는 동안 바삐 움직이세요. 2층으로 올라가 아이들이 잘 있는지 확인하고, 큰아들이 맥앤치즈를 만든 것을, 그것을 동생에게 먹인다는 것을, 점점 더 나아지고 있다는 것을 확인합니다. 정말 좋은 아들입니다. 당신은 아들이 착한 아들이어야 한다는 것이 싫고, 잠깐이지만 이 모든 것이 당신 일이 아니라 자기 일인 것처럼, 오로지 당신 혼자만의 상처, 다른 이를 걱정하지 않고 오로지 당신만이 돌보아야 하는 흉터가 아닌, 자기중심적인 것으로 만드는 **그 애**가 싫습니다. 식탁 앞에 앉으세요. 미소를 지은 채 아이들에게 오늘 하루는 어땠느냐고 물어보세요. 미소를 짓고, 큰아들도 미소를 짓고, 그 미소를 유지하세요. 막내아들은 핸드폰에 코를 박고 있지만 그렇다고 해서 이쪽을 보고 있지 않다는 뜻은 아닙니다. 아이들 역시 기다리고 있습니다. 잠깐 동안, 당신이 두 아들을 얼마만큼 사랑하는지 느끼세요. 그 애들을 미워하는 것과 똑같은 기분이 들 만큼 강하게 느끼고, 그 애들의 기분이 언짢아질 정도로 많이 느끼고, 아플 때까지, 아이들의 머리카락을 손가락으로 쓸어주고 이마에 입을 맞춘 뒤 난폭할 정도로 꽉 끌어안고 싶어질 때까지 느낀 뒤, 그 대신 식탁에서 일어나서, 신의 사명을 받은 선하고도 지독한 마녀 글린다가 된 것처럼 **일복이 터졌구나** 하세요.

2층 복도는 여전히 난장판입니다. 분명 누군가 다치고 말 거예요. 얼른 치워야 하지만, 당신은 당신을 똑 닮은 그 혼돈이 기진맥진한 지금도 당신을 지탱해준다는 점이 좋습니다. 당신은 바닥에 앉아 타일 파편을 하나씩 주워서는 새로 산 플라스틱 양동이에 짤강짤강 떨어뜨립니다. 당신이 당신 아닌 다른 사람이었더라면 이 과정은 명상처럼 느껴졌을지도 모르겠습니다. 1층에서 아들들의 목소리가 들리지만, 말의 내용은 알아들을 수 없습니다. 막내아들이 식탁을 치우면서 웃는 소리가 들립니다. 곧 두 아들이 2층으로 올라와서, 당신, 양동이와 함께 바닥에 앉아 있는 당신에게 잘 자라고 인사하고, 각자의 방 안으로 들어가서는,

이어폰을 귓구멍 깊숙이 힘주어 집어넣을 겁니다.

혼자가 된 당신은 부엌 조리대 위에 앉아 두 발을 개수대에 담급니다. 욕조를 사용할 수 없기 때문이지요. 뜨거운 물에 종아리가 벌겋게 달아오르는 모습을 바라보세요. 타일용 시멘트가 당신 피부를 뜯어내지 않고 씻겨나가는지 지켜보며 기다리세요.

6단계: 타일이 고정되었는지 확인하세요. 열두 시간, 가능하면 스물네 시간 기다린 뒤 타일 틈새에 줄눈제를 바르세요. 마를 때까지 기다리세요.

거의 끝났습니다. 내리막길을 달려 내려오고 있는 겁니다. 등을 밀어주는 바람을, 발가락 사이를 파고드는 풀을 느껴보세요. 때로 당신 집 울타리에 앉아 기쁘게 짹짹거리는 큰어치새를 느껴보세요. 하지만 이 성취감에 취해서는 안 됩니다. 제대로 된 줄눈 시공은 욕실의 장기적 건강에 필수적인 일이기 때문이지요. 타일 하나하나의 둘레를 확인하고, 나무로 된 커피 스틱으로 줄눈을 평평하게 고른 뒤, 빈틈없이 작업을 마쳤다는 확신이 들 때 줄눈제 튜브를 조개껍데기처럼 생긴 세면대 위에 올려두세요.

당신이 해낸 일을 바라보세요.

예전의 욕실 바닥에 비해 하등 나을 것이 없습니다. 사실은, 더별로입니다. 당신이 놓은 타일은 비뚤어진 데다가 평평하지도 않습니다. 이미 멀리 떠나버린 배가 남긴 파도를 타는 것처럼 오르락내리락합니다. 줄눈 시공은 잘됐습니다. 당신은 꼼꼼하고 바지런했습니다. 하지만 물은 결국 줄눈과 타일 사이에, 타일과 바닥 사이에 새어들 틈을 찾아내리란 사실을 받아들이세요. 조금씩 조금씩, 흰 곰팡이가 자라고, 마루는 점점 썩어가고, 점점 축축하고 약해지다가, 거실 천장에 물 자국이 모습을 드러낼 것이고, 당신은 그 물 자국을 못 본 척할 것이고, 물 자국은 점점 커져 어느 날 당신이 혼자 소파에 앉아 텔레비전을 볼 때 천장이 무너져버릴 것이고, 당신은 그렇게 파랗지도 않은 욕실 타일의 소나기에 맞아 죽을 것이라는 사실을요.

　이건 최악의 상황을 가정한 시나리오입니다. 아직 먼 훗날의 이야기입니다. 서늘한 타일 바닥에 누우세요. **당신의** 서늘한 타일 바닥입니다. 온몸의 긴장을 푸세요. 주먹을 꽉 쥐었다가, 다시 펴세요. 발가락의, 종아리의, 허벅지의, 배의, 목의, 입의 긴장을 푸세요. 묵직한 추 같은 당신 손가락 하나하나를 느껴보세요. 그 손가락들이 여태 해낸 모든 일들을 느끼세요. 그것들이 당신의 온몸을 아래로 끌어 내리는 것을 느끼세요. 그리고 당신이 마침내 쉴 수 있다는 생각이 들 때, 타일이 비록 비뚤어지기는 했지만, 당신만의 것임을 받아들일 수 있을 것만 같을 때, 눈을 뜨고 문간에 서 있는 큰아들을 보세요. 아이는 당신을 걱정하고 있습니다. 양손은 주머니에 찔러 넣고 있습니다. 거의 어른이 다 된 당신의 아들은 당신이 입을 열기를 바라면서 한편으로는 입을 열지 않기를 바랍니다. 어쩌면 그게 최선일지도 모르겠습니다.

어쩌면 당신은 말을 너무 적게 한 걸지도 모르고, 어쩌면 아들은 더 나쁜 재난을, 불치병을, 지구로 다가오는 소행성을 상상하고 있는 건지도 모릅니다. 어쩌면, 그 애 이전에 있었던 모든 아이와 마찬가지로 아들은 무엇이 잘못된 것인지 이미 알면서, 그저 당신이 그 말을 하기만을 기다리고 있는 건지도 모릅니다. 이 순간을 위한 정확히 올바른 종류와 개수의 말들이 있지만 말을 하기 시작하면 당신은 멈추지 못할 겁니다. 그 대신, 손가락으로 타일 모서리를 더듬고, 손을 벨 정도로 날카로운 가장자리를 만져보고, 당신이 할 수 있는 최선의 일을 하세요.

아들에게 말하세요. "보렴. 내가 해냈단다."

말하세요. "전부 나 혼자 해냈어."

당신이 대단한 일을 해냈다고 스스로 생각한다고, 아들이 그렇게 생각하도록 내버려두세요.

우리가 처리한다

우리가 그 남자, 가슴에 타원형으로 털이 북슬북슬 나고, 젖꼭지가 단추처럼 튀어나오고, 노란 하와이 꽃 그림이 그려진 파란 수영복 하의를 입은 그 남자를 처음 보는 건 저수지에서다. 우리는 수영하고 있고 그 남자는 물가에서 우리가 특정 종류의 사람들이 우리를 바라보는 시선이라 학습하게 된 그 눈길로 우리를 구경하고 있다.

테네시가 매일 그렇듯, 뜨거운 날이다. 이른 오후 우리는 이 작은 대학교의 석조 건물 캠퍼스에서 호수로 걸어간다. 우리는 여름 음악 캠프에 참가하고 있고, 손끝은 기타 줄을 누르느라 따갑고, 등은 땀으로 끈끈해서, 호수에 다다르자마자 우리는 여름 원피스를 훌렁 벗고 바위 위에서 맑고 깊은 호수로 풍덩 뛰어든다. 키 큰 소나무가 호숫가를 둘러싸고 있고 남부의 곤충 생태계가 묵직한 소리로 윙윙거린다. 우리는 물 위로 불룩 튀어나온 가슴을 의식한 채 수면에 벌렁 누워 떠다니며 우리가 열여섯 살이라는 사실을 만족스러워한다. 열일곱 살이고 그 사실을 지나치게 자랑스러워하는 카이사만 빼고. 카이사는 열일곱 살 생일을 맞아 머리를 짧게 깎았다. 그 애 얼굴에서는 예리한 광대뼈가 두드러지고, 아마 나이가 많지 않았더라도 우리 중 대장 노릇을 했을 것이다. 늘 자신 있게 걸어 다니고 컨버스 운동화의 고무 부분에는 볼펜으로 바둑판무늬를 그렸으니까. 우리는 우리도 집에 돌아가면 머리를 짧게 깎고 신발에 그림을 그리고 싶다고 생각하지만, 우리는 운동화가 새하얀 쪽이, 어머니가 행복해하는 쪽이 좋다.

그 남자는 물에 풍덩 뛰어들지 않는다. 나무 계단을 내려와 부두에 앉더니 마치 아프기라도 한 것처럼 천천히 물속으로 들어간다. 우리는 아무 말도 하지 않지만, 뒤로 누워 떠다니던 것을 멈추고 수면 아래로 몸을 숨긴 채 머리와 어깨만 둥그렇게 동동 떠다니게 한다.

"뭐야, 저 남자 여기서 뭐 하는 건데?" 베카의 말에 우리는 고개를 끄덕인다. 곁눈질로 보니 남자는 호수 변두리에서 헤엄치고 있다. 외부인은 우리인데도 우리는 그에게 화가 난다. 오늘 이 호수는 우리의 것이고, 우리는 소란스럽고 이기적이다. 길을 걸을 때면 우리는 인도 전체를 차지하며 걷는다.

"출근해 있어야 하는 시간 아니야?" 메건이 말한다.

"우리가 떠나야 할까?" 리사가 묻지만 그 말에 동의하는 사람은 아무도 없다. 리사는 소심하다. 리사는 금발을 머리 가죽이 아플 정도로 힘주어 잡아당겨 묶은 채다.

그 남자를 지켜보다가 지겨워진 카이사는 우리가 부교 위를 점령할 것이라고 선언한다. 일광욕하자는 것이다. 우리는 그쪽으로 헤엄쳐 간 뒤 차례차례 철제 사다리를 오르고, 가로대가 발 밑에서 미끄덩거리고, 물이 우리의 팔다리를 타고 흘러내린다. 날이 따뜻해서 몸이 떨리지조차 않는다. 우리는 그 남자가 우리를 보고 있는지 일부러 확인하지 않지만, 당연히 보고 있을 텐데, 그건 우리가 어리고, 거의 벌거벗은 것이나 다름없는, 상의가 삼각형인 비키니 차림인 데다가, 우리의 몸은 적어도 한 가지 면에서는 강력한데, 남들이 욕망하는 무언가가 우리 몸에 담겨 있고, 우리 몸이 그것을 발산한다는 면에서다.

우리는 나란히 눕는다. 햇볕에 화상을 입을지도 모른다는 걸 우리는 안다.

"더워." 리사가 말한다.

"트럼펫 부는 그 남자애는 누구랑 섹스할까? 꼭 한 사람을 골라야 한다면 말이야." 메건이 말한다.

"넌 아닐걸." 카이사가 말한다.

"나 예전에 부모님 방에 들어갔다가 두 분이 섹스하는 모습 본 적 있어." 베카가 말한다.

우리는 불편하면서도 약간은 자랑스러운 마음에 키득키득 웃는다. 우리 모두 그런 경험이 있다. 유일하게 우리의 존재 자체만으로도 부모님이 말을 잃게 만들 수 있는 때다.

우리는 눈을 감은 채 목제 덱에 긴 녹조 냄새를 맡고, 햇빛 냄새를 맡고, 그러자 코가 간질간질하다. 덱이 살짝 가라앉는 게 느껴지면서, 바로 그 순간 그 남자의 그림자가 우리 위로 드리워진다. 그는 나이가 많다, 적어도 40대는 되어 보이고, 우리 아버지들을 연상시키는 몸, 깡마른 종아리 위에 불룩 나온 배가 얹혀 있는 몸을 가진 남자다.

"음악 캠프에서 온 아가씨들인가?" 그가 묻는다.

우리는 일어나 앉을까 하는 생각을 하지만, 우리의 배가, 튀어

나오고 주름이 잡힐 살이 의식된다. 우리는 꼼짝도 하지 않고 가만히 있는 방법을 아는 사슴의 지혜를 느낀다.

"음악 캠프 아가씨들을 여러 번 봤거든. 어딜 가도 그 이름표 달고 돌아다니더라고."

카이사가 팔꿈치로 몸을 지탱해 일으킨다.

"부모님이 시켜서 온 거냐? 연주하는 악기들이 어떻게 되냐?"

"바이올린이요." 메건이 말한다.

"비올라요." 리사가 말한다.

"첼로요." 베카가 말한다.

"하프요." 카이사가 말하지만, 그건 사실이 아닌데, 이곳에서는 어떤 사람이건 될 수 있고, 다른 사람인 척해도 되고, 우리의 환상 속을 마음껏 들락날락할 수 있다는 걸 떠올리지 못한 우리가 바보 같다는 생각이 든다. 우린 아무에게도 진실을 빚진 게 없다. 우리는 더 많은 것을 원하지만, 우리는 고작 작디작은 꿈들을 만지작거리는 데, 머리 모양과 성격을 미세하게 고치는 데 그친다. 메건은 냉소적인 척한다. 베카는 뭐든지 우스운 척한다. 리사는 혼자가 아니라 우리와 함께 있고 싶은 척한다. 카이사는 자신이 아닌 척할 필요가 없다고 우리는 생각하지만, 그 애는 우리 중 누구보다 거짓말을 술술 한다.

"너희들은 어디 출신인데?" 그 남자가 묻고, 우리는 배운 걸 빨리 실천할 줄 안다.

"플로리다요." 메인에서 온 메건이 말한다.

"뉴욕이요." 오리건에서 온 리사가 말한다.

"파리요." 로스앤젤레스에서 온 베카가 말하자, 우리는 그 애가 과했다는 생각이 든다.

"내슈빌이요." 플로리다에서 온 카이사가 말한다.

"동네 아가씨네." 그 남자가 말하자 카이사는 미소를 짓는다.

그 남자의 젖은 수영복에서 그의 고추 윤곽이 드러나 보인다고 우리는 생각하지만, 어쩌면 원래 수영복 천은 저렇게 불거지는 건지도 모른다. 보고 싶지 않은 걸 쳐다보아서는 안 되지만, 우리도 어쩔 수가 없고, 한번 본 이상, 분명 그 남자도 우리의 시선을 알아차렸을 거라는 생각이 든다. 우리가 무언가에 동의한 것일까 봐 겁이 나고, 한 번 더 보고 싶다.

"어리고 아름다운 아가씨들이구나." 그 남자가 말한다.

"곧 수업 시작할 시간이에요." 카이사가 말한다.

"학교는 중요하지." 그 남자는 그렇게 말하면서 마치 무언가 다른 말을 한 것처럼 미소를 짓는다. "너희들 좋은 학교에 다니는구나." 그 말을 남기고 그 남자는 다시 물속으로 들어간다.

남자가 헤엄쳐 멀어지는 동안 우리는 말없이 가만히 있는다.

"징그러워." 베카가 말한다.

"완전 토 나와." 메건이 말한다.

카이사는 머리 위로 양팔을 쭉 뻗어 기지개를 켠다, 여전히 자기 몸의 주인인 것처럼. 몸을 일으키자 목제 덱 위에 우리의 젖은 몸 자국이 남아 있다.

우리는 캠프의 다른 아이들에게 그 징그러운 남자 이야기를 해준다. 우리는 인기가 제일 없는 무리는 아니지만, 그렇다고 인기가 제일 많은 무리도 아니고, 이 이야기 덕분에 우리의 위상은 높아진다. 우리는 마치 발소리를 듣고 쩍쩍 울어 한 나무에서 다른 나무로 두려움을 전해주는 새들 같다. 이야기를 거듭할수록 그 남자는 더더욱 한심해지고, 우리는 그 남자한테 거의 미안해질 정도로 그를 비웃어댄다. 두려움의 울음소리를 전해주면서 짜릿한 쾌감을 느끼는 동물이 또 있을까?

이틀 뒤, 통금 시간이 가까워질 때다. 우리가 도서관에서 사각마당을 가로질러 기숙사로 바삐 걸음을 옮기는 사이 하늘에서 구름은 빠른 속도로 지나쳐 가고 바람은 헐떡이는 개처럼 우리의 다리를 데운다. 발밑의 땅은 온종일 내린 비로 푹 젖어 있다. 소나무 바늘잎과 떨어진 낙엽을 발로 차자 캄캄하고 비옥한 냄새가 난다. 간지러운 느낌을 견딜 수 없어진 바람에 우리의 팔에는 긁은 자국이 남는다. 리사의 허벅지 안쪽에는 이미 가지런히 부풀어 오른 가느다란 흉터들이 있다. 우리는 그 흉터는 입에 올리지 않는다.

발길을 돌리기에는 너무 가까워진 뒤에야 우리는 그 남자를 발견한다. 남자는 기숙사 앞 낮은 돌담에 앉은 채 털이 부숭부숭 난 다리를 들어 인도를 막고 있다.

메건이 카이사를 툭 치고, 카이사는 베카를 툭 치고, 베카가 리사를 툭 치자, 리사는 베카의 얼굴을 꼬집는다.

모르는 사람이 없는 비밀 하나. 우리는 쉽게 겁을 먹는다. 우리는 낯선 사람의 위험, 친구의 위험, 남자 친구의 위험을 다룬 영상들을 보았다. 남편의 위험, 아버지의 위험. 하지만 우리는 당당하다. 더 중요한 건, 우리는 도망쳐서 우리 모두를 실망시키는 존재가 되고 싶지 않다.

그 남자가 쓰고 있던 야구 모자를 살짝 들어 올려 알은체한다. "폭풍우가 몰려오는구나." 그가 말한다. 턱수염이 그의 얼굴에 그늘을 만든다. 우리는 마치 무슨 설명이라도, 그가 이곳까지 찾아와 우리에게 알려주려는 그 무엇이라도 있는지 확인하려는 양 하늘을 올려다본다. 그러나 하늘에 있는 건 똑같은 구름, 똑같이 움직이는 별들의 패치워크뿐이다. "비가 멎으려면 한참 걸릴 거다." 그 남자가 말한다.

우리는 방패처럼 침묵을 단단히 두른다.

그 남자가 킬킬 웃더니 여전히 우리의 길목을 가로막은 채 내려선다. "여자애가 이런 건 처음 보는걸." 그 남자가 말하고, 우리는 그가 카이사를 향해 말하고 있다는 사실을 알아차린다. 그는 바짝 깎은 카이사의 머리통을 손으로 쓰다듬고, 엄지로 귀를 쓸어내리는데, 심지어 카이사조차도 너무 놀라 아무 반응도 못 하는 것 같다. "잘 어울리네." 그 남자는 그렇게 말한 뒤 우리가 한 줄로 나란히 지나갈 공간만 남기고 옆으로 물러선다. 기숙사 안에 마지막으로 들어간 사람은 문을 꽉 닫은 뒤 잠금장치가 맞물리는 소리가 난 뒤에도 힘주어 잡아당긴다.

소등 후 우리는 함께 쓰는 기숙사 방에서 우리의 두려움의 코드를 찾아가며 연주한다. 에어컨 바람이 세서 우리의 등에 맺힌 땀이 차게 식는다.

"아직도 저기 있을 거 같아." 메건이 말한다. 메건은 가부좌를 틀고 앉아 있다. 침대 위 메건의 옆에는 리사가 벽에 등을 기대고 앉은 채 나무를 깎아 만든 거북이 모양 호루라기를 손에 쥐고 한없이 매만지고 있다.

"누군가에게 말해야겠어." 리사가 말한다.

"배회하는 건 범죄야." 베카가 말한다. "아무 데서나 배회해서는 안 된다고."

"분명 저기 있다니까, 느껴져?" 느껴진다. 우리는 그가 아직도 저기 있다고 확신한다. "창밖을 내다볼까?" 메건이 묻는다.

"그 남자한테 들킬 거야." 리사가 말한다.

"상관없어." 메건은 그렇게 대답하지만, 움직이지 않는다. 침대에서는 노란 가로등을 역광으로 받아 빛나는 창밖의 나무들이 보인다. 우리는 우리 방이 3층이라서, 그 남자가 연약한 나뭇가지를 타고 오르기에는 덩치가 너무 커서 다행이라고 생각한다.

"연쇄살인범일 수도 있어." 베카가 말한다.

우리는 상상력을 발휘해 그 말을 잠시 생각해본다. 그 남자는 우리 전에 이곳에 왔던 소녀들을, 매년 여름마다 한 무리씩을 살해했다. 제일 먼저 플루트 연주자들을 죽였는데, 그 애들이 제일 예쁘기 때문이다. 하지만 그제야 오보에 연주자들은 사람을 잘

믿고, 베이스 연주자들의 악기 케이스가 가장 커서 돌을 채우기 딱 좋다는 데 생각이 미친다. 그 남자는 소녀들의 하늘거리는 발목에 묵직한 검은 케이스를 동여맨다. 그 남자가 깊은 호수로 집어 던진 소녀들은 수면 위로 떠오르지 못할 것이다. 우리는 그 남자한테 지금쯤 악기로 가득 찬 지하실이, 그 남자만의 비밀스러운 오케스트라가 있을 것이라 상상한다.

"내 고향에서 있었던 일인데." 메건이 입을 연다. "오두막에 사는 어떤 남자가 있었어. 아내와 같이 살았는데 어느 가을 아내가 자동차 사고로 죽어버렸어. 만취한 치어리더가 측면에서 들이받아서 그렇게 된 거야. 그래서 그 남자는 겨우내 혼자였지. 그런데 메인의 겨울은 엄청 길거든. 그러니까, 진짜 진짜 길어. 동네 사람들은 그 남자가 죽었거나 미쳐버린 게 아닐까 생각했고, 눈이 녹자마자 보안관이 그 남자의 안부를 확인하러 갔어. 돌아온 보안관은 아무 말 없이 짐을 싸서 동네를 떠나버렸어. 그다음엔 팔이 굵직한 식당 주인이 오두막을 찾아갔지. 돌아와서는 아내와 딸들에게 듣자 하니 뉴멕시코가 살기 좋다는데 거기로 이사를 하자고 했어. 그 뒤로 몇 달간 아무도 오두막을 찾지 않았다가, 어느 날 밤 치어리더 두 명이 그곳을 찾아갔어. 담력 시험을 하려고 했는지 멍청해서 그랬는지는 잘 모르겠어. 두 사람은 오두막에 다다랐지. 안에서 희미한 불빛이 새어 나오고 있었어. 그 애들이 손바닥만 한 치어리더 치마와 손바닥만 한 치어리더 윗옷 차림으로 살금살금 계단을 올라 문을 열자, 그 남자는 식탁에 앉아 평범하기 그지없는 모습으로 십자말풀이 퍼즐을 하고 있었어. 저기요, 그들이 말했고, 그 남자가 고개를 돌리는 순간, 얼굴 절반을 덮는 피부가, 갈비뼈 절반을 덮는 살이 사라졌고 왼팔은 썩어 떨어져나간 게 보였대. 그 남자는 겨우내 자기 몸을 조금씩 조금씩 먹어치웠던 거야. 그리고 그 남자는 두 치어리더의 유니폼을 본 순간, 그 애들을 움켜쥔 다음 꽁꽁 묶어서 **겨우내 조금씩 조금씩** 잡아먹었대!" 메건이 고함으로 이야기를 마치며 리사를 꽉 잡자 리사는 비명을 지른다.

"하나도 재미없어." 리사가 말한다.

"지금까지 들은 유령 이야기 중 최악이다." 베카가 말한다.

"그 남자 아내가 치어리더 때문에 죽은 건 사실이야." 메건이 말한다. "하지만 겨울이 끝날 무렵 그 남자는 그냥 살이 많이 빠져 있었던 게 다야."

그 남자를 상상하자니 우리는 슬퍼졌지만, 그럼에도 대체로 우리가 느끼는 감정은 그의 고통에 담긴 로맨스, 그가 아내를 얼마나 사랑했을지, 한 남자가 우리에 대한 사랑으로 괴로워하기를 우리가 얼마나 바라는가 하는 것이 대부분이다. "다음 해 가을에 열린 첫 풋볼 경기에서 말야." 메건이 말을 잇는다. "그 남자가 게토레이 냉장고에 불을 질렀어. 풋볼 선수들과 치어리더가 전부 즉사했고, 사이드라인에는 폼폼이며 오렌지색 종이컵과 시체 들이 흩어졌지."

"헛소리 좀 그만해." 베카는 그렇게 말하면서도 확신은 없는 목소리다.

"맘대로 생각해." 메건이 말한다.

카이사는 드러누워 치켜든 두 다리를 벽에 댄다. "그 남자, 똑똑한 것 같아, 멍청한 것 같아?" 그 애는 마치 우리가 지금까지 한 이야기가 아예 없었다는 듯 그렇게 말한다. "우리 남자 말이야. 그 차이가 중요하다고."

우리가 똑똑하니까, 멍청한 쪽이 더 나은 것 같다. 하지만 우리가 그렇게 똑똑하다면 아마도 우리는 똑똑한 남자처럼 생각할 가능성이 크다. 만약 멍청한 남자라면 어디로 튈지 무슨 수로 아나? 우리의 상상 속 멍청한 남자는 느려빠졌지만, 큰 식칼을 들고 한밤중에 문을 부수고 들어오며, 너무 생각 없이 행동해서 방어할 수조차 없다. 우리는 몸을 떠는데, 그때 마치 우리가 그를 부르기라도 한 것처럼 돌멩이 하나가 짧고 날카로운 소리를 내며 우리 방 창문을 두드리고, 잘못 들은 거라 생각하려는 순간 무언가가 또 한번 유리에 부딪힌다. 리사는 울기 시작한다. 크게 울지는 않는다. 우리는 리사가 나쁜 일을 겪었다는 걸 안다.

"그 남자일까?" 베카는 마치 우리의 목소리가 그에게 들릴지도 모른다는 듯 목소리를 낮추어 묻는다.

"그럼 누구겠어?" 메건이 말한다.

"누군가에게 말해야 해." 베카가 말한다. "얘들아, 진지하게 하는 말이야. 인솔자한테 말하자."

"인솔자가 뭘 해줄 수 있는데?" 카이사가 묻는다. 다른 의도 없는 순수한 질문이다. 카이사는 차분하게, 호기심을 품고 일어나 앉는다.

"경찰에 신고하겠지." 베카가 말하고 우리는 고개를 끄덕인다.

"장담하는데 우리가 신고해도 그 남자는 분명 빠져나갈걸." 카이사가 말한다. "분명 그 남자는 이런 짓을 한두 번 해본 게 아닐 거야. 분명 자기가 아무 잘못도 안 했다고 할 거야. 분명 우리가 히스테리컬하다고 할 거야. 분명 우리가 관심을 끌려고 안달을 냈다고 할 거야."

분명 그 남자는 어딘가에 여자 친구가 있을 거라고 우리는 생각한다. 분명 그 남자는 여자 친구에게 지독한 짓을 하지만, 여자 친구는 그를 떠나지 않을 것이다. 분명 그 남자는 지역 경찰에 인맥이 있을 것이다. 분명 그 남자는 그들과 어울려 맥주를 마시는 사이일 것이다. 분명 그 남자는 아내를 때릴 것이다. 분명 그 남자의 아들은 그를 증오할 것이다. 분명 그 남자의 아들은 그를 좋아할 것이다. 분명 그 남자는 체포된 적이 있지만 유죄 판결을 받지는 않았을 것이다. 분명 그 남자는 똑똑한 동시에 멍청할 것이다. 분명 그 남자는 여자가 마시는 술에 약 타는 법을 알 것이다. 분명 우리는 이 이야기가 어떻게 끝나는지 알고 있다고 우리는 장담한다.

우리는 기숙사 방을 나서서 어두운 복도를 살금살금 걸을 것이다.

우리는 부엌으로 갈 것이다. 지난주 독립기념일 축제를 위해 우리가 감자 샐러드를 만들었던 곳이다. 서랍 속에 큰 칼들이 들어 있다. 지난주에 요리할 때 칼날이 축축한 탄수화물에 꽂히자 감자가 반으로 쩍 갈라졌다. 우리는 각자 칼을 하나씩 챙길 것이다. 칼 손잡이는 은색 금속 장식이 박힌 검은색일 것이고, 우리 어머니들의 칼과 마찬가지로 손에 쥐면 서늘할 것이다. 어머니들을 생각하자 우리는 어머니의 분노까지도 함께 느낀다.

우리는 길가에 서서 바깥을 둘러보지만, 그 남자는 그곳에 없을 것이다.

우리는 기숙사 바깥으로 나가 건물 주변을 빙 둘러보지만, 그 남자를 찾지 못할 것이다.

우리는 기숙사를 떠나 마을로 이어지는 길 한가운데를 걸을 것이다. 서두르지 않을 것이다. 그 남자가 우리를 따라오리라는 것을 아니까. 우리들의 몸이 그를 우리에게로 데려올 것이다, 우리의 가슴, 우리의 엉덩이, 우리 겨드랑이에서, 다리 사이에서 풍기는 냄새가. 그의 기척이, 등 뒤 아스팔트를 밟는 그의 발소리가 들리더라도 우리는 못 들은 척할 것이다. 그 대신, 하늘을 바라보며 그가 장담하던 비가 오지 않았음을 확인할 것이다. 구름이 걷힌 것을 보고 우리는 미소를 지을 것이고, 우리의 미소는 우리의 이를 드러낼 것이고, 우리는 뼛속에서부터 분노가, 살갗 아래에서 힘을 닮은, 초조하고 뜨거운 압력이 솟아나는 것을 느낄 것이고, 우리는 우리 역시 그 남자의 냄새, 화약과 배기가스 냄새를 맡을 수 있을 정도로 그가 가까이 다가올 때까지 이 열기를 몸속

305

에 담아둘 것이다. 그 남자의 귀에 가장 처음 들리는 소리는 우리가 느끼는 감정이 기쁨임을 깨달은 베카의 웃음소리일 것이고, 우리가 돌아서서 그를 마주 보는 순간, 우리의 머리카락이 불꽃을 확 일으키며 텅 빈 거리를 밝힐 것이고, 우리의 불은 우리의 칼에 반사되어 빛날 것이고, 우리는 그가 우리를 보고 말을 잃었다는 것을, 그가 두려움을, 그러나, 더 중요한, 경이로움을 느낀다는 것을 확인할 것이고, 우리가 그를 찌르면 그는 감자가 아니라 오렌지처럼 쪼개질 것이다. 껍질에서 약간의 저항이 느껴지지만 그 안의 속살은 쉽게 쪼개져서 우리 모두가 씁쓸한 조각 하나씩 나누어 먹을 수 있도록.

감사의 말

가장 먼저, 그리고 몇 번이고 거듭해서, 이 소설집이 실제로 완성되기 한참 전부터 제 단편소설들을 읽고 그 소설들이 책이 될 수 있다고 믿은 에이전트 사라 번스에게 감사드립니다. 당신은 신념을 따라 걸어가는 사람, 그러면서 저 역시 그럴 수 있다는 영감을 주는 사람입니다. 다음으로, 이 책을 담당해 날카로운 눈과 믿기지 않는 열의를 바쳐 더 나은 책으로 만들어준 편집자 마고 와이즈먼에게 마찬가지로 무한한 감사를 보냅니다. 비범하기 이를 데 없는 표지를 만들어준 리디아 오르티즈에게 감사합니다. 제가 이 불길에 값하는 소설들을 쓸 수 있기만을 바랍니다.

지금까지 제 소설들을 실어준 지면들과 편집자들에게, 신인 작가들의 작업을 발굴하고, 그 속에 저를 포함해주어서 고맙습니다. 특히 〈카산드라가 보았지만 어차피 트로이인들 따위 알 바인가 싶어서 말해주지 않았던 헛소리〉를 실어주었고, 사랑과 지지로 제가 그 소설이 가진 온갖 가능성에 눈뜨게 해준 《스모크롱 쿼털리SmokeLong Quarterly》와 타라 라스코브스키, 크리스토퍼 앨

307

런에게 고맙습니다.

이 책은 제 스승인 린다 웰지그, 그레그 스미스, 수전 재럿 맥킨스트리, 조지 셔플턴, 앤드루 피셔, 앨리스 맥더모트, 진 맥게리, 크리스 배첼더, 마이클 그리핀을 위한 것입니다. 그 누구보다도 소설의 구조를 잘 이해하는 사람, 강인하며, 유쾌하고, 당당한 여성이자 작가, 끝내주게 멋진 사람의 본보기가 되어준 리아 스튜어트에게 특별한 감사를 보냅니다.

너무 많아서 이름을 하나하나 나열할 수 없는 스와니 가족들, 특히 스와니의 스태프들, 그중에서도 #SWCBar, 아난다 리마, 크리스 풀, 댄 그로브스, 작업실의 든든한 내 편 애덤 래섬, 그날 밤 내 손으로 자기 머리를 밀어줄 수 있게 해준 셸비 나우스에게 고맙습니다. 스와니 작가회의와 스와니 젊은작가회의는 제 삶의 궤적을 바꾸어주었습니다.

친구란 또 하나의 가족이라는 사실을 알려준 오랜 친구 벨린다, 캐럴린, 조디, 리사, 스콧, 톰에게 고맙습니다. 너희들이 없었더라면 난 독특한 아이는 될 수 있었을 테지만 외로웠을 거야. 사랑해.

이 책에 실린 소설 중 대다수를 읽어준 데다, 이보다 더 형편없는 소설들을 읽고 내가 성장할 수 있게 도와준 홉킨스와 신시내티의 동료들인 조슬린 슬로바크, 알렉스 크레이튼, 에밀리 파커, 커트니 센더, 브렌다 페이나도, 라이언 러프 스미스에게 고맙습니다.

아름다운 작가이자 아름다운 영혼, 용감무쌍한 탐험가, 최고의 요리사 조슬린 타칵스에게, 우리의 다음 모험이 너무나 기대돼. 너는 몰스킨을 가져와, 나는 초강력 접착제를 가져갈게.

내가 아는 가장 강한 두 사람인 몰리 리드와 줄리 케이스. 두 사람은 뛰어난 작가일 뿐 아니라 대단한 여성이자 충실한 친구야. 다음에 수족관이 있는 바에 가면 첫 잔은 내가 살게.

처음으로 물웅덩이에 뛰어들던 순간부터 사랑하는 친구였던 댄 폴에게. 매주 수요일이 달리기, 수영장, 와인 클럽이었으면 좋겠어. 네가 브렛과 에바와 함께 만든 집은 내 집이 되어주었고, 신시내티에서의 내 생활을 창조적이고 풍성하고 유쾌한 시간으로 만들어주었어. #BearcatDestiny 네가 없었더라면 이 책은 존재하지 않았을 거야. 어쩌면 존재했을지도 모르지만, 훨씬 별로였겠지.

언젠가 잠깐이라도 고모가 멋지다고 생각하게 될 알로와 앨리스에게. 그때가 너무 기대되어서 스카프를 잔뜩 살 계획이야. 너 자신답게 자라난 너희들을 어서 만나고 싶어.

우리 자매에게 매일 밤 책을 읽어주고 우리 집을 책으로 가득 채워준 부모님께. 저를 책 읽는 사람으로 만들어주어서, 그렇게 손을 뻗어 움켜줄 용기만 있다면 세상은 손 닿는 곳에 있다는 것을 알려주어서 고맙습니다.

내가 하는 모든 일에 사랑을 실어주고, 나를 가득 채워주고, 앞으로 나아가게 해주는 남편 앤드루에게. 당신이 내 곁에 있어서 모든 게 가능했어.

그리고 마지막으로 내 자매 클레어에게. 내가 더 뛰어난 작가라면 네가 내게 갖는 의미를 완벽하게 포착하는 그런 말을 할 수 있겠지만, 굳이 그럴 필요가 있을까? 너는 이미 다 알고 있잖아.

옮긴이 **송섬별**

다른 사람을 더 잘 이해하고 싶어서 읽고 쓰고 번역한다. 여성, 성소수자, 노인, 청소년이 등장하는 책을 좋아한다. 고양이 물루, 올리버와 함께 용감하고 다정하게 살고 싶다. 옮긴 책으로는 《자미》《페이지보이》《내 어둠은 지상에서 내 작품이 되었다》《모든 아름다움은 이미 때 묻은 것》《괴물을 기다리는 사이》 등이 있다.

카산드라의 여자들

초판 1쇄 인쇄 2025년 1월 6일
초판 1쇄 발행 2025년 1월 15일

지은이 그웬 E. 커비
옮긴이 송섬별
펴낸이 최순영

출판2 본부장 박태근
스토리 팀장 김소연
편집 곽선희
디자인 김태수

펴낸곳 ㈜위즈덤하우스 **출판등록** 2000년 5월 23일 제13-1071호
주소 서울특별시 마포구 양화로 19 합정오피스빌딩 17층
전화 02) 2179-5600 **홈페이지** www.wisdomhouse.co.kr

ISBN 979-11-7171-312-7 03840

값 17,000원